Qiu Huadong
Collection

邱华栋文集

散文集

想象的国度

邱华栋 著

江苏凤凰文艺出版社
JIANGSU PHOENIX LITERATURE AND ART PUBLISHING, LTD

图书在版编目（CIP）数据

想象的国度 / 邱华栋著 . -- 南京 : 江苏凤凰文艺出版社 , 2018.6
（邱华栋文集）
ISBN 978-7-5594-0534-0

Ⅰ . ①想… Ⅱ . ①邱… Ⅲ . ①散文集 – 中国 – 当代 Ⅳ . ① I267

中国版本图书馆 CIP 数据核字 (2017) 第 127261 号

书　　名	想象的国度
著　　者	邱华栋
责任编辑	黄孝阳　王　青
出版发行	江苏凤凰文艺出版社
出版社地址	南京市中央路 165 号，邮编：210009
出版社网址	http://www.jswenyi.com
印　　刷	三河市人民印务有限公司
开　　本	690 × 960 毫米　1/16
印　　张	18.5
字　　数	220 千字
版　　次	2018 年 6 月第 1 版　2021 年 6 月第 3 次印刷
标准书号	ISBN　978-7-5594-0534-0
定　　价	42.00 元

前言

邱华栋

亲爱的朋友们，文学大师可怕吗？容易亲近吗？我告诉你，他们一点也不可怕，他们十分容易亲近。只要你耐心地走近他们，他们就是非常和蔼和丰富的朋友。因为这些文学大家们都建立了一个独特的文学世界，这个世界是那么的丰富多彩，让我们仰慕的时候也会感到由衷的喜悦和叹服。现在，我就来以十八堂课的方式，让大家轻松自如地走进文学大师的文学世界。

大概是从二十世纪初期，“一战”前后，到现在的二十一世纪初十年的全球化时代，接近一百年的时间里，一条世界文学的主线十分明显地出现了大陆意义上的转移。我们上中学都学过地理，我们知道，地理学上有一个大陆漂移说，几大板块，欧亚大陆、美洲大陆，是互相漂移、互相冲撞形成的。二十多年来，我通过大量的阅读，脑子里渐渐地形成一个大致的想法，那就是，在某种程度上，所有的优秀作家仿佛是一个作家，大家实际上在写着一本巨大的书，所有的优秀作家彼此联系，彼此影响，在写作着一本有着统一文学精神的无比宏大的书，而每一个作家，则是在完成着这个巨著的一个章节。比如，从卡夫卡到福克纳，再到马尔克斯，又到莫言，他们之间就有一个联系，甚至最古老的诗人荷马写的东西，到现在二十世纪之后这些最好的作家，都是一个家族的，他们干的是同一件事情，在写着彼此联系的一本巨著，类似《圣经》的那种集体的写作方式。我也发现了很多作家之间的继承和彼此影响的关系，他们互相学习、互相借鉴，创造性地建立了一个个自己的文学世界，并形成了新的文学的历史。

二十世纪的小说和二十世纪的人类社会一样，是最为丰富和复杂的一个世纪。百多年来，小说的发展五彩纷呈，令人眼花缭乱。就是这些作家，构成了二十世纪人类小说发展的山峰的山脊线，构成了二十世纪人类小说发展和创新的连续性的、波澜壮阔的画面，而这个连续的画面，正是以小说的“大陆漂移”方式和图景来呈现的。

1980 年，我十一岁的时候，读到一本没有封皮的外国小说，那还是邻居家大哥推荐给我的：“这可是一本很好的小说啊，你好好看看。”当时，我已经囫囵吞枣地读过了《红楼梦》和《三国演义》，对读书发生了很大兴趣，是见书就要读的。我记得，那本没有封面的书讲述了两个美国普通人的生活悲剧，其中，一个是从俄罗斯到美国的犹太人，他是一个雄心勃勃要创造新生活的人，结果却到处碰壁，倒霉透顶，另外一个是意大利移民，他本来要去抢劫那个犹太人的店铺，但结果后来却开始帮助他了，小说细致地讲述了这两个男人在美国社会里的纠葛和挣扎。小说的语言朴实、幽默，又饱含辛酸感。由于那本书没有封皮和扉页，我一直不知道那是一本什么小说。十年之后，在武汉大学的图书馆里，我才发现，原来，那本书是美国犹太作家马拉默德所写的《伙计》。

这是我最早接触到外国小说的经历。后来，我就经常阅读各类小说，读得是天昏地暗，既读中国古代小说（主要是明清的世情小说），也读二十世纪以来的现代汉语小说，另外，尤其重视阅读二十世纪的外国小说——最近三十年翻译成中文的外国小说，只要是我觉得应该加以留意的，我大体都收藏和阅读过，还在报纸上撰写书评。久而久之，在我的脑海里，二十世纪的小说家的作品就形成了一幅在空间和时间上连续的图像，这些作家不断创新，形成了一股互相有联系的创新浪潮。

收录在本书中的，大都是根据我多年以来撰写的书评和读书笔记扩充而成。最近十年，我经常在一些大学讲课，我发现，很多与语言、文学专业有关的学生，读书的劲头和热情、读书的范围都不大、不广，我是觉得一些二十世纪作家的作品，都应该是基本的文学常识了，可是很多学生都不了解。另外，我当文学刊物的编辑，平时接触很多作者，发现这些作者的阅读量也很成问题，一些作家和作者的基本的文学技巧、语言、结构都不过关，书写的文学经验也很狭窄。因此，我就觉得，很有必要把我的阅读经验整理出来和朋友们分享，给大家提供一个关于二十世纪小说的基本情况。

目 录

001 // 前言

第一部分：欧洲现代小说五雄才

002 // 罗伯特·穆齐尔：一种精神性小说

014 // 伊萨克·巴别尔：闪电风格与史诗片段

028 // 帕斯捷尔纳克：被时代绑架的人质

041 // 君特·格拉斯：德国之镜

059 // 翁贝托·埃科："当代达·芬奇"

第二部分：法国小说四怪杰

078 // 玛格丽特·尤瑟纳尔：历史的声音肖像

094 // 阿尔贝·加缪：局外人与局内人

108 // 阿兰·罗布·格里耶：欲狂与物寂

123 // 克洛德·西蒙：文字画与巴洛克结构

第三部分：北美小说四俊杰

140 // 库特·冯尼古特："没有国家的人"

154 // 唐·巴塞尔姆：垃圾美学与元小说碎片

167 // 玛格丽特·阿特伍德：加拿大文学女王

185 // 保罗·奥斯特：镜像游戏

第四部分：亚洲文学五雄狮

202 // 阿摩斯·奥兹：以色列人的记忆与形象

220 // 安部公房：面对墙，寻找门

234 // 大江健三郎："我就是那个跑来给你报信的人"

254 // 村上春树：物化世界里的追寻

272 // 莫言：来自故乡和大地的说书人

第一部分：欧洲现代小说五雄才

罗伯特·穆齐尔：一种精神性小说

伊萨克·巴别尔：闪电风格与史诗片段

帕斯捷尔纳克：被时代绑架的人质

君特·格拉斯：德国之镜

翁贝托·埃科："当代达·芬奇"

罗伯特·穆齐尔：一种精神性小说
（1880—1942）

没有结尾的寓言

有一段时间里，我对那些没有结尾的小说发生了浓厚的兴趣。一部小说没有写完，除了因为作者去世的原因之外，只要是作者还活着，那么，剩下的原因就都是文学内部的原因了，就值得来探究。没有完成的小说是一个巨大的谜，要我们去猜测其中的谜底。比如，加缪的《第一个人》没有完成，是因为他忽然遭遇了车祸，但是，根据留下来的提纲和片段，我们可以继续猜测加缪的写作方向。卡夫卡的三部长篇小说都没有完成，到底是为什么？没有人告诉我们真正的原因。我们的伟大小说《红楼梦》可以说也是一部没有结尾的小说，高鹗的续写在最近几十年里毁誉参半，认同度不高，至少，每次我读到八十回的时候就无心读下去了。不少人试图去寻找曹雪芹的原笔《红楼梦》的结尾部分，但是一直没有找到。因此，《红楼梦》后三分之一部分是完成之后遗失了，还是曹雪芹根本就没有完成它？或者，曹雪芹写完了全书，因为后面的部分有“碍语”而无法问世，最终自行销毁了？这些谜语不可能有确定的谜底了，正因为如此，它也带给了“红学家”们无穷的猜谜乐趣。

在二十世纪的德语小说中，奥地利作家罗伯特·穆齐尔的长篇小说《没有个性的人》是一部具有特殊品质的作品。这部长篇小说甚至是所有德语文学中最重要的、像一块巨石卡在悬崖上那样醒目的和令人感到畏惧的作品。我依稀记得，德国贝塔斯曼出版社和慕尼黑文学家协会曾经联合组织了三十三个德国当代最重要的作家和评论家，来评比自己心目中的德语经典文学作品，每个评委可以选出三部他认为的最重要的二十世纪德语小说。最终，有七十六部小说榜上有名，因为有些评委评选出来的作品是重叠的，达不到九十九部的最大值。其中，二十七部小说得到了一票，《没有个性的人》在评委们的眼光中名列第一，它得了三十五票，随后是卡夫卡的小说《诉讼》，得到了三十二票，可见《没有个性的人》在德国文学家心目中的坚固地位。在这次评选中，托马斯·曼的《魔山》得到了二十九票，亚历山大·德布林的《柏林，亚历山大广场》获得了十八票，君特·格拉斯的《铁皮鼓》得到了十一票，共同构成了二十世纪最重要的德语小说前五名。

而令人感到吊诡的是，罗伯特·穆齐尔没有写完《没有个性的人》，虽然他其实有足够的时间来完成它，可是，最终，这部有着长河小说篇幅的作品是一部没有结尾的小说，其本身似乎是一个象征：是不是这部小说本身有一种蔓延开来、无法收束的力量，导致了罗伯特·穆齐尔永远也不想写完它了？而一部没有结尾、其实可能是的确无法结尾的小说，给我们造成了阅读的困难，也告诉我们，这本身就是关于现代小说写法的一个解释。

《没有个性的人》翻译成中文，有九十九万字，2000 年，作家出版社在这部小说于 1930 年首次问世之后的七十年，出版了两卷本的中文译本。可见，这部有阅读难度的小说在中国的姗姗来迟，带有某种宿命的色彩。因为，比较浅显的、好读的小说，最容易被翻译过来，而意义复杂和高深的小说，在中文世界里也很难被接受。类似的作品还有奥地利作家布洛赫的《维吉尔之死》和《梦游者》，古巴作家卡夫雷拉·因方特的《三只悲伤的老虎》和墨西哥作家富恩特斯的《我们的土地》。我不知道这几部二十世纪重要的小说何时才能够来到中文的世界里。

罗伯特·穆齐尔 1880 年出生于奥地利，他的家族是一个在文化界很有声望的家族，自小他便喜欢文学艺术。十七岁的时候，为了满足父亲的意愿，罗伯特·穆齐尔进入到维也纳军事学院学习，但这段生活使他感到不适，他喜欢的是人文课程，而不是军事科学。二十三岁那一年，他进入到柏林大学学习哲学、语言学和心理学课程，二十八岁那一年获得了柏林大学的哲学博士学位。从罗伯特·穆齐尔 1905 年的日记里，就可以看到他已经开始构思《没有个性的人》了。1906 年，还在大学读书的他出版了自己的第一部长篇小说《学生特尔莱斯的困惑》，小说以他本人在军事学校里的生活为原型，学生特尔莱斯这个作者的化身在沉闷压抑的时代里感到了一种不适应，感到困惑，他不想学习杀人的学问，因此在很多方面都存在矛盾和冲突，带有浓厚的心理分析小说的特征。1911 年和 1924 年，罗伯特·穆齐尔还出版了中短篇小说集《统一》和《三个女人》，他还创作有剧本《狂热的人》和《温芩茨》，并写了很多的文学评论、随笔和包含有自传色彩和思想结晶的日记，构成了罗伯特·穆齐尔丰富和复杂的文学世界。

1924 年，罗伯特·穆齐尔的生活中发生了一件重要的变故：他的父母亲接连去世了，加上奥地利爆发的通货膨胀，使他陷入经济的困窘和丧亲的苦痛中。于是，罗伯特·穆齐尔和一家出版社约定，由出版社支付给他固定的生活费，他要写一部篇幅比较长的小说交给他们出版。于是，他立即全身心投入到《没有个性的人》的创作中了。按照罗伯特·穆齐尔的计划，

《没有个性的人》由三卷构成，第一卷《向可能到达的边缘前行》完成之后，于 1930 年出版，第二卷《进入千年王国》出版于 1933 年。本来，按照出版商和罗伯特•穆齐尔的约定，要在 1938 年出版第三卷，但是突然爆发的第二次世界大战改变了一切，他流亡到了瑞士，生活无着，疾病来袭，颠沛流离中，最终没有写完第三卷。1943 年，第三卷以《遗作残稿》为名出版了，这个时候罗伯特•穆齐尔已经去世三年了。

按照一般性的解释，罗伯特•穆齐尔是由于希特勒上台之后不得不开始了自己颠沛流离的流亡生活的。1936 年，因为中风，罗伯特•穆齐尔还险些丢掉了性命，后来也一直疾病缠身，到 1942 年，罗伯特•穆齐尔离开了人世，仍旧没有修改完成和定稿《没有个性的人》第二卷中的第三十九章到第五十八章的手稿，最终没有能够完成这部大著。1952 年，德国文学评论家弗里泽整理了遗稿，把没有发表过的五十章并入小说，出版了一个厚达一千六百五十三页的一卷本版本，并逐渐地在欧洲获得了好评。

《没有个性的人》这部小说在一般人看来，是那种沉闷的、令人望而生畏的作品。对于大部分中国读者来说，都意味着一种阅读的挑战，意味着一种有难度的攀登和猜谜一样的智力折磨。这部小说的故事背景是奥地利的首都维也纳，小说的时代背景是奥匈帝国时期。而如何来描述《没有个性的人》所讲述的故事，对于我是很困难的，因为《没有个性的人》的要点根本不在讲故事，罗伯特•穆齐尔在表达一种思想。但是，实际上，没有一部小说不是在讲一个故事，只不过到了二十世纪里小说讲故事的方式发生了很大的变化，而故事在很多小说那里也不是最重要的了。可是，表达思想的小说从总体上是一种冒险，这也是《没有个性的人》的魅力所在。

对于罗伯特•穆齐尔来说，小说的长度似乎是没有边际的。一直到小说第二卷第三十八章的结尾处，小说也没有结束。这样一部没有结尾的、长达一百万字的小说，罗伯特•穆齐尔通过它想告诉我们什么？小说的第一句话是：“大西洋上空有一个低压槽，它向东移动，和笼罩在俄罗斯上空的高压槽相汇合，还看不出有向北移避开这个高压槽的迹象。等温线和等夏温线对此负有责任。空气温度与年平均气温，与最冷月份和最热月份的温度以及与周期不定的月气温变动处于一种有序的关系之中……”，看上去，小说一开始似乎像是一部科普著作。但是，就是由这里开始，罗伯特•穆齐尔展开了绵长的叙述。整部小说的结构方法是把叙述、抒情和议论融为一体，小说的语调显得十分舒缓和低沉，似乎和笼罩在欧洲大陆上的低压槽是一个属性。

《没有个性的人》的情节是这样的：在奥匈帝国时期，政府中一些相关部门专门成立了一个委员会，准备来筹备1918年奥匈帝国的皇帝弗兰茨•约瑟夫在位七十周年的庆典活动。这对于一个帝国的政治生活来说，是一件很大的事情。同一年，德国的皇帝威廉二世在位三十年，也要举行一个隆重的庆祝活动。这两个被分别筹备的庆典活动，在当时被称为是“平行的行动”。但是，就是在1918年，欧洲的政治版图发生了巨大的变化：伴随着第一次世界大战的结束，这两个王国都在1918年里灰飞烟灭了，从此不存在了。因此，小说的情节设定，就是对一个即将消失的时代的气氛的全面捕捉。

《没有个性的人》里有一个重要的主人公，他的名字叫乌尔里希，他的活动贯穿了全篇。乌尔里希是奥匈帝国专门成立的庆典活动委员会的秘书，在小说的一开始，他刚刚三十二岁。我觉得他可能是作者本人的一个分身，因为从年龄上看，和罗伯特•穆齐尔本人的年龄平行。1913年，乌尔里希参加了这个叫作“平行行动”的、庆祝奥匈帝国皇帝在位七十周年的委员会，他开始了自己的忙碌生活，每天都做着平庸而切实的工作，但另一方面，他也在不断地审视着自我和内心，思考着他作为一个个体生命的特性与时代的紧张关系。就像罗伯特•穆齐尔本人一样，乌尔里希是一个非常敏感的人，在1918年以前的奥匈帝国的社会现实中，他感觉到，物质化和僵硬的社会体制依旧是现实生活的核心，在体制内的乌尔里希的生活平庸而平常，他的交往包括了情人、同事，以及那个时代的各色人等。随着他的社交活动和工作关系的展开，奥匈帝国在第一次世界大战之前的那种特殊而沉闷的、庸常而压抑、如同死水一样的整体精神状态被表现了出来。乌尔里希也逐渐发现，自己似乎是一个没有个性的人：他参加这个委员会，目的是想出人头地，但是，多次的尝试都失败了，他依旧是一个平庸的、模糊的人，他的工作似乎有意义，但是又没有什么意义。小说的长度使得小说的情节进展和叙述语调都显得十分缓慢，由此，奥匈帝国社会中各种各样的人的精神状态，被准确捕捉和描述。我们可以感觉到在第一次世界大战期间维也纳的社会气氛，以及当时整个欧洲的文化环境。可以说，罗伯特•穆齐尔没有去描绘一个时代的典型形象和典型人物，但是，他却描绘出来了一群人的心灵肖像，一幅那个时代的整体的精神肖像。

《没有个性的人》为什么没有结束？我自己更倾向于，罗伯特•穆齐尔自己无法将这部小说结尾。当小说像一面平原一样展开的时候，小说的作者已经无法控制它向四面无穷地延展了。小说的铺展使自身无法收尾了。因此，穆齐尔不得不绝望地停留在了广阔的叙述平原上的随便哪个地方，犹如一辆在广袤的旷野上奔驰的马车，没有了方向感，它会忽然停在很随意地停下来的地方而四顾茫然。但是，就是因为《没有个性的人》的无法结尾和没有结尾，反而使《没有个性的人》呈现出一种现代小说的可能性，那就是，蔓延作为小说叙述的一种特性，可以沿着所有的方向，不断地被陈述下去，没有尽头，也没有方向，和宇宙是一样的和时间与空间同在，直到世界完全消失的时刻。也许，这就是《没有个性的人》没有结尾的原因。

一种精神性小说的可能性

按照一些重要作家，像米兰·昆德拉和玛格丽特·杜拉斯对这部小说的赞扬，我们早早就知道了《没有个性的人》是一部可以和普鲁斯特的《追寻逝去的时光》、詹姆斯·乔伊斯的《尤利西斯》相提并论的二十世纪的杰作。它有一种独特的品质傲视群雄，它本身也形成了中欧文学传统中必须被重视和继承的新传统，是一块绕不过去的小说巨石。

米兰·昆德拉在他的小说评论著作《被背叛的遗嘱》中，多次谈到《没有个性的人》。他说："尼采使哲学和小说接近，穆齐尔使小说与哲学接近。这一接近不是说穆齐尔比别的小说家少些小说家的什么……穆齐尔的被思考的小说，同样完成了对主题的前所未有的开阔；从此，任何可以被思考的都不被小说的艺术所排斥了。"在米兰·昆德拉看来，《没有个性的人》的独特个性，恰恰就在于小说在向哲学接近、在向思考靠近、在向精神性的层面靠近的同时，展开了平面无限扩大的叙事。因此，它成了由情节和故事取胜的小说类型向内向式的精神性小说转折的基石，这是《没有个性的人》带给二十世纪小说史的贡献。

我曾经花很长的时间来反复阅读这部小说，它显然不是传统意义上的叙事类故事小说和讲究情节的小说，在这部小说中，罗伯特·穆齐尔把故事和情节完全打碎了，掺杂在各种各样的议论、抒情和叙述当中，由此拓展了欧洲小说的空间，和《尤利西斯》《追寻逝去的时光》以及卡夫卡的小说一起，在二十世纪二三十年代，由小说对故事的强调性的叙述，转变成了一种精神性的叙述，把人类小说推向了一个崭新的境界。

精神性的小说——姑且这么命名，显然是对我们的阅读习惯的一种挑战。所以，《没有个性的人》这部小说无论是长度还是阅读的艰险程度上，都构成了对读者的耐心的检验。在罗伯特•穆齐尔看来，只有人的心灵才是基本的、最高的现实，才最值得现代小说家去了解和剖析。罗伯特•穆齐尔因此在他认为正确的道路上独自走了很远。

精神性小说不能等同于哲学小说，哲学小说一般只是告诉你一个哲理，小说所讲述的故事只是作者要表达的哲学思想的外衣和载体，这在欧洲启蒙运动兴起时出现的哲学小说和教育小说那里，可以清晰地看到，在萨特的笔下也很突出，小说变成了阐释哲学思想的工具。我想，精神性小说只是在描述人的一种精神状态，这种精神状态是氤氲的、说不清楚的、混沌的、变化着的，形式上混杂了多种文体，和心理小说、精神分析小说有联系，又有着巨大的区别，但是，却抵达了时代气氛最逼真的地方。在这里，我必须继续引用《被背叛的遗嘱》中米兰•昆德拉谈论《没有个性的人》的话来加以强调："在穆齐尔那里，一切都成为主题（关于存在的提问）。如果一切都成为主题，背景便消失了，有如在一幅立体派的绘画上，只有背景了。正是在将背景的取消中，我看到了穆齐尔所进行的结构性的革命。重大的变化通常有一种不引人注目的表象。其实，思考的长度，段落的慢节奏，给了《没有个性的人》一种'传统式'行文的表象。这部小说没有颠倒叙述的年代顺序，没有乔伊斯式的内心独白，也没有取消标点符号，没有破坏性的人物和情节，在两千多页的篇幅里，读者跟随着年轻的知识分子乌尔里希的简单故事：他与几个情人出出入入，遇到了几个朋友；在一个严肃而怪诞的协会里工作（在这里，小说以一种几乎难以察觉的方式，远离了真实性并变为游戏），协会的目的是为了准备庆祝皇帝的生日，一个为了 1918 年计划的伟大的和平节日（一个滑稽可笑的炸弹放进了小说的底基）。每一种小的境况都在它的进程中似乎固定不动，为的是被一个长久的注视所穿破，这个注视去询问境况的意义，询问怎样去理解和思考它。"

我想，米兰·昆德拉已经讲明白了这部小说在小说史上建立的转折性意义的所在。《没有个性的人》中并没有激进的形式实验，没有玩儿令人眼花缭乱的语言游戏，也没有搞任何现代主义小说技巧的花招，它只是运用了议论、抒情和叙事相混杂的普通技巧，它只是展开了一次长久的注视，向一个时代的深情的、有些漠然的注视罢了。在这次长久的注视中，人类的境况和存在的面貌，这种存在面貌的荒诞和平庸，被小心翼翼地、低调地、平静地思考和描述着，又被一种尖锐的洞察力所刺穿。

《没有个性的人》在中国的出版没有引起很大关注，不光是读者冷遇这部小说，甚至在一些专家和作家那里，这部像两块砖头一样厚的、很难读的小说，也没有受到应有的重视。因为，在这个被金钱、资本的力量和俗艳的美学追求所左右、所俘获的时代里，在读者基本上慵懒到了只想听一个通俗和刺激的故事而基本不去思考的现实情境中，《没有个性的人》这部小说注定要被遮蔽，被浮华的声音和影像所掩盖。但是，它的光华是永远的，是无法被时间所遗失的。我觉得，《没有个性的人》对汉语小说也有着巨大的启发，汉语小说的一大缺失，就是我们很少有精神性小说的存在和发展的空间。我们几乎没有思考性的、精神性的小说，我们有的都是粗陋的、讲故事的，尤其是历史传奇的小说，比如《三国演义》《水浒传》一类的很多英雄豪杰的故事和金庸的武侠小说，而少有关于人的存在的精神性的抒写。在现代和当代文学史上出现了某些精神性小说的苗头，但是从来都没有受到过重视。可能中华民族和德意志民族之间的差别就在这里——按照一般的看法，德意志民族是一个长于思辨的民族，而以汉族为主体的中华民族，则是一个被五色所迷的感性民族，一个喜欢随机应变的、所见即所得不长于思考的民族。

精神性的小说的确是我们的小说传统中最缺乏的。从明清的世情小说，到民国和当代的现实主义小说，很少看到专注于思考的小说。由此，对《没有个性的人》的重视和发现，可以激发出汉语小说写作的方向性激情。当然，这是对那些有准备的作家而言的。当代汉语小说，似乎也无法越过讲故事这一关，即使到了二十一世纪头十年的今天，大部分作家还在以很老套的手法写故事，还在想方设法地讲述那些带有奇观性的故事。实际上，在今天这个平面媒体和电子媒体高度发达的社会，大部分的离奇的人间故事，已经被报纸、杂志、电视台、广播和互联网络迅速地说给我们听了，奇观性的故事在这些媒体上到处都是，现实生活中发生的各种千奇百怪的、离奇的、匪夷所思的故事，早就超越了作家本人对故事的想象力，也早就超过了作家的讲述能力，因此，把讲故事当作小说的唯一圭臬，是当代小说的误区之一，是小说家向市场、资本投降和向读者妥协和谄媚的表现，也是没有丝毫希望和巨大退步的表现。而我也没有看到这个现实改变的希望。

欧洲文坛普遍把罗伯特•穆齐尔与卡夫卡、乔伊斯、普鲁斯特这些现代主义小说的开山者并列在一起。我想，在《没有个性的人》中，现代小说发出了一个强劲的声音，那就是，人的精神状态将会是小说去发掘和表现的重大母题，而小说将不断地走向人物的内心，而不是去关心人物的外部世界。从这部小说诞生之后数十年来的小说发展来看，《没有个性的人》既完成了它给自身设定的任务，也昭示了小说发展的一条重要路径，那就是，叙事性的小说同时还可以作为一种精神性小说存在的可能性。米兰•昆德拉尤其重视罗伯特•穆齐尔，他把罗伯特•穆齐尔、赫尔曼•布洛赫、贡布罗维奇、卡夫卡并列为“中欧四杰”，认为这四个人形成了一种特殊的文学传统，并影响到了小说史的发展。因此，在谈到罗伯特•穆齐尔的时候，我必须还要提到赫尔曼•布洛赫（1886—1951）这个人。

赫尔曼•布洛赫同样是一个奥地利小说家，他生于一个维也纳企业主家庭，家境富裕，是一个取得了纺织业工程师资格的企业专业管理人员，并长期担任家族纺织企业的总经理。后来，伴随第二次世界大战的爆发，作为犹太人，他的命运发生了很大的变化，不得不流离失所，在英国和美国流亡。他写于 1928 年到 1931 年的长篇三部曲《梦游者》和写于 1945 年的长篇小说《维吉尔之死》是他最重要的作品，也是二十世纪小说史中的重要作品。《梦游者》是一部巨著，分别由《一八八八：帕泽诺夫或浪漫主义》《一九零三：埃施或无政府主义》《一九一八：胡戈瑙或实际主义》构成，每部小说的主人公是独立的，代表了三种十九世纪末期到二十世纪初期三十年之间德国资产阶级的典型形象。在小说的写法上，赫尔曼·布洛赫采取了将议论、诗歌、散文和小说的叙事夹杂在一起的办法，小说中的人物似乎一直在探讨哲学问题，并表明了他们鲜明的道德立场，而小说的故事性和情节退居其次，因此使小说显得卓尔不群。

长篇小说《维吉尔之死》在写作手法上，将意识流和内心独白的方式发挥到了极致，书写了古代罗马的大诗人在临死的时刻、在自己神思迷离和恍惚之间，对自己一生的回忆。在维吉尔的回忆中，他时而面对老年时刻对死亡的恐惧，时而联想到自己人生中的童年和少年时代的欢欣，在他最后十八个小时的生命时刻，他一边自我反思和回忆，一边向皇帝奥古斯都讲述。小说具有交响乐的结构，语言优美华丽，带有诗意。小说把现实、想象、回忆和幻觉都交织在一起，使小说跨越了时间的局限，将一个伟大诗人的一生描绘得波澜壮阔。同时，在维吉尔的身上，还交织了赫尔曼·布洛赫本人的影子，作者和他笔下的主人公都是人道主义者，并承受了时代加于个人身上的痛苦。在赫尔曼·布洛赫去世前一年，他还出版了长篇小说《无辜的人》，这是一部由十一篇小说构成的系列小说，对德国纳粹兴起的原因和德国人为什么接受纳粹思想进行了分析和批判。

赫尔曼·布洛赫的作品一直没有中文译本，我有一次碰到了《卡夫卡全集》中文版的主编、翻译家叶廷芳教授，就强烈地建议他组织出版赫尔曼·布洛赫的作品。和赫尔曼·布洛赫的情况相似的奥地利杰出小说家中间，还有伯恩哈德、彼德·汉特克、耶利内克、巴赫曼，他们在小说的实验和哲学思辨之间，找到了一条通道，并分别进行了强有力的实验和探索，无论在形式上，还是对历史和现实的批判上，都更加激进和尖锐，构成了“二战”之后奥地利德语文学中最重要的收获。

阅读书目：

《没有个性的人》，张荣昌译，作家出版社，2000年12月版

《穆齐尔散文》，徐畅等译，人民文学出版社，2008年12月版

《学生特尔莱斯的困惑》，施显松译，同济大学出版社，2009年9月版

《学生托乐思的迷惘》，罗炜译，人民文学出版社，2012年9月

《历代大师——伯恩哈德作品选》，马文韬译，三联书店，2006年11月版

《守门员的焦虑》，彼德·汉特克著，林琦珊译，台湾麦田出版社，2003年11月版

伊萨克·巴别尔：闪电风格与史诗片段
（1894—1940）

在时代的风暴眼中

最近几年，由于当文学刊物的编辑，编看了大量当代写手们的小说，我发现，写手们的一个通病就是把小说写得特别满，一个短篇小说里，硬要塞进去很多东西，尽可能地多，而不会做一点减法。我一般给他们开的药方就是，赶紧去读海明威、雷蒙德•卡佛和巴别尔的短篇小说，最好读两遍，因为在二十世纪里，仅就短篇小说而言，这三个作家是减法做得最好的，因此成就了他们个人鲜明的写作风格。

伊萨克•巴别尔，一个在世界上只活了四十多年的作家，在半个世纪之后，显示出他更加重要的意义。我在斯德哥尔摩一家书店里第一次看到他的厚达一千多页的英文版全集的时候，就这么吃惊地想。可以说，伊萨克•巴别尔仅凭他留下的薄薄的短篇小说集《骑兵军》，就建立了彪炳二十世纪小说史的名声，是因为，这部小说集太有特点了。《骑兵军》中的三十多篇具有文学速写和素描特征的小说，描绘了那段在革命和内战时期的血腥与激情迸射的苏联历史。我想，如果这部小说没有和苏俄激烈动荡的二十世纪初期的大历史相联系，如果没有伊萨克·巴别尔那闪电般描绘人物的对话和动作的语言，没有小说叙述片段中使用省略和空白所造就的迅捷的语调风格，那么，《骑兵军》一定不会具有现在的影响。是上述两个因素从小说的内部和外部，共同构造和生成了这部小说的巨大价值。苏联作为一个政权和国家，在二十世纪里的诞生、发展和解体，是人类社会为了寻求理想生活而进行的伟大但最终带有悲剧色彩的社会实验，她的存在和消亡，注定成了被历史学家和文学家不断书写的特殊岁月，而描绘了这场人类重要社会制度实验的文学上的开端之作，就是伊萨克·巴别尔的《骑兵军》。

伊萨克·巴别尔，1894 年出生在敖德萨的一个犹太商人家庭。少年时代在父亲的严厉督促下，伊萨克·巴别尔就深入学习了犹太文化经典《塔木德》和《圣经》。后来，善于经商的父亲希望他继承自己的衣钵，叫他进入敖德萨商业学校，去学习商业和经济学课程。在学校里，伊萨克·巴别尔碰到了自己的文学启蒙老师瓦东。瓦东是他的法语老师，具有很高的文学素质，熟悉很多法国的古典作家，在给伊萨克·巴别尔等学生们上语言文学课的时候，总是以沉醉和热情洋溢的方式讲述法国作家的作品，这极大地感染了一些学生，并使伊萨克·巴别尔在内心里萌发了对文学的强烈兴趣。在瓦东老师的直接影响下，伊萨克·巴别尔熟悉了很多法国的经典作家作品，在十五岁的时候，他就开始直接用法语学写小说。这段经历对他日后写出了杰作《骑兵军》等作品，有着重要的影响。从那所商业学校毕业之后，正是沙皇俄国进入到尾声，俄国正要发生激烈社会变革的前夜，山雨欲来风满楼，社会气氛中酝酿着不安的因子，大家都觉得时代要变化了。伊萨克·巴别尔因为不满父亲对他的强行塑造，感到家庭气氛越来越憋闷，他对自己所学习的经济学专业尤其不感兴趣，也没有打算像父亲那样去从事商业经营。在和父亲发生了冲突之后，他就毅然地离开了敖德萨，打算自己去闯荡世界了。

我们很难想象在那样一个时代，一个刚刚从商业学校中出来的青年，能够离开父母和家庭，独自奔走在寻求自己渺茫未来的大路上。可是，伊萨克•巴别尔就是这么做的。他一路向东，先来到了基辅，没有找到饭碗，待不下去，1915 年，二十一岁的伊萨克•巴别尔又来到了俄罗斯的大都会彼得堡。在彼得堡，一开始，背井离乡的伊萨克•巴别尔过着狼狈不堪的生活，由于没有居住权，他可以说纯粹是一个流浪汉。但他并不灰心丧气，平时栖身于一个小酒馆里，怀揣着文学理想，开始勤奋地甚至是发疯般地写作，向彼得堡的一些杂志投寄自己的作品，或者上门投稿。但是，伊萨克•巴别尔屡屡遭受挫折：几乎所有的编辑都劝他改行，认为他根本就不适合搞文学，他们劝他去开一个小铺子，做点买卖，先养活自己再说。伊萨克•巴别尔的处境越来越糟糕了。

就是在这个时候，伊萨克•巴别尔遇到了他生命中的贵人——大作家高尔基。高尔基偶然看到了他的作品，认为他是一个可造就的天才作家。1916 年底，伊萨克•巴别尔最早的一批短篇小说在高尔基主编的杂志《年鉴》上发表了，这使他受到了很大的鼓励。因此，他一生都感谢高尔基，尊重高尔基对他的教诲——是高尔基发现了他的文学天赋，并且将他引领到俄国文坛之中的。后来，高尔基觉得他的作品在展现社会生活的面上还是显得狭窄了，就建议伊萨克•巴别尔应该走入到更为广阔的社会中去体验生活。

伊萨克•巴别尔对高尔基是非常景仰的，高尔基在当时的文坛上也是一个呼风唤雨的人物，他的建言肯定是有道理的。于是，伊萨克•巴别尔听从了高尔基的建议，从 1917 年开始，他改变了自己的生活，以积极的心态迎接俄罗斯革命。他先在罗马尼亚前线当过一段时间的兵，又在彼得堡肃反委员会外事部工作过，1918 年，他成了《新生活报》的记者。几个月之后，这家报纸被革命政权关闭，他回到了敖德萨，在乌克兰出版管理部门担任工作人员。1920 年的春天，他参加了布琼尼领导的红军第一骑兵军，在《第一骑兵军》中担任记者，以笔名柳托夫参与到骑兵军的战斗生活中，并记述自己的眼睛所看到的一切。这一段战争生涯，是伊萨克·巴别尔一生中至关重要的阶段，也是他自称的“被高尔基打发我到人间”的阶段，直接改变了他原先的文学观。首先，一个犹太人知识分子来到了以哥萨克人为主体的骑兵军中，在残酷的战斗中，在粗豪的士兵中间，是必定要经受各种各样的洗礼和考验的。可以说，他进入到时代的风暴眼中了。他的所见所闻，都极大地刺激和影响了他的观点，同时，也坚定了他从深厚的犹太教和《圣经》中学习到的传统和普世的价值观，就是对人性的美和善的肯定与追求，对死亡、暴力和邪恶的谴责和批判。其次，苏联红军和波兰军队的战斗，也使他从更高更深的层次和角度，思考时代的问题和战争的本质意义，使他取得了一个非常独特的反映时代矛盾的角度，来呈现人类历史变革的瞬间，为他最终写出超越时代审美标准的杰作铺平了道路。后来，在苏联红军和波兰军队的人类历史上规模相当大的骑兵战争快结束的时候，因为伤害病的袭扰，伊萨克·巴别尔回到了敖德萨，开始以自身经历写作《骑兵军》系列篇章。

1923 年，伊萨克·巴别尔的系列短篇小说《骑兵军》中的一些篇章，开始在杂志上陆续发表，到 1926 年《骑兵军》一书正式出版，获得了热烈的反响和很大的争议。其实，自从 1923 年《骑兵军》中的一些篇章刚开始发表的时候，伊萨克·巴别尔就遇到了巨大的压力：他首先就遭到了骑兵军军长布琼尼将军的激烈批评——布琼尼是一个文盲，于 1935 年成了苏联元帅——他认为，伊萨克·巴别尔的系列小说《骑兵军》，根本就没有写出他领导的红军第一骑兵军英勇作战的本来事迹，和他们浴血奋战背后伟大的战斗精神，而是以一些细枝末节的故事丑化了、歪曲了红军战士的形象，是对红军的诽谤，造成了恶劣的影响，因此，伊萨克·巴别尔甚至是一个罪人，《骑兵军》这本书也是一本坏书。布琼尼在1924年的《十月》杂志上写了一封公开信来攻击伊萨克·巴别尔。这使得伊萨克·巴别尔感到了前所未有的压力和困扰。在这个关键的时刻，他的文学导师、当时彪炳文坛的高尔基出面，坚决地站在了伊萨克·巴别尔这一边，为他进行文学辩护。高尔基在1928年的《消息报》上批评对方，双方接连写了公开信进行交锋。布琼尼感到恼怒的是，这部小说“从一个犹太人的胡言乱语，到对天主教教堂的打砸抢，到骑兵鞭打自己的步兵，到一个有梅毒的红军战士的肖像”，总之，伊萨克·巴别尔写的都是战斗过程中很恶劣和糟糕的细节，恶毒诋毁了英勇的红军战士。高尔基则认为：“布琼尼自己不但喜欢装饰他的战士的外表，而且还喜欢装饰他的马匹的外表，而伊萨克·巴别尔则美化了他的战士的内心。”高尔基出面为伊萨克·巴别尔辩护，这一方面是因为他是文坛领袖，说的话举足轻重，另外一个方面也显示了他对文学价值标准本身的肯定。这场两方面的争执，最后以伊萨克·巴别尔获得了胜利而结束，是当时苏联文坛上的一个重要事件。不过，对高尔基的那句话，后来，苏联作家爱伦堡则有不同的看法，他认为：“巴别尔没有美化《骑兵军》中的英雄，他揭示了他们的内心世界。仿佛他只照亮了一个片段，那是一个人原形毕露的瞬间。”

《骑兵军》全书在1926年出版之后，不仅在国内引起了很大反响，也很快受到了欧洲一些国家的关注，被迅速翻译成多种文字，在世界上的影响不断地扩大。这本书受到了如此反响，是因为它是时代的风暴眼中诞生出来的，小说中，革命、战争、死亡和暴力的痕迹到处都是，但是人类存在的基本价值，人性的美好和希望，仍旧在字里行间闪烁着光亮，文学的美也使这部书超越了它所诞生的时代。

《骑兵军》构造的史诗片段

那么，在《骑兵军》中，伊萨克·巴别尔到底给我们呈现了一种什么样的不可替代的文学风格？文学价值何在？他的小说艺术高明在哪里？他讲述了一些什么样的故事？这是我一开始阅读他的小说时的疑问。《骑兵军》的写法，有些像由片段构成的“糖葫芦”小说，这是我自己发明的词。在这个由三十多个短篇小说构成的“糖葫芦”中，伊萨克·巴别尔采取了以片段来呈现整体、以“管中窥豹”的方式，来呈现“全豹”，以一个个的糖葫芦，构成了一整串的糖葫芦。他所描绘的、叙述的、书写的，都是那场闻名世界的战争的片段、瞬间、局部和细节，有的地方放大了，有的地方则聚焦了，有的地方又缩小了的战争生活。从总体上说，这些作品都有着写实的功底，和文字速写的特征。就是在这个地方，伊萨克·巴别尔呈现出他天才的、不可模仿的艺术个性来：他往往能够以寥寥数笔，就写出了复杂的战争场面背后呈现出的政治、文化和人性的纠葛。这是伊萨克·巴别尔特别成功的地方。战争和历史的风云变幻，无法遮蔽人性中的光辉，同时也呈现出人性的黑暗面来。伊萨克·巴别尔同时展现了人性中善和恶的两极，并且将这两极非常突出和尖锐地表现出来，造成了强烈的对比效果，我想，正是因为其“战壕真实”般的不伪饰的写作手法，强烈刺激了布琼尼这样的喜欢粉饰的文盲将军，因此，他们之间的争论实在是不可避免。

在《骑兵军》第一版出版的时候，一共收录了三十四个短篇小说，后来的版本又增补了一两篇。这三十多个短篇小说，篇幅都很短小，翻译成中文后，短的只有几百字，长的也就三四千字。《骑兵军》描绘的时代，是苏联社会主义革命政权刚刚建立的初期，讲述了红军哥萨克骑兵军反击白军和入侵的波兰军队，与之作战的故事。这三十多个短篇故事，从片段或局部入手，却能呈现出时代的纷繁复杂的全貌。具体分析起来，在《骑兵军》的叙事方式上，可以看到伊萨克·巴别尔经常使用第一人称“我”，有的时候是在转述别人的讲述时使用，有时则是直接使用。但是小说的大部分叙述视点，是第三人称的。我挑选其中的十个故事来简单分析：

《渡过兹布鲁齐河》是《骑兵军》中的第一篇，讲述主人公“我”在战斗过程中的某一天，留宿在一个犹太人老百姓家里的故事。在这篇小说的开头，有一段风景描写非常动人：“公路两旁的田野里，紫红的罂粟花盛开，正午的风吹拂着开始发黄的黑麦，少女般的荞麦挺立在地平线上，犹如远方寺院的围墙。寂静的沃伦蜿蜒起伏，渐渐离开我们没入白桦林珍珠般的雾海中。它爬上一个个鲜花盛开的山冈，衰弱的手在葎草丛中弯弯曲曲地延伸过去。橙黄的太阳像被砍下的头颅在天空滚动，把柔和的光线洒向幽暗的峡谷，映着晚霞的军旗在我们头顶上飘扬。昨日激战后的血腥和死马的气味渗入傍晚清凉的空气中。兹布鲁奇墨绿的河水咆哮翻腾，在急流处卷起阵阵水花。桥梁都被破坏了，我们只好蹚水过河。月亮静静地躺在水波上。河水没到马背，水流汩汩地从千百条马腿间淌过。有人被河水淹没了，于是传来响亮的骂娘声。河里黑压压地挤满了一辆辆大车，人声鼎沸，哨声、歌声混作一团，回荡在洒满月光的蜿蜒的河流和亮光闪闪的洼地上空。”我之所以引了这么一段他的文字，是想让读者体会到他基本的语言风格。在他描述的这么美好的风景背后，战争的血腥也同时呈现出来：死马，被破坏的桥梁、像被砍下头颅的太阳——你仔细地回味这样的比喻吧。到了晚上，留宿在那家犹太人老百姓家里的“我”忽然被噩梦惊醒了，醒来之后，“我”却发现，自己原来一直和早就死去的、这家男主人那具被割断了喉咙的尸体躺在一起。由此产生的强烈对比，在中文字数一千二百字的篇幅里，就完成了，这样的篇幅在我们的文学标准上来说只是一篇小小说,但伊萨克•巴别尔却给我们带来了震撼和惊悚的阅读效果。

在后来的几乎每一篇小说中，伊萨克•巴别尔都呈现了在上面这篇小说中所创造的风格，以及制造出来的震动效果。在《骑兵军》中，有时候作者的化身“我”会出现，来亲自讲述，但是有时候则是直接借助其他人物来讲述的。比如，在《一封家信》中，伊萨克•巴别尔就隐藏在士兵库尔久诺夫的背后，通过转述士兵自己写给妈妈的信件，告诉了我们战争带给一个家庭的撕裂：这个家庭中，在白军中的父亲亲手杀死了自己的一个参加红军的儿子，而他的另外一个红军儿子，又杀死了自己的白军父亲，替亲兄弟报了仇。白军和红军之间的战争竟然使同一个家庭父子之间自相残杀，使家庭和人伦分崩离析，这么大的悲剧，伊萨克•巴别尔以三千字不到的篇幅，就给我们完全展现出来了。

在《我的第一只鹅》中，一直被粗犷的哥萨克士兵嘲笑的“我”，必须要杀死一只无辜的、走路姿态优美的鹅，才能证明自己不是戴眼镜的软蛋知识分子，而是一个不害怕看到鲜血的骑兵战士。“我”最终也因为杀掉了“我的第一只鹅”，而成为被战士们接纳的同伴。但是，在“我”的内心中，引起的波澜和巨大震动会是什么样的，就可想而知了。

《多尔绍夫之死》讲述了一个更加残酷的战场故事：在战斗一时失利中，身受重伤的士兵多尔绍夫不能和战友一起撤离了，可他又不想活着成为波兰敌人的俘虏，因此，他要求战友柳托夫向他开枪把他打死。柳托夫就是叙事人和见证人“我”，本书大多数时候的叙事者，“我”不忍开枪打死战友，但是排长阿丰卡则开枪打死了肠子都流出来了的多尔绍夫，满足了多尔绍夫宁死不做俘虏的要求。阿丰卡开枪之后，还大骂“我”是个软弱的四眼小知识分子，恨不得开枪打死“我”，被其他战友拉开了。

《第二旅旅长》只有八百字，讲述了布琼尼军长任命了科列斯尼科夫接替刚刚阵亡的旅长，担任新旅长。这篇小说中，速写的风格发挥到了极致。科列斯尼科夫一周之前还是个连长，一个小时之前是一个团长，现在，他就是旅长了。新旅长立即赶往最前沿的阵地投入到血腥的战斗中。在小说的结尾，战斗结束了，“……在波兰人被歼灭后一个小时，我有机会看到科列斯尼科夫。他骑马走在自己旅的前面，一个人，骑在一匹浅黄色牡马上打盹。他的右手吊在绷带上。离他十步开外，一位哥萨克骑兵擎着一面展开的旗帜……”作者以最俭省的手法，将军长到旅长到战士，在残酷战斗中的状态活灵活现地描绘了出来。

伊萨克•巴别尔的神经是足够坚强的，不断书写残酷到极点的战场故事，但有时候，他还能够表现出诙谐和幽默感来。在《一匹马的故事》中，师长看上了一个连长的马，把这个连长的马给抢走了。为了重新夺回来那匹马，连长想了各种各样的办法，还是没有办法把他的马要回来。情急之下，他写了一个退党声明，在声明里说，他退党的原因，就是那匹他酷爱的马被师长给抢走了。最后，在战友的劝说下，连长平静下来，不退党了，可是内心里还是不高兴，几个星期之后还是以负伤人员身份离开了部队。小说传达出一种难得的幽默感来。在《续一匹马的故事》中，这个故事继续发展：连长终于想明白了，不应该为一匹马而和师长怄气，写了一封信表示理解，师长也回信告诉连长，自他离开部队，不少战友已经阵亡了，他喜欢的马也不再是师长的坐骑，也许他们只能在天国相见了。

有时候，伊萨克•巴别尔不在小说中出现叙述人“我”。《盐》就是这样，它以一个战士写给报社的书信的方式，讲述了战士们讨厌那些发战争财的盐贩子。一个妇女怀里抱着孩子，被同情她的战士让到了列车上，但是他随即发现，这个妇女怀里抱的孩子是一袋盐！于是，他把她推下了行进中的列车，感到了被欺骗的耻辱，最终用步枪打死了她。

伊萨克·巴别尔很会使用话里有话和言外之意的手法。《阿丰卡·比达》中，排长阿丰卡·比达在战斗中失去了心爱的马，他消失了一段时间，以抢夺的方式再次弄来了一匹马，重新归队。但是排长到底是怎么得到了这匹马的，你从小说的蛛丝马迹中才可以猜出来。

伊萨克·巴别尔还在方寸的空间里给我们展现他卓越的叙事艺术。《骑兵连长特鲁诺夫》中，一开始是以倒叙的手法，讲述连长的葬礼过程，接着，讲述“我”因为连长特鲁诺夫以残酷的手法杀害俘虏，发生了冲突的故事。小说的最后，讲述了连长特鲁诺夫又如何被飞机子弹射击而阵亡，并被埋在了市中心的花园里，和小说的开头形成了一个完美的叙事圆环。

伊萨克·巴别尔还在小说中表现出温情的一面。《吻》是这部小说的最后一篇，小说中，主人公“我”前往一座被夺回来的城市收编当地队伍，寄居在一个犹太人家中，爱上了这个家庭的一个姑娘。他们有过一次深情的长长的接吻。但是，后来紧急命令让“我”要立即归队，他又离开了那里，并永远地离开了那里，只有那个温暖热乎的吻，还存在在马背上的主人公的记忆中……

《骑兵军》这部小说是在特殊的历史情境中产生的。它的特殊性就在于，残酷的战争既泯灭了人性，又使人性不断迸发出强烈的光辉。就是这些复杂的、两难的、极端的、正和反的人性表现，使得小说具有了相当的深度和表现力度。小说的容量极大，伊萨克·巴别尔通过《骑兵军》，描绘了革命的艰难程度、人性的复杂程度和战斗的残酷程度都是最深刻的。几乎在《骑兵军》的每一页，战争的残酷和死亡、血和尸体都出现了，但是，与此同时，你也可以在每一页中看到优美的景色、淳朴的战士、人性的光辉和勇敢的行动。这些反差强烈的对比性，在《骑兵军》中比比皆是，因此，造就了这部小说的奇特效果，它如同味道浓郁的一个大餐盘，或者是一个色彩艳丽的画家的调色盘，在同一个时空里，将所有能够震动你的东西全部呈现在你的眼前。我觉得，《骑兵军》是可以让人流泪、大笑、微笑、凝视、沉思、叹息、恼怒、悲伤、忧郁、欣慰的书。《骑兵军》给我们描绘了三十多个片段，这些瞬间的、局部的描绘，加起来，却仿佛带给了我们一幅整体的大壁画的印象。在这幅由战争、丧乱、搏杀和生命与死亡共存的大壁画上，大量时代的文化、政治、军事和人性的信息共时性地体现了出来，达到了相当的高度和叙述浓度，构造了一个绚丽的小说世界。

在以短篇小说闻名的作家中，我看，只有阿根廷的博尔赫斯可以和伊萨克•巴别尔一拼。博尔赫斯一生留下的全都是短篇小说，那些短篇小说篇幅也很短小，翻译成中文也都在三四千字。可见，短篇小说的长处就在其短小精悍，虽然短，但要无比地锋利。中国武术中讲过一句话，叫作“一寸长一寸强，一寸短一寸险”，短篇小说越短就要越险，才可以体现短篇的魅力。像《骑兵军》这样的由系列构成一个整体的小说，在苏俄文学中，远有屠格涅夫的《猎人笔记》，近有阿斯塔菲耶夫的《渔王》。而其他国家的作家作品中，像詹姆斯•乔伊斯的《都柏林人》、舍伍德•安德森的《小城畸人》、海明威的《尼克•亚当的故事》、胡安•鲁尔福的《平原烈火》、奈保尔的《米格尔大街》，都类似这种小说的类型。不过，《骑兵军》在这个系列中显得非常耀眼，具有不可替代的独特性。它的风格更加简洁犀利，叙事语调快捷，闪电般地照亮了人性中的卑污和高尚，在正反两极中快速地演变，这成了他独特的、无法替代的、一眼就可以认出来的风格。而这种风格，也成就了《骑兵军》二十世纪的史诗片段。

耀眼星辰的高度

伊萨克·巴别尔存世的作品并不多。1931 年，他还出版了另一个短篇小说集《敖德萨故事》，其写作的年代却在《骑兵军》之前。2001 年，在伊萨克·巴别尔的女儿的辛勤编辑整理下，厚达一千四百页的英文版《伊萨克·巴别尔全集》出版了，根据这个全集，在《敖德萨故事》名下的小说，又增加了四篇，达到了十三篇。但是，我觉得这部小说的艺术成就远在《骑兵军》之下。从《敖德萨故事》中，可以隐约看到他的迅捷、简洁、断片式的叙述和语言风格，但是总体来说，显得比较平庸和一般。到了《骑兵军》中，精致、准确、优美的写景语言，和对战士动作和语言的粗鲁描绘与战场的残酷景象结合在一起，创造出独树一帜的风格和画面。因此，我觉得，伊萨克·巴别尔留下来的全部小说中，包括其他十多篇童年故事和一些不能归到任何系列里的散篇中，最好的，就是《骑兵军》了。毫不夸张地说，《骑兵军》是人类文学中的奇葩，达到了令人望尘莫及的星辰的高度。

伊萨克·巴别尔形成了如此独特的风格，肯定和他在战争生活中的磨砺有关，是战场见闻和记者的身份，使他逐渐确立了自己的写作风格。他认为，自己作品的语言应该“像战况公报或者银行支票一样准确无误”，于是，就形成了他简洁、洗练、迅速、省略、空白和闪电般干脆的叙述风格。他往往只需要用几个词，就描绘出别人用一整页才可以说清楚的东西，用几页，就写出了别的作家可能要用一本书才可以完成的东西。在这里，我把普鲁斯特拿来和他做一个对比。在普鲁斯特的笔下，回忆那些过往的生活细节，可以像连绵流淌的河流那样无穷无尽，是一卷长河，在伊萨克·巴别尔的笔下，则是快速的素描。一个是善于留白的精巧的卓越匠人，而另外一个，则是精心镌刻花边艺术的大师。

经历过战争的伊萨克•巴别尔后来期盼过一种安静的生活，但是，却刚好赶上了动荡的时代，于是，他在社会动荡中、在战争、政治运动和人生苦难中，遍尝艰辛。1939年5月，在斯大林进行的越来越严厉的大清洗中，伊萨克•巴别尔受到了牵连，以间谍罪的名义被抓起来了。1940年1月27日，他被秘密枪决了。而他留下来的放在二十四个文件夹里面的两部长篇小说手稿、一些短篇小说的草稿、翻译稿、日记、创作笔记、话剧剧本以及一些私人信件，全都被克格勃搜查后带走了。1955年，伊萨克•巴别尔被平反了，但是这些珍贵的手稿，绝大部分都没有被找到。

《骑兵军》是二十世纪短篇小说中的高峰和典范，它的风格化强烈到几乎不可被模仿和借鉴的程度了。《骑兵军》涉及的主题，小到苏联革命时期的战争动荡和内部纷争，中到文化、宗教和种族冲突，大到对人类的基本价值的怀疑和确认、对生命和死亡的意义以及宗教的探寻等，有着多重主题。而这多重的主题在一个薄薄的集子中就完美地体现了出来，实在是前无古人。至于有没有后来者，现在都很难说。《骑兵军》的语言精确简洁、语调迅捷快速，以及绘画般截取景色和人物动作的描绘，都是绝佳的。它的叙述技巧也很高超，可以采用多个角度来讲述。他所获得的文学地位，我想连伊萨克•巴别尔自己都始料未及。随着时光的流逝，伊萨克•巴别尔和他的《骑兵军》所散发出的光辉，反而更加强烈，如同我们去探望那星辰，却发现在寒夜中，它似乎越来越明亮一样。

阅读书目：

《骑兵军》，孙越译，花城出版社，1992年9月版

《红色骑兵军》，戴骢译，浙江文艺出版社，2003年1月版

《红色骑兵军》，傅仲选译，辽宁教育出版社，2003年3月版

《骑兵军》，戴骢译，人民文学出版社，2004 年 9 月版

《敖德萨故事》，戴骢译，人民文学出版社，2007 年 1 版

《巴别尔马背日记》，徐振亚译，人民文学出版社，2005 年 11 月版

《骑兵军日记》，王若行译，东方出版社，2005 年 4 月版

《哥萨克的末日》，王天兵著，新星出版社，2008 年 3 月版

帕斯捷尔纳克：被时代绑架的人质
（1890—1960）

一

我还记得电影《日瓦戈医生》结尾的那段镜头：在莫斯科街头，当日瓦戈医生忽然看到在熙熙攘攘的人流中，有一个女人的身影酷似他的恋人，他立即开始追赶她的脚步，想赶到她的前面去看看她的脸。但是，就在他紧张追赶的时候，他的心脏病发作了，他不得不捂住胸口停下来，大口地喘气，然后就倒在地上再也起不来了。他死了，他最终还是没有看到那个女人的脸，他永远也不知道那个女人是不是他失散的恋人。虽然这部电影是英国人拍摄的，但是它相当准确地表现了俄语小说《日瓦戈医生》的主要情节，塑造了可信的、鲜明的人物形象。我看了这部电影之后，又再次重温了小说《日瓦戈医生》，它仍旧具有让你潸然泪下的力量。

在整个二十世纪里，苏联作为人类中的一部分人为了理想生活而建立的政权体制，这个激烈的社会实验在二十世纪末以悲剧性的解体而告终。

和这个庞大的国家一起瓦解和坍塌的，还有无数粉饰那个历史时期的文艺作品，和那些当时走红的作家们——很多俄语小说家随着苏联的解体而失去了他们在文学史上和读者心目中的地位。相反，有另外一些俄语作家，则越来越突出地代表了那个时代。也许，作家天生必须要和所处的时代保持一种疏离关系，保持一种对视的、批判的、审美的态度，他才可能有价值，他的写作因此才会有意义。相反，一个作家如果和时代与权力媾和，去一味谄媚和唱赞，那么他一定会随着历史的消亡而一起消失。

鲍里斯·列昂尼多维奇·帕斯捷尔纳克，就是一个逐渐浮现出来的杰出作家和诗人。他 1890 年 1 月出生于莫斯科，他的家庭是一个艺术世家：父亲是一个画家，同时还是莫斯科美术、雕塑和建筑学院的教授，曾经为文学大师列夫·托尔斯泰的小说《复活》配过插图，母亲是钢琴家，音乐修养非凡，因此，他的父母经常举行家庭聚会，到来的客人都是莫斯科文化艺术界的精英艺术家，包括大作家列夫·托尔斯泰、奥地利诗人里尔克等，这些大人物都是他父亲的座上客。在这样的家庭文化环境熏陶下长大，帕斯捷尔纳克难免不对文学艺术有兴趣，并且选择从事文学艺术事业。从小学、中学到上大学，他陆续学习了拉丁文、希腊语、英语、法语和德语。1909 年，十九岁的帕斯捷尔纳克进入莫斯科大学哲学系学习，就学期间，他还到德国的马尔堡大学专门研修康德的哲学。帕斯捷尔纳克属于比较早慧的天才型作家，在大学期间，他就发表了一些诗歌作品，还在作家安德烈·别雷担任编辑部负责人的一家出版社担任编辑助理。1913 年他大学毕业后，与莫斯科的很多诗人、作家、艺术家密切交往，出版了诗集《云雾中的双子星座》（1914）、《在街垒上》（1916）。这两部诗集收录了他的早期诗作，诗歌风格明显受到了“白银时代”的象征主义诗人索洛古勃、安德烈·别雷、伊万诺夫、勃洛克，以及未来派诗人马雅可夫斯基的影响；诗风多变，用相对晦涩和隐喻的手法，抒发了他对爱情、命运、自然和历史的感受。

在第一次世界大战期间，由于一次骑马导致的意外伤害，帕斯捷尔纳克没有去服兵役，而是去给别人做家庭教师，同时开始了文学翻译活动。1922年，他出版了自己的第三部诗集《生活，我的姐妹》，诗歌风格摆脱了象征主义的晦涩，开始贴近社会生活和现实，显示了苏联十月革命之后正在创建的新社会带给他的希望和灵感，以及马雅可夫斯基对他的持续影响。

但是，俄罗斯的“十月革命”所造成的激烈的社会变革，也导致了他的家庭发生了巨大的变化：他的父母亲和两个妹妹都在1920年流亡到欧洲，帕斯捷尔纳克经过了激烈的思想斗争，最后决定留在新生的苏维埃共和国，在新政府的教育委员会下属的图书馆找到了工作，同时，继续勤奋写作。可以说，在整个十九世纪二十年代，他创作力有了第一次迸发：他发表了中篇小说《柳威尔斯克的童年》（1922）、短篇小说《空中路》（1924），出版了第四部诗集《主题与变奏》（1923），还完成了三首叙事性长诗《崇高的病》（1924）、《一九〇五年》（1926）、《施密特中尉》（1927），这几首长诗都是他对苏维埃新政权的激情赞美——前者是对列宁的赞颂，而后面两首长诗则取材于1905年的一次没有成功的革命。在那次发生在彼得堡的革命运动中，一些以暴力手段试图推翻沙皇统治的革命者，最后被沙皇下令处死。因此，帕斯捷尔纳克一开始是以诗歌真诚地呼唤着俄罗斯的未来。十九世纪二十年代里，斯大林和托洛斯基都接见过他，斯大林甚至提出来要他担当“时代的歌手”，也就是说，让帕斯捷尔纳克成为一个颂歌的写作者，去讴歌时代的光明面。但是，在十九世纪二十年代的后期，随着苏联政权的逐渐稳固，政府对文化的控制却增强了，文网开始渐渐地收紧了。而帕斯捷尔纳克也十分敏感地察觉到了新社会对作家、艺术家的敌意。他不再那么乐观了，他开始有了反思，尤其是对沙皇时代留下来的俄罗斯优秀传统文化的重视，他摒弃了“未来派”诗人完全反对俄罗斯传统文化的理念，在进入十九世纪三十年代之后，他的创作发生了显著的变化，他已经从一个云雀般赞美黎明的歌手，变成了深深地进行内省的诗人。

这首先体现在他的自传体随笔《安全保证书》（1931）中。这部散文分三个章节，详细记述了他的家庭生活、他在国内和德国上大学的情况，以及与奥地利大诗人里尔克的交往，还有他在意大利的游历，在莫斯科和很多艺术家、诗人、作家们交往的情况，比如和诗人马雅可夫斯基的亲切往来。在这部散文集中，呈现的是他对“旧时代”的文化辉煌的记忆和怀念，对还没有被专政机器所打碎的俄罗斯传统文化的依恋。1931 年，他还创作了叙事长诗《斯彼克托尔斯基》，在这首主题涉及了俄国十月革命和红军与白军的内战的叙事诗中，他着重描绘的不是历史的变革和必然性，不是政治和战争的残酷，不是政权的合法性，而是大自然的永恒，还有对爱情的意义的捕捉。接着，1932 年，他出版了第五部诗集《重生》，收录了他游历高加索地区所见到的当地风光，还有当地农民和牧民们淳朴的生活与感情，在这个诗集中，隐约地呈现了他的世界观，就是反对暴力革命、赞美大自然的美丽和人性的美好与光明。这些中性的作品，立即引起了苏维埃意识形态部门领导者的关注。在 1934 年召开的苏联全国第一次作家代表大会上，负责文化和宣传工作的政治局委员布哈林还在赞美帕斯捷尔纳克是“我们时代的诗坛巨星”，但是随后，一些以无产阶级文学评论家自居的人，开始批评他“脱离生活”与“沉溺于自我”。

对帕斯捷尔纳克的批评声说明了时代的风向。到了十九世纪三十年代后期，斯大林展开了“大清洗”运动，使得苏联社会的空气越发紧张起来。一些“白银时代”的诗人，比如曼德尔斯塔姆很快被捕并遇害，这让帕斯捷尔纳克感到了痛苦和困惑，促使他开始警醒和反思新政权的可怕力量，内心的痛苦使他无法专注于进行创作，心绪缭乱的他只好埋头去翻译一些经典的欧洲作家的作品，比如莎士比亚、歌德、席勒等人的作品，算是一个暂时的解脱。

二

1939年，第二次世界大战突然爆发了，随着德国撕毁了和苏联签订的“互不侵犯条约”，作为主要参战国的苏联，在后来的卫国战争中抵挡了德国纳粹的疯狂进攻。在那个战争年代，帕斯捷尔纳克也到达了战场第一线，写下了一些描绘士兵和侵略者作战的通讯和特写，同时，他的诗歌创作的热情再度被激发，写下了很多诗篇，连续出版了自己的第六部诗集《在早班列车上》（1943）和第七部诗集《冬天的原野》（1945）。这两部诗集诗风大变，象征主义的晦涩与未来主义的空泛以及对现实的描摹，都不存在了，存在的是清澈的、明亮的、朴素的感情，是对战争中保卫自己家园的坚强的俄罗斯普通人的赞颂，是对这些构成了伟大俄罗斯民族的脊梁的每一个个体生命的爱和赞美。最终，到1945年，苏联战胜了德国纳粹的进攻，拯救了自己，也保卫了人类的基本生存价值和信念。

就是在第二次世界大战结束不久的1946年，帕斯捷尔纳克开始着手创作一部反映他所经历的这个大变革时代的长篇小说。而此前，作为一个文学体裁的多面好手，他在抒情诗、长诗、自传、散文、评论、中短篇小说、翻译领域都有所尝试了，就是没有写过长篇小说。此时，五十六岁的帕斯捷尔纳克决定倾注全部心力去创作它。于是，他很快就投入到这部长篇小说的创作中，到1955年，他终于完成了长篇小说《日瓦戈医生》，这也是他唯一的一部长篇小说。很快，苏联国家文学出版社决定在1957年1月出版这部小说，同时也希望帕斯捷尔纳克修改其中的一些地方。《新世界》文学杂志也决定在书出版之前发表它。就在这个时候，传来了消息，说这部小说的另外一部手抄稿已经落入到意大利共产党出版者的手里，他们要以更快的速度出版这本书。《新世界》杂志的主编、作家西蒙诺夫立即写了一封退稿信给帕斯捷尔纳克，认为他这部作品实际上仇视苏维埃政权，诋毁了新的社会主义社会的诞生，拒绝再发表这部小说。

此时的世界政治格局，早已经形成了美、苏两国为首的两大阵营——资本主义国家阵营和社会主义国家阵营，彼此对峙，形成了“冷战”的局面。在这种情况下，帕斯捷尔纳克的朋友担心小说无法在苏联问世，就将这部书的手稿偷偷地带到了意大利。1957 年 11 月，《日瓦戈医生》的意大利文版首先面世了，接着，不到一年的时间里，这部小说以英语、法语、德语、西班牙语和俄语的不同版本，在欧洲各国纷纷出版，成为西方希望掀开铁幕来窥探苏联文化动态的一个探空气球。此时，帕斯捷尔纳克还在创作戏剧三部曲《盲美人》，但是因为外界的喧嚷而无法完成。1958 年 10 月，苏联作家协会做出了开除帕斯捷尔纳克出作协的决定。半个月之后的 10 月 23 日，瑞典皇家学院则宣布，本年度的诺贝尔文学奖由帕斯捷尔纳克获得，他获奖的理由是：“在现代抒情诗和伟大的俄国小说传统领域所取得的巨大成就”。但是帕斯捷尔纳克的获奖却引来了更大的麻烦，针锋相对的东西两大阵营，以帕斯捷尔纳克获奖为焦点，展开了一次舆论的交锋。帕斯捷尔纳克本人也成了世界注目的一个中心人物。这一次，连当时还在台上、比较开明的苏联最高领导人赫鲁晓夫也被激怒了，他认为，这是西方人羞辱苏联政权的一次集体行动。在各方面的压力下，帕斯捷尔纳克不得不发表声明，表示自己主动拒绝接受授予他的诺贝尔文学奖，因此也就没有去斯德哥尔摩领奖。

这个事件引发的轩然大波，使得帕斯捷尔纳克心力交瘁，备受打击。他变得郁郁寡欢，神情落寞地生活在莫斯科郊区，也断绝了和当时莫斯科的很多文化人的来往，而是沉浸入自己的内心。1959 年，他完成了自己的第八部、也是最后一部诗集《等到天明时刻》，其中所收录的诗歌，抒发的都是他苦闷和悲凉的心情。比如在《诺贝尔奖金》这首诗中，他这么写道：“我完了，像一只被围猎的野兽 / 别处自有人在，有自由，有阳光 / 而我的身后只是一片追捕的喧嚷／回顾逃出已然无望。／昏暗的林子，水塘旁边／横着松树放倒的躯干。／周遍的通道全被堵截／一切以无所谓。悉听尊便。／可我干了什么肮脏的勾当？／是恶棍还是杀人犯？／我逼得整个世界正在——痛惜我大地的壮美而泪下泫然。／即使如此，即使行将就木／我相信终会有一天／善意将战胜／卑鄙和仇恨的凶悍。”在这首诗中，他的悲愤情绪十分浓郁。在这种状态下，他的身体也每况愈下，1960 年 5 月 30 日病逝在莫斯科郊区自己的乡间别墅里。书桌上留下的，是他还未完成的长篇自传散文《人与事》。

三

我想，从小说的规模和篇幅上来看，《日瓦戈医生》也许算得是一部中型史诗。“中型史诗”这个说法是苏联时期一个很特别的小说现象概括。史诗在人类文学史中占有着突出的地位，古典史诗有荷马的《奥德修斯》、维吉尔的《埃涅阿斯纪》、奥维德的《变形记》以及《圣经》、英国叙事史诗《贝奥武甫》、中国少数民族史诗《玛纳斯》和《格萨尔王传》、汉族史诗《黑暗传》等，意大利文艺复兴前后，史诗代表作还有但丁的《神曲》和弥尔顿的《失乐园》。到十八世纪之后，史诗逐渐演化成了小说作品。在小说历史的演化中，史诗特指那些篇幅巨大，动不动就有好几卷的长河小说，这类小说一般都是场面宏大、人物众多、时间跨度也很大，秉承了希腊罗马神话和史诗的传统，使用的文体则是叙事体的形式。俄罗斯小说中，像《战争与和平》《静静的顿河》这类作品，都是史诗小说。这类小说在俄罗斯十九世纪形成了一个高峰，开创出一个伟大的传统，因此，俄罗斯每个作家都在追求写作“史诗”。据说，果戈理在写作《死魂灵》的时候，也曾经想把这部作品写成三卷本。而《日瓦戈医生》在篇幅上属于中等，翻译成中文有四十多万字，比一般的长篇小说要长，但是比起十八世纪和十九世纪欧洲的史诗小说来说，篇幅至少缩短了一大半。但是，《日瓦戈医生》的内部时间和空间容量，却是史诗的结构和容量，因此，不妨称之为“中型史诗”也比较合适。有趣的是，到了二十世纪七八十年代，苏联文坛出现了像艾特玛托夫（1928—2008）的《一日长于百年》、邦达列夫的《选择》和冈察尔的《你的朝霞》，在小说的篇幅上又有所削减，但是小说内部的时间、空间和人物的塑造上依旧有史诗的气魄和风貌，就被称为了“微型史诗”，一个“史诗”就这么分成了大、中、微型三种形态。

在苏联时期,《日瓦戈医生》的命运和它的作者的命运一样都备受冷落，沉寂了几十年。一直到 1988 年的戈尔巴乔夫时代，《日瓦戈医生》在它完成三十多年后，才以俄文的形式在苏联首次出版。如果让我列举出我最喜欢的十部二十世纪的小说，也许《日瓦戈医生》会迅速出现在我的脑海里。小说的内部叙述时间跨度有四十年，主人公是一个叫尤里·日瓦戈的医生，全书以他在 1917 年 10 月革命前后的经历和遭遇为主要线索，描绘了尤里·日瓦戈医生的个人和整个大时代风云变幻的关系：个人频频遭受历史变革的锤炼和击打，最终也没有塑造出新的灵魂，只是制造出一个个生命个体的悲剧。尤里·日瓦戈医生不仅外科医术精湛，而且还是一个具有人文精神和深厚的俄罗斯文化修养的诗人。他在俄国十月革命之前，是一个怀着巨大热情的热血青年。他出生于西伯利亚的一个实业家家庭，父亲在沙皇俄国时期是一个官僚，也是一个既得利益者，在他很小的时候，他父亲就抛弃了他和他患心脏病的母亲，在国外生活，挥霍完金钱、彻底潦倒之后，从火车上跳下去自杀了。日瓦戈则受到了当牧师的舅舅影响，对文学发生了兴趣。后来，尤里·日瓦戈来到了莫斯科读书，寄宿在一个化学教授的家里，和同样寄宿在那里的学生米沙·高尔东结下了深厚的友谊，而教授的女儿冬尼娅也很喜欢尤里•日瓦戈。等到尤里•日瓦戈从大学的医科专业毕业，冬尼娅从法律系毕业，他们就结婚了，还生了一个儿子。小说叙述到这里的时候，似乎一切都在按照着生活的正常逻辑在进行。但是，很快，战争就爆发了，尤里•日瓦戈作为医生应征上了前线，在战地医院救护伤病员，在一次受伤之后，尤里•日瓦戈得到了一个叫拉腊的护士的精心照顾，结果，他对拉腊产生了感情。而拉腊的丈夫匹夏早就离家出走参加红军了，一直没有音信。尽管尤里•日瓦戈爱上了拉腊，但是他知道自己是一个有家室的人，他克制住了自己的感情回到了莫斯科。

此时已经是“十月革命”之后了，尤里•日瓦戈发现，莫斯科发生了惊人的变化：过去为沙皇俄国效力的权贵、贵族们全都被打倒了，莫斯科社会处于一种动荡、贫寒和饥饿当中，尤里•日瓦戈医生看到的是一个满目疮痍的莫斯科。他不理解十月革命的结果怎么会是这个样子。而作为过去殷实的中产阶级家庭，日瓦戈也发现自己的大房子被其他几个穷人家庭共同占据了，他的家庭立即处于物质上严重匮乏的地步，并且，周围的穷人当局对他也不信任，在生活和各个方面，都给他制造了障碍。对于这一段历史情境的描述，我记得无论是小说中还是电影里，表现得都同样触目惊心、令人震撼。于是，为了摆脱困境，改善生存条件，尤里•日瓦戈带着妻子冬尼娅和小儿子，还有老岳父，一起前往遥远的西伯利亚，那里有冬尼娅的外祖父留下来的一个农庄。在他们乘坐的火车向西伯利亚行进的途中，不巧正遇到红军和白军作战，尤里•日瓦戈亲眼看见了内战造成的城镇被烧毁、到处都是残垣断壁、人民无家可归的悲惨景象，革命和反革命的暴力造成了对俄罗斯全社会的巨大破坏。最终，尤里•日瓦戈他们一家到达了乌拉尔地区的那个农庄，过上了平静的生活。

一天，尤里•日瓦戈在乌拉尔街头忽然碰到了拉腊。原来，她也来到了西伯利亚，目的是寻找自己的丈夫。不久，平静的日子结束了，内战蔓延到了乌拉尔，尤里·日瓦戈被当地的红军游击队征用为随军医生，他不得不和红军游击队一起在冰雪森林里和白军作战，并且认识了拉腊的丈夫。原来，拉腊的丈夫匹夏现在已经成了红军的将军，还改了名字，叫斯特尼科夫，他有着铁一样的意志和无情的性格，一直在西伯利亚领导红军抗击白军。但是，尤里·日瓦戈医生受不了游击队生活的苦，偷偷跑回了乌拉尔的那个农庄。当他回到自己的屋子里时，发现里面一个人都没有了，冰冷的天气连稿纸都冻在了桌子上，他发现了妻子冬尼娅留给他的一张纸条，因为她不知道他的死活，已经带着父亲和儿子又回到莫斯科了。

后来，尤里·日瓦戈医生就和拉腊同居了。此时，尤里·日瓦戈医生已经被当地的红色政权怀疑为不可靠分子，他预感到自己有可能被逮捕，就跑到了一个废弃的农庄瓦雷金诺躲避，打算和拉腊一起，在那里建立两个人的小世界，两个人的方舟，两个人的天堂。可是，拉腊却因为被一个图谋占有她的商人阻挡，无法前来。最后，日瓦戈医生怀着凄凉的心境离开了乌拉尔，辗转回到了莫斯科，发现他的妻子带着孩子又移民到法国了。日瓦戈医生在莫斯科艰难地求生存。有一天，他在街上看到了一个快速走动的妇女的背影很像拉腊，就在后面追赶她——于是，就出现了我在本文开头所描述过的那悲剧性的一幕——尤里·日瓦戈医生因为心脏病发作而死去。拉腊听说了他的消息，赶来参加了他的葬礼，葬礼结束之后就被安全部门的人带走，后来下落不明。她的丈夫匹夏虽然指挥红军打了不少胜仗，一度令白军闻风丧胆，但是后来也不被重用，在二十世纪三十年代的“大清洗”当中，被怀疑当过白军，不得不自杀身亡。在小说的结尾，日瓦戈医生的同父异母的兄弟安格拉夫出现了，他是苏维埃军队里的将军，是他搜集了日瓦戈的生前的所有诗作，并且出版了它们。他还找到了日瓦戈和拉腊生下来的一个女儿，担负起抚养自己兄弟的遗孤的责任。

《日瓦戈医生》这部小说分为上下部，一共十七章，从情节发展来看，上部主要讲述了日瓦戈的童年、在莫斯科的求学和“十月革命”前后的那段岁月；下部则描绘了日瓦戈前往西伯利亚的经历和见闻。在小说的结尾，以日瓦戈医生留下来的二十四首诗作为全篇的结束乐章。整部小说一共塑造了一百多个人物，他们都围绕在日瓦戈医生的周围，在他的经历中隐现。小说清晰地表达了对以暴力手段进行“革命”的怀疑态度，对俄国“十月革命”之后采取的激进政策造成的后果的痛恨，对俄罗斯古典文化在内战中被毁灭的悲哀感。但是我最喜欢的，是这部小说中弥漫着的一种沉郁的语调，在小说的叙述语调上，帕斯捷尔纳克显得很从容，仿佛是压低了嗓音一样缓慢地、沉着地给你讲述日瓦戈医生的悲惨遭遇，章节的分布紧凑而有序，有交响乐般的细密布局，很多篇章都带着强烈的抒情色彩，这与帕斯捷尔纳克是一个杰出的抒情诗人有关。他用诗人的句子和画家的笔，细致地描绘了打动他心灵的俄罗斯大地上的万物，又为这些在革命中被毁灭而痛惜，因为，他认为文化和大自然是不朽的，是任何革命和任何暴力都不能真正摧毁的。

关于这部小说，帕斯捷尔纳克自己说：“我想通过这部小说描绘俄罗斯最近四五十年的历史面貌，同时通过沉重、悲伤的主题的方方面面，使这部作品成为我表达自己对艺术，对福音书，对人在历史中的生存和其他等等的看法的书。”他肯定实现了自己的这个初衷。

凭借感觉，我一度觉得，日瓦戈医生这个角色有些布尔加科夫的影子，是不是这个医生角色的原型是他呢？因为，布尔加科夫就曾经是一个医生，还几次被迫当过白军和红军的随军医生，目睹和经历了俄国内战的痛苦岁月。但经过仔细地阅读和对比，我打消了这个念头。尤里·日瓦戈医生是帕斯捷尔纳克自己创造出来的一个有着鲜明时代感的文学人物，是他自己隐秘的内心自传。因为作家的一切作品，从广义上来说都是作家的自传，不管你写的是什么人，讲的是什么故事，都是作家表达自我的一种形式。帕斯捷尔纳克和布尔加科夫有相似的一面，他们一个是神学家的儿子，另外一个则是艺术家的儿子，他们都深受东正教神学的影响，在自己的作品里都表达了救世主基督是人性的最高象征这么一个理念。不过，两个人的遭遇不一样，《大师和玛格丽特》写于斯大林搞“大清洗”前后的阶段，《日瓦戈医生》则写于赫鲁晓夫当政的相对开明的时期，而帕斯捷尔纳克不必担心自己的作品不被读者认同，布尔加科夫在临死的时候还在担心自己作品的保全和最终的问世。

《日瓦戈医生》是帕斯捷尔纳克倾注全部心血书写的他经历的整个时代的侧影和传记。帕斯捷尔纳克自己说，“艺术家和诗人，是时代的人质。”这明确地表达了他对诗人和艺术家的社会职能的看法。因此，尽管尤里·日瓦戈在职业上被他塑造为医生，可医生同时又是一个诗人，日瓦戈成了二十世纪前半叶俄罗斯历史的文学象征性人质，而帕斯捷尔纳克本人和他的主人公一样，是那个时代的真正人质。人与历史的关系是这部小说的主题，帕斯捷尔纳克通过这部小说，表达了他的历史哲学，同时，俄罗斯的文化和宗教、俄罗斯的伟大文学传统的方方面面，都以各种形式出现在这部小说里。

如果说作家、艺术家、诗人是时代的永恒人质的话，那么，《日瓦戈医生》也就成了苏俄特定历史时期的写照和永恒的画像。我想，在《日瓦戈医生》结尾处的二十四首诗歌中，埋藏着帕斯捷尔纳克对时代的全部感受和他最后的遗言。比如，在最后一首取材于《圣经》的诗篇《赫弗西曼花园》中，圣彼得要用剑保护他，耶稣基督对圣彼得说：“争执不该用刀剑解决，人，收起你的剑吧”——这表达了帕斯捷尔纳克对任何暴力的否定。诗篇中还表达了当一个人面临苦难而无法避免的时候，那就以甘愿接受苦难和牺牲来完成自己价值的信念。这显示出帕斯捷尔纳克卓尔不群的、毫不妥协的气质。虽然小说后来遭到了强烈的批判，批评者认为，他把人道主义的抽象概念作为圭臬，而把革命的正当暴力造成的破坏当成了罪恶是十分片面的。但历史是最公正的，最终以苏联的全面解体和崩溃，宣告了帕斯捷尔纳克秉承的人文理念的胜利。

阅读书目：

《日瓦戈医生》，力冈、冀刚译，漓江出版社，1986 年 12 月版

《日瓦戈医生》，蓝英年、张秉衡译，外国文学出版社，1987 年 1 月版

《日瓦戈医生》，顾亚玲、白春仁译，湖南人民出版社，1987 年 6 月版

《日瓦戈医生》精装上下卷本，蓝英年、张秉衡译，漓江出版社，2002 年 12 月版

《日瓦戈医生》，赵腾飞、曹文静译，凤凰出版社，2011 年 6 月版

《人与事》，乌兰汗、桴鸣译，三联书店，1991 年 7 月版

《追寻》，安然、高韧译，花城出版社，1998 年 1 月版

《生活——我的姐妹》，刘伦振、曾正平译，外国文学出版社，1991 年 9 月版

《三诗人书简》，刘文飞译，中央编译出版社，1999 年 1 月版

《抒情诗的呼吸：一九二六年书信》，刘文飞译，上海译文出版社，2011 年 7 月版

《阿佩莱斯线条》，乌兰汗等译，上海译文出版社，2011 年 7 月版

君特·格拉斯：德国之镜
（1927—　）

雕凿墓碑的年轻人

君特·格拉斯的小说有着黑色幽默和嬉闹夸张的特点，他经常以动物作为一本书的核心象征和意象来结构小说，比如：比目鱼、癞蛤蟆、猫、老鼠、狗、蜗牛、螃蟹等，用以强调和比喻德国二十世纪被遗忘和忽略的历史情境，因此，他的小说总是带有着黑色寓言的、流浪汉小说式的汪洋恣肆的风格，在二十世纪的德语小说中开一代新风，独树一帜。

1927 年 10 月 16 日，君特·格拉斯出生在现今波兰境内的格但斯克，那个地方又叫作但泽，在波罗的海边上，是历史上归属争议比较多的地区。他的父亲是一个小商人，母亲是卡舒布族人。由于母亲喜欢文学，君特·格拉斯自小就深受母亲的影响，热爱读书。而他的童年和少年时代正是德国法西斯横行的年代，因此，成长中的君特·格拉斯和很多德国少年一样，参加过纳粹的少年团和青年团，后来还参加了德国军队，当过党卫军的普通士兵，但是很快他就被盟军俘虏了。这一段历史在他后来出版的自传《剥洋葱》中有详细的描述，因此，这段经历成为他内心的沉重负担，虽然他以忏悔的心情如实地写出了自己十七岁当党卫军战士的事实，可是，在《剥洋葱》（2006）出版之后，他仍旧遭到了欧洲很多文学和文化界人士的猛烈抨击，有人甚至建议取消 1999 年授予他的诺贝尔文学奖。可以说，在君特•格拉斯的身上，二十世纪德国的命运已经变成了他必须去面对和清理的时代命运，也是他自身的命运，由此，他毕生都在讲述着二十世纪德国的文化分裂和挣扎着苏醒的故事。

让我们回到那个岁月艰难的时刻：1944 年，也就是君特•格拉斯十七岁那年，德国纳粹的命运注定将要倾覆了。此时，他中学还没有毕业，就被征兵作为党卫军士兵上了战场。不久，他在前线受伤，很快又在医院里作为伤病员被俘虏了。1946 年他被盟军释放，从此，置身于“二战”之后德国的城市和文化的废墟里，他开始了艰难的生存。对于还不到二十岁的君特•格拉斯来说，面临的首要问题就是谋生。而在战乱之后的年月里，生存本身就是一个巨大的挑战。按说，他这个年龄正好是进入大学的时候，但百孔千疮的社会现实使君特•格拉斯很难继续求学，他就直接进入到“社会大学”里学习去了。两年里，他当过农民、矿工、酒吧爵士乐师、石匠学徒——在一个墓地给死人们雕凿墓碑。在那个时候德国的死人似乎特别多，都是疾病和营养不良造成的。但是，石匠学徒的身份使他对雕塑萌发了兴趣，雕凿墓碑也使他积累了不少和石头打交道的经验，由此使他找到了当艺术家的感觉。1948 年，他寻求到一个进入杜塞尔多夫艺术学院的机会，去学习雕刻和版画艺术。后来，他还进入到柏林造型艺术学院继续学习。因此，就这样，由雕凿墓碑开始，一个艺术家诞生了，从此，雕刻和版画创作贯穿了他的一生，成为他文学写作的重要补充，帮助他打开了艺术想象的无限空间，反过来也促进和影响了他的文学写作风格。1954 年，他和瑞士舞蹈演员安娜•施瓦茨结婚，开始过上了稳定的家庭生活。

君特•格拉斯最早是以诗歌的方式开始文学写作的。1956 年，二十九岁的君特•格拉斯出版了自己的第一部诗集《风信鸡的长处》，1960 年又出版了第二部诗集《三角轨道》，1967 年，他还出版了诗集《盘问》，1988 年出版了诗集《亮出舌头》，后来还有诗选集《诗歌的战利品》出版。诗歌是君特•格拉斯非常重要的写作体裁，这些诗歌锤炼了他的语言，也帮助他训练了想象力，分别从表现主义、超现实主义、政治诗和生活体验性诗歌几个方面，呈现出他的激情澎湃和丰富的想象力，以及关心社会现实的特点。他说："在我的诗中，我试图借助过分敏锐的现实主义，使可把握的对象从一切意识形态中解脱出来，将它们拆开，再组合起来，放到某种情境里……在我看来，诗人的任务是阐明，而不是遮掩；当然，有时也必须将灯熄灭，以便能看得清灯泡。"和诗歌写作同时开始的，还有他的戏剧创作。1954 年至 1961 年，他创作了多部戏剧作品：《十分钟之后到达布法罗》《洪水》《叔叔，叔叔》和《恶厨师》，后来还创作有《平民实验起义》《在此之前》等剧作。他的前期剧作受到了贝克特等人开创的"荒诞派戏剧"的影响，善于以荒诞的情节和离奇的故事来讽刺德国在"二战"之后的社会现实，后期的剧作则受到了德国剧作家布莱希特的影响，强调戏剧内部的冲突，同时加强了批判现实的力度。

侏儒奥斯卡的鼓声

而君特•格拉斯真正引起全球性影响、获得了世界瞩目的，还是他的小说写作。1958 年，在德国战后著名的文学团体"47 社"举行的一次文学家的聚会和朗诵会上，君特•格拉斯朗诵了他还在写作中的长篇小说《铁皮鼓》的开头，结果受到了大家的热烈赞扬，并且获得了由里希特领导的“47 社”当年的文学奖。《铁皮鼓》在 1959 年出版后，立即受到了广大的德国普通读者的热烈欢迎，成了畅销书。于是，君特•格拉斯一鼓作气，接连出版了长篇小说《猫与鼠》（1961）和《狗年月》（1963），他将《铁皮鼓》和这两部长篇小说作品一起，称做是自己的“但泽三部曲”，因为，这三部小说虽然在内容和故事情节上各自完全独立，但是它们的地理背景都是他的出生地但泽，小说讲述的也是那个德波边境城市在二十世纪汇总复杂变化的历史。阅读君特•格拉斯，从这三部小说进入，是最佳途径了，你可以立即感受到君特•格拉斯的极端风格化的叙述：小说的叙述风格是汪洋恣肆、情节荒诞的，但又离不开德国奇特的历史和现实，语言风趣幽默，带有黑色的讽刺意味和悲悯情怀，描述了二十世纪中德国普通人所遭受的灾难。就是通过这三部长篇小说，君特•格拉斯先声夺人地、牢牢地奠定了自己在战后德国文坛的地位，一直到 1999 年他因《铁皮鼓》等作品获得了诺贝尔文学奖。

《铁皮鼓》肯定是二十世纪最重要的长篇小说之一，它的独特品质结合了欧洲痛苦的战争经验，描绘了欧洲文明在战争中的浩劫和毁灭以及期盼新生的努力。小说的叙述形式采用了典型的欧洲“流浪汉小说”的技法，但是在君特•格拉斯手里又有所变通和创造。所谓的“流浪汉小说”，就是以主人公所经历的离奇、古怪、荒唐的事情为线索，来表现丰富和复杂的社会现实的一种现实主义小说形式。“流浪汉小说”诞生于十六世纪的西班牙，当时，西班牙的社会动荡导致了大量社会闲散人员出现，他们四处浪游，四海为家。于是，就出现了描述流浪汉的生活和遭遇的大量小说。而德国文学中也有一部杰出的流浪汉小说——十七世纪的德国作家格里美尔豪森的《痴儿西木历险记》，君特•格拉斯显然也受到了这部小说的影响。可以说，君特•格拉斯的《铁皮鼓》从形式上假借了流浪汉小说的叙述模式，但是在内里却充满了现代主义小说的荒诞感、黑色幽默和社会批判意识。《铁皮鼓》通过一个三岁之后就自愿不再长个子的侏儒奥斯卡的眼睛，透视了德国在二十世纪前半叶的历史，将黑色幽默和滑稽的叙述语调结合了起来，表达了严肃的人道主义主题。小说情节起伏跌宕，读起来妙趣横生，以奥斯卡那仿佛从不间断的鼓声，来提醒人们身处一个什么样的世界。

《铁皮鼓》采取的是第一人称倒叙的手法，以侏儒奥斯卡的眼睛来看，以他的嘴来叙说，将 1899 年到 1954 年半个世纪的德国历史风云展现了出来，主要的着墨点在纳粹的上台和覆灭、东西德的分裂和西德战后的社会状况，给我们呈现出一幅波澜壮阔的历史画面。君特•格拉斯曾经在自传《剥洋葱》中谈到，他有一天终于找到了这部小说的第一句话，于是，小说一下子就打开了叙述的闸门，一泻千里：

"供词：本人系疗养与护理院的居住者，我的护理员在观察我，他几乎每时每刻都监视着我，因为门上有个窥视孔，我的护理员的眼睛是那种棕色的，它不可能看透蓝眼睛的我。"小说的叙述起点在 1952 年，这时，年龄已经三十岁的侏儒奥斯卡在一家类似精神病院的疗养院里居住，被护理员看管。而这恰恰是奥斯卡最喜欢待的地方，因为这个地方可以远远地离开让他厌恶的成人世界。于是，奥斯卡就开始写他的回忆录，这部小说就是他的回忆录本身。全书共分为三个部分，第一个部分从奥斯卡的家世写起，一直追溯到纳粹在德国上台为止，这个部分最精彩的地方是描绘奥斯卡出生的章节，他实际上是奥斯卡的母亲和她的表哥偷情的产物，但是奥斯卡的母亲后来却嫁给了另外一个男人，这个男人并不知道此事。因此，作为偷情的产物，奥斯卡就很不愿意出生，最后还是接生的医生剪断了脐带，强行让他降生于人间。而奥斯卡从娘胎里就带有一种异禀：他可以在娘胎里思维，刚生下来，虽然还不会说话，但是已经可以听懂别人在说什么了。在奥斯卡三岁生日的那天，母亲给他买了一个铁皮鼓，就是孩子挂在胸前用双手敲着玩儿的那种薄铁皮鼓。于是，一切从奥斯卡三岁的时候就起变化了，因为他忽然决定，从这个时候开始，他不再长大了，只有这样他才能与可怕的、虚伪的成人世界保持距离。为了制造这个事实，有一天，他假装忽然不慎摔倒，从楼梯上滚了下去，从此，就停止了生长发育，变成了一个侏儒。同时，这一跤还让他获得了一种特殊的功能：一旦他发出尖叫声，那么一些玻璃制品就会应声碎裂。于是，大家都不敢轻易惹怒他，奥斯卡也从此成了成人世界的旁观者和批判者。

《铁皮鼓》的第二部，则从第二次世界大战爆发一直写到了战争年代的结束。小说着墨最多的人物是奥斯卡名义上的父亲。奥斯卡对这个父亲是又爱又恨，是他嘲讽的对象。他的父亲是一个在政治上很懵懂的人，不仅参加了纳粹党，还当上了冲锋队的队长。奥斯卡的生母因为一直爱着自己的表兄，可是却无法和他生活在一起，一度失去了对生活的信心，最后吃鱼中毒后不幸去世。之后，奥斯卡的父亲就请十七岁的姑娘玛利亚来照顾自家的店铺和小奥斯卡。但是，玛利亚却在不经意间和诡计多端的小奥斯卡发生了性关系，小侏儒还让玛利亚怀了孕。很快，玛利亚嫁给了奥斯卡的非亲生父亲，她生下来一个孩子叫库尔特，这个库尔特名义上是奥斯卡的弟弟，实际上又是他的儿子——小说的最荒诞不经和离奇古怪就在这里全部显现了。这么乱的关系在纳粹统治时期，实在具有讽刺意味。由于奥斯卡有可以用尖叫来粉碎玻璃制品的特异功能，在战争中，他加入了一个由侏儒组成的剧团，在德军所到之处慰问演出，给纳粹士兵打气并给他们带来欢乐。由侏儒们来安慰战斗的士兵们，其嘲讽含义十分明显。1945年，德军战败，这个战时小剧团立即解散，小奥斯卡回到了老家但泽。苏军很快就占领了但泽，奥斯卡和父亲躲在自家地窖里，被苏军发现。当时奥斯卡将一枚纳粹党的徽章放到了父亲的手中，他父亲一时紧张，把徽章吞了下去，结果因痛苦而浑身扭曲，动作怪异而被紧张的苏军战士射杀。最终，但泽被划归了波兰，奥斯卡则由继母玛利亚带着前往杜塞尔多夫市，小说的第二部分结束了。

在《铁皮鼓》的第三部分，主要的笔墨在于描绘“二战”之后西德的社会状况。在杜塞尔多夫定居下来之后，奥斯卡大胆向继母玛利亚求婚，结果自然遭到了拒绝，于是，他就决定继续发育成长，但是在长到一百三十厘米的时候停止了生长，而且，他长成了一个鸡胸驼背的古怪样子。战后，奥斯卡为了谋生，当了石匠，还去艺术学院当模特，艰难地求生存，他还组织了爵士乐队——这些情节描写，显然动用了君特·格拉斯自己在“二战”结束之后的一些经历。1951 年，奥斯卡又遇到了过去侏儒剧团的团长，团长让他继续参加剧团，于是，奥斯卡重新拿起了铁皮鼓，参加了侏儒剧团，在德国到处巡回演出，还灌制了唱片，赚了不少钱。随着战后德国社会的逐渐稳定和经济的迅速发展，社会日益繁荣，但是奥斯卡却觉得越来越空虚，他尤其看透了成人世界的荒唐和自私，罪恶和虚伪，再次决定要离开成人的世界。他狡猾地制造了一次谋杀的假象——他被控告谋杀了一名女护士，结果，他被关进了精神病院般的疗养院。但是，凶手最终被抓获了，此时已经三十岁的奥斯卡获得了释放，他不得不重返成人世界，从他视为避难所的医院里出来。他感到了茫然和恐慌，不知道自己的未来在哪里，将走向何方，小说以一首关于黑厨娘的歌谣而结束了全篇。

《铁皮鼓》将奇特的想象力和对德国历史犀利的批判结合起来，创造出一种狂欢的、幽默的、讽刺的和充满了悲悯心的叙述语调，带给读者以强烈的阅读快感。而且，君特·格拉斯给我们塑造出文学史上最令人难忘的人物之一：侏儒奥斯卡。古怪精灵的奥斯卡是一个德国怪胎，他以自己的特殊伎俩在乱世中谋求生存，以旁观者的独特视角观察和审视他所经历的非人岁月，以家族的历史和自己的浪游来呈现德国普通人的遭遇，使小说本身具有了现代主义史诗的气魄。可以说，《铁皮鼓》以荒诞的、幽默的、讽刺和滑稽的情节，讲述了德国五十年的历史。这部小说后来还被著名导演施隆道尔夫拍成了电影，获得了美国奥斯卡最佳外语片奖。《铁皮鼓》以侏儒的眼光来打量这个所谓的正常人的世界，获得了奇特的效果。在描述二十世纪小说史的时候，《铁皮鼓》是绝对无法被忽略的，它肯定是最出色的小说之一。

动物的寓言和象征

君特•格拉斯的几部重要长篇小说的题目都和动物有关，说明了他喜欢以动物作为象征，来表现小说的寓言化风格。和《铁皮鼓》的叙述方法类似，小说《猫与鼠》（1961）的故事也放在了纳粹兴衰时期。小说分为十三个章节，以中学生马尔克为主角：他的喉结在发育期间上下灵活活动的样子，很像是里面有一只老鼠，因此，他遭到了同学们的耻笑，以此来象征马尔克如同被社会环境所追逐的老鼠，而他周围的恶劣环境和纳粹时期，象征追逐他的猫。马尔克想做出很多不平凡的事情，企图改变自己被同学嘲笑的局面，结果最终导致了他自己的死亡，小说在一种轻快的气氛和语调中，表述了历史的沉重加到少年身上的悲哀，使小说在一种幽默滑稽的叙述中推向了悲剧性的高潮。这部小说篇幅不大，类似一个单线条的小叙事文本，和君特•格拉斯的那些鸿篇巨制相比，是他的一部间歇休息时的作品。

长篇小说《狗年月》（1963）则恢复了宏大的场面和细腻的叙事风格。这部小说的篇幅合中文五十多万字，书名同时也可以翻译成《非人的岁月》，但是我觉得叫“狗年月”显然更好。小说分为三个部分，以两个孩子和三条狗的命运来侧写德国纳粹上台和覆灭的历史，将人和狗的命运交织在一起，以个人命运的荒诞离奇，衬托出大历史的荒诞无情。小说的环境仍旧是作者的故乡但泽，不过，在小说的最后部分，时间和地理背景和《铁皮鼓》一样，也延伸到了战后的西德境内。在战后，西德经济发展很快，而在经济奇迹面前，德国人很快就忘记了刚刚过去的“二战”造成的浩劫和对全欧洲文明的伤害，开始沉溺在享乐和物质主义中。君特•格拉斯通过这部以狗的命运和人的命运对比写照的小说，来呈现德国特殊时期的“狗年月”的面貌。看来，“但泽三部曲”的着眼点，都在清算“二战”期间德国纳粹给世界人民和德国自身带来的伤害，小说中的故事发生地点，又都在但泽这个在历史上纠纷不断、流血不断、归属关系复杂的城市，因此带有着浓厚的悲剧气氛。小说的语言如滔滔江河，文笔犀利辛辣、挥洒自如，但是在轻松的叙述当中，又回响着历史的沉重步履声：正是历史的巨兽吞噬了小说中美好的人性，使人和动物的界限模糊，使得人的世界成了动物的世界。君特•格拉斯在这一点上，丝毫不给德意志民族留情面，不替自己的国家涂脂抹粉，而是直面那些非人岁月对人的戕害、对文明的毁灭、对历史造成的巨大创伤。

君特•格拉斯是一个具有强烈社会责任感的作家。他身上体现出自由知识分子的批判态度和以文学“介入”社会现实的倾向。在二十世纪六十年代后期，他积极地投身于政治活动，为社会民主党竞选总理而摇旗呐喊，以至于在长达数年的时间里，他把主要精力都放在了政治活动上。这些政治生活也明显地影响了他的文学写作。1969 年，他出版了探讨现代传媒业对社会的影响的长篇小说《局部麻醉》，小说中，他描绘了 1968 年风行欧洲的左翼学生运动，他还预见了二十世纪的后半叶将是被媒体所影响和控制的世纪。二十一世纪初的今天，我们看到了无论是电影电视，还是广播、杂志和网络媒体，都在日益地在宣扬娱乐化，而使大众不知不觉地被整体麻醉。所以，这部小说仍旧值得关注。1972 年，君特 • 格拉斯又出版了长篇小说《蜗牛日记》，讲述他帮助德国社会民主党领袖竞选总理过程中的点点滴滴和艰难历程，而社会民主党最终竞选成功，成为执政党，也有君特 • 格拉斯的一份功劳。在社会民主党当政期间，总理勃兰特是他的好朋友。关于勃兰特总理，我看过一张照片，印象十分深刻：他为德国在“二战”期间残酷屠杀犹太人和给欧洲其他国家与民族所造成的深重灾难而在一座犹太人墓碑前深深地下跪。这也成了德国在“二战”后进行历史反思和忏悔的象征图景。

但是作家最终都要回到书桌前，以文学的方式来存在。1977 年，在文坛沉默 5 年的君特 • 格拉斯从政治活动中回到了文学，出版了他写作多年的长篇小说《比目鱼》。这部小说翻译成中文有五十万字，又是一部不折不扣的巨著。小说具有某种神话和童话色彩，它的结构框架借用了格林兄弟的童话《渔夫和他的妻子》，是一部双层线索的复调小说。在原来的童话里，渔夫的妻子是一个贪得无厌的人，她总是让一条神奇的比目鱼来满足她的任何要求。在君特 • 格拉斯的小说中，比目鱼则是被渔夫本人所俘获了，然后，这条会说话的比目鱼决定成为年轻渔夫的顾问，为男人们的事业出谋划策。但是，四千年一晃而过，男人们统治的时期过去了，历史却没有什么长进。于是，聪明的比目鱼就逃走了，结果它被三个女同性恋和女权主义者给俘获了，这条比目鱼就被当成男人们的帮凶，而受到了她们在西柏林组成的特别法庭的审判。在审判中，比目鱼交代了历史上九个女性厨娘在不同的人类历史发展时期的命运，来讲述女人们所创造的另外一种备受男人压抑和迫害的历史。比目鱼讲述的这九个厨娘的故事，分别代表了新石器时代、铁器时代、中世纪早期、中世纪哥特时期、巴洛克时代、十八世纪的资产阶级革命、十九世纪的无产阶级革命等人类不同的历史时期，用比目鱼的嘴巴，说出了另类女性的历史。最后，审判了九个月，比目鱼作为见证，而不是作为男人们的帮凶被几个女人宣判无罪，释放了。

读者必须要注意，从小说的结构上来说，《比目鱼》这部小说的叙述有两个层面，两条线索，从而构成了两个视点：一个是格林童话中比目鱼的叙述角度，它在讲述另类的女性历史，另外一个层面是第一人称的叙述者讲述“我”和怀孕妻子的故事：“我”一方面要照顾怀孕的妻子，另外，“我”则谋划着要在妻子从发现怀孕到分娩的九个月的时间里，将九个厨娘的故事写出来，暗中隐含现实中的“我”就是那个会说话的比目鱼。这双层结构既搭建起小说丰富的叙述线索，也使小说具有了元小说——关于小说的小说的特点。整部小说妙趣横生，信息量庞杂，充斥了大量关于欧洲历史和烹调的知识，将欧洲厨房文化史和妇女解放史放在一起，还穿插了九个厨娘的九十九个菜谱，因此，《比目鱼》的出版首先获得了德国家庭主妇们的热烈欢迎，据说，第一版就印刷了四十五万册，结果一销而空，我想大部分都是家庭主妇购买的，因为女人们一定喜欢这本书里的九十九个著名菜谱。《比目鱼》的奇特之处还在于，它把小说时间拆散了，无论是比目鱼还是叙述者“我”，都可以在人类历史的漫漫长河中，在时间和空间里自由穿梭。可以说，这是一部和人类历史纠缠不休的女性解放历史的别样表达，是一部很难归纳的、意义多元和主题复杂的作品。表面上看，君特·格拉斯似乎在借助童话和神话，来为二十世纪七十年代之后全球范围内日益高涨的女性主义、女权主义张目，实际上，根据小说中的情节设置，可以看出他对女权主义的潜在批判和讽刺的态度。《比目鱼》这部小说因此具有情节、叙述和意义的开放性，是君特·格拉斯相当成熟和完美的代表性作品。

我发现，一般情况下，在完成了一部篇幅巨大的小说之后，接下来君特·格拉斯往往要写一部小长篇。《铁皮鼓》之后的《猫与鼠》《狗年月》之后的《蜗牛日记》都是这样。1979年，他出版了小长篇《相聚在特尔格特》，并把这部十万字的小长篇题献给了“47社”的创办人、德国作家里希特。小说虽然篇幅不大，但是容量不小，它像拼贴起来的两幅画一样，在结构上有两条线索：一条线索是十七世纪德国著名的“三十年”战争时期，一群德国诗人在特尔格特的聚会，另外一条线索则以十七世纪那些诗人讨论当时德国的命运，来将历史人物逐一地和二十世纪四十年代德国“47社”的作家们对应起来，使历史在时间上重叠了。“47社”成立于1947年，是“二战”之后最重要的德国文学团体，团结了一大批战后重要的德国作家，他们在里希特的带领下，在二十世纪讨论德国的前途和未来。三百年前的德国是一片废墟，三百年之后的1947年，刚刚在“二战”中失败的德国，也是一片废墟，三百年的跨度，两群负有使命的德国诗人和作家，他们的命运和观点的交锋，映射出一幅奇特的时间和空间叠加的画面。可以说它属于一部典型的借古讽今的小说，从小说中可以找到里希特、君特·格拉斯、西·伦茨和其他很多二十世纪德国重要作家的影子，是一部独特的忧国忧民之书。

完成一部短的，君特·格拉斯的下一部就一定是一个大部头。1986年，他出版了三十二万字的长篇小说《母老鼠》，再次以动物来暗喻人类社会的特性，因为这部小说的主题多义和复杂的叙述，引起了很大的争论，批评家对这部小说是毁誉参半，莫衷一是。这部小说的叙述线索多达5条，结构纷繁，简直让人眼花缭乱。小说的第一个叙述者是一只会说话的母老鼠，它不断地和叙述者在梦境中交流和对话，对人类的过去历史和未来即将遭到毁灭的命运而争论不休；第二个叙述者是《铁皮鼓》中的侏儒奥斯卡，此时的奥斯卡已经是六十岁的传媒业巨头了，他衣锦还乡，回到了但泽市，去参加祖母一百零七岁的生日庆祝会，然后，利用传媒业对人进行影响和控制；小说的第三和第四条叙述线索，是以两部电影脚本的形式来构成的；第五条线索，则是五个女人的故事，她们一起登上了前往波罗的海进行科学考察的轮船，但是，女船长真正想去寻找的却是传说已经没入大海里的母系社会的乌托邦城市，由此展开了几个女人之间复杂的关系纠葛。小说中，五条线索都在不断地行进中，但是，突然发生了地球大爆炸，奥斯卡和一百零七岁的祖母一下子成了干尸，人类灭亡了，幸存者是那只母老鼠，它开始直立行走，开始学会了农业耕作，有了宗教信仰——人和老鼠的特性混合在一起，一种新的生物——鼠人，统治了地球，开始了地球的新时代。君特·格拉斯运用小说的形式，对人类可能存在的未来景象进行了警示，以勾画人类末世的图景，来提醒人类不要因为过于贪婪，和大自然无法和谐共存，最终导致自身的毁灭。《母老鼠》的寓意很复杂，很难解读，它更像是一部集合了很多关于人类未来可能性的忧患之书，带有科学幻想的色彩。小说对基因研究、计算机和电脑的发展以及人类未来的命运都做了探讨。从这本书中，我可以看出君特·格拉斯受到了亚历山大·德布林的《山、海和巨人》的巨大影响，他对人类的未来非常关心，他要继续对人类进行启蒙。

1992年，君特·格拉斯出版了小长篇《癞蛤蟆的叫声》，以癞蛤蟆作为小说中的核心象征。癞蛤蟆是一种令人恶心的东西，有毒，还比较肮脏、古怪和恐怖，女人见了癞蛤蟆一般都要尖叫的，它还象征不祥之兆，那么，这一次，君特·格拉斯拿癞蛤蟆来说故事，他要干什么？细读之下，你会发现，这部十五万字的小说虽然篇幅不大，内容却非常丰富，贯穿了君特·格拉斯一贯的主题，是君特·格拉斯在“冷战”结束和柏林墙倒塌之后，对东欧和西欧的关系所做的一次巧妙的文学关照。小说的主人公亚历山大是一位大学里的德国美术史教授，德国统一之后，他认识了一个波兰寡妇亚历杭德拉，两个人之间迸发了热烈的爱情，他们在一起，开始合作成立一家德国—波兰公墓公司，打算将在“二战”中死于外国的死难者的遗骸都迁葬回波兰。这个情节的设置，显然是君特•格拉斯为了表达在“冷战”结束之后他的民族和解的理想。小说故事的发生地仍旧是但泽。这两个人的公司开得很成功，两个人后来还结婚了，一切似乎都顺理成章、完美无缺了，忽然，他们的行为引发了一些波兰犹太人的激烈质疑，波兰人感到这是“德国在再次入侵波兰”，他们感受到了很大的精神压力。最后，两人为了散心，前往意大利的那波里旅行，最后死于突发的车祸，结果双双被葬在了意大利这个异国他乡，成了一个绝妙的讽刺。小说以这对夫妇的故事，对德国统一之后西欧和东欧之间的关系，做了深入的探讨。癞蛤蟆的叫声是不祥的，教授夫妇就是在听到了癞蛤蟆的叫声后遭遇了车祸，而欧洲也应该听听君特•格拉斯发出的不好听的声音：德国的统一带来的问题，一定比没有统一的时候还要多，因为北非黑人、库尔德人、土耳其人、孟加拉人和东欧其他国家的民族，正在逐步改变西欧的社会结构。

展现德国的历史原野

君特•格拉斯的小说往往气魄宏大，想象力丰富，充满着对德国历史和现实辽阔时空的跨越与展现。在出版了篇幅相对短小的《癞蛤蟆的叫声》之后，1995 年，他又捧出来一部鸿篇巨制《辽阔的原野》。小说的书名还可以翻译成《说来话长》，翻译成中文在五十五万字左右。整部小说展现了一幅非常宏阔的历史画面，由两条相关的线索构成，一条是从 1848 年威廉皇帝时代的三月革命开始，一直到 1871 年铁血宰相俾斯麦统一了德国，另外一条线索则是德国二十世纪八十年代末期的动荡和二十世纪九十年代初期的统一，君特•格拉斯将历史上这两次的德国统一做了一个鲜明的对比，表现了君特•格拉斯的饱含忧患的历史哲学。从叙述角度上来说，小说分为五个部分，以两个主人公的回忆来结构，以黑色的寓言和嬉闹的风格将两个性格相反的人物故事缠绕在德国历史中。君特•格拉斯似乎一直对二十世纪九十年代的两德统一感到不满，因此提出了很多的批评意见。小说出版之后，在德国引起了轩然大波，批评者认为这是一部政治书，不是一部小说，而且小说表达的观点也很糟糕，赞扬者则认为这是君特•格拉斯批判德国社会和历史的集大成之作，是一部当之无愧的巨著。著名评论家拉尼茨基在《明镜周刊》封面上以双手将这部小说撕成了两半来表达他的观点。的确，这部小说过于倾向于政治和历史表达了，小说在艺术上显得粗糙，并不纯粹，但是，它宏大的气魄和介入历史与现实的力度却令人望而生畏，让人觉得难以望其项背。因此，这部小说仍旧可以视为是君特•格拉斯后期代表作。

在1999年，君特•格拉斯有两大喜事：一是他出版了小说《我的世纪》，以一百篇连续性的短篇小说，构成了一部历史长卷。小说从1900年一个镇压中国清朝义和团运动的德国士兵的自述开始，一直写到了1999年作者的母亲一百零三岁的自白，将君特•格拉斯所经历的整个二十世纪做了一个文学性的总结与描述，其中，每个人的独白篇幅都很短小，大概三千字，全书三十万字。一百个人在二十世纪的历史夹缝里的独白，喧哗，生动，给我们带来了超越时间、具有共时性感受的全景式画面，是理解二十世纪历史的一个文学参照，也是君特•格拉斯概括他自己的二十世纪的一个留言。在这一年，君特•格拉斯还获得了诺贝尔文学奖，从而达到了他文学生涯的顶峰。虽然，诺贝尔文学奖是“死亡之吻”，但是君特•格拉斯的创作力丝毫没有减退。2002年，他又出版了一部篇幅稍短的长篇小说《蟹行》，在这部小说中，君特•格拉斯恢复了他卓越的讲故事的才能，模仿螃蟹爬行的“Z”字横行和曲里拐弯，讲述了一个真实的历史故事：1945年1月，一艘装满了德国难民的游轮，在波罗的海上被苏联军舰发射的鱼雷击中，结果，船上百分之九十的难民都葬身海底了。其中一个幸存者，是十七岁的女子图拉，她当时已经怀孕了，侥幸脱险。后来，儿子保尔降生，母子俩一起在东德艰难地生活。保尔长大后当了记者，逃到了西德，结婚后生下了一个儿子康拉德。两德统一之后，他的儿子康拉德来到原来属于东德地区的家乡，见到了外婆图拉，听她讲述当年的那场海难，最后，年轻的康拉德开始信奉新纳粹主义，开枪杀害了一个犹太青年。小说的叙述方式就像螃蟹的爬行，在并不大的篇幅里，将跨度半个世纪、三代人的故事娓娓道来，提醒世人，在欧洲，新纳粹主义是如何、是以什么样的方式重新抬头的。小说还将历史事件和虚构的故事情节完美结合，以巨大的悲剧性力量，告诉人们不要忘记“二战”带来的悲剧，和新纳粹卷土重来的可能性。

2006 年，君特•格拉斯出版了回忆录《剥洋葱》。在书中，他回忆了自己从十二岁到三十二岁写出《铁皮鼓》那段最艰难岁月的经历。而这部回忆录引起最大争议的地方，就是他承认自己曾经当过党卫军，随后遭到了欧洲一些国家的著名文化人士的猛烈批判。最终，大家为他的坦荡所折服，没有对他不依不饶。他还将自己多年来的演讲结集为《与乌托邦赛跑》，表达了他对政治和时事的热切关心。2008 年，他出版了最新作品，依旧是一部回忆录，叫作《方盒相机》，继续着《剥洋葱》中对他的人生经历那未完成的回忆。不过，到了这部自传中，叙事的角度变化了：通过他的孩子们的叙述，一个个性丰富的父亲形象出现了。君特•格拉斯结过两次婚，一共养育有八个孩子，全书分为九个章节，是因为他和孩子们一共聚会了九次。这是一本风格轻松、语调清新的书，以孩子们的独特视角，像多棱镜一样呈现了这个和德国的现实与历史纠缠了一生的杰出作家。2009 年 3 月，他出版了自传三部曲的第三部《从德国到德国的路途中》，这是一部写于 1990 年的日记体的自传，详细记载了他自从柏林墙倒塌、东西德合并那段时间心路历程，对德国的未来充满了批判性的忧思。2009 年，他公布了当年他曾经参加党卫军的事实，结果引发了轩然大波，2010 年，一部关于他的历史的书《代号“螺栓”》在德国出版，他的历史问题继续成为一个热闹的话题。

君特•格拉斯的作品总是有些怪诞、嬉闹、滑稽和幽默，情节离奇，在一种荒诞的情节中犀利地讽刺历史和现实，使欧洲古老的“流浪汉小说”作为一种新的变体，重新迸发了生命。但是，君特•格拉斯也一直饱受争议。一个德国作家这么评价他：“全世界都在读他的书，唯独在德国，他受到敌视。”的确，在德国，他总是能够掀起争论，他的每一部作品很难得到众口一词的赞扬，总是毁誉参半，成为德国各种文化矛盾和政治势力交锋的话题。从表现形式上，他的小说结合了诗歌、戏剧、雕塑、绘画与散文的特点。同时，他善于在小说的结构上并行多条叙述的线索，展开多个叙述的角度，体现多种要表达的主题，以庞大的结构来呈现长篇小说的新风貌，使他的小说像宏大的、结构严谨复杂的建筑一样牢固。他还有着像中国民间说书人的那种气质，能够讲述离奇的、怪诞的故事，来抓住读者的心，将二十世纪德国乃至欧洲的历史，以哈哈镜中变形的景象极端地呈现给我们，让我们看到了历史的另一种面貌。

君特•格拉斯还是一个强烈关注德国和欧洲社会现实的作家，他把自我塑造成一个以文学的手段进行深度介入的公共知识分子，使我们看到了在二十一世纪初文学似乎在不断边缘化的过程中，却仍旧有回到社会核心的巨大力量。因为，君特•格拉斯以他强有力的文学手段，和对现实与历史批判的巨大能量，给我们证明了这一点。

阅读书目：

《铁皮鼓》，胡其鼎译，上海译文出版社，1990 年 3 月版

《铁皮鼓》，胡其鼎译，漓江出版社，1999 年 2 月版

《猫与鼠》，蔡鸿君等译，漓江出版社，1999 年 2 月版

《狗年月》，刁承俊译，漓江出版社，1999 年 4 月版

《比目鱼》，冯亚琳等译，漓江出版社，2003 年 5 月版

《相聚在特尔格特》，黄明嘉译，上海译文出版社，2005 年 1 月版

《母鼠》，魏育青译，上海译文出版社，2005 年 1 月版

《铃蟾的叫声》，刁承俊译，上海译文出版社，2005 年 1 月版

《辽阔的原野》，刁承俊译，上海译文出版社，2005 年 1 月版

《蟹行》，蔡鸿君译，上海译文出版社，2005 年 1 月版

《我的世纪》，蔡鸿君译，上海译文出版社，2000 年 9 月版

《与乌托邦赛跑》，林茄等译，上海译文出版社，2005 年 5 月版

《启蒙的冒险——与君特·格拉斯的对话》，哈罗·齐默尔曼著，周惠译，浙江人民出版社，2001 年 12 月版

《给不读诗的人：我的非小说，诗与画》，张善颖译，台湾原点出版社，2007 年 11 月版

《剥洋葱》，魏育青等译，译林出版社，2008 年 1 月版

《局部麻醉》，刘海宁译，南京大学出版社，2010 年 1 月版

《德国人会死绝？》，郭力译，南京大学出版社，2012 年 3 月版

《盒式相机》，蔡鸿君译，译林出版社，2012 年 7 月版

翁贝托·埃科：“当代达·芬奇”

(1932—)

“在世的最伟大作家”

我不知道世界上活着的作家中间，还有谁能比翁贝托·埃科更聪明、更渊博。这个集小说家、符号学专家、语言语义学家、哲学家、历史学家、文学评论家、美学家、散文家、神学家于一身的人物，他的存在本身就是一个奇迹。早在十年前，法国一家报纸在向其他作家评论家发出了“谁是在世的最伟大小说家”的问卷，后来所发布的调查结果显示，加西亚·马尔克斯名列第一，翁贝托·埃科和约翰·厄普代克并列第三。因此，他被称为是“当代达·芬奇”，因为只有达·芬奇的博学多才才可以比拟他。

2007年3月6日，这一天是北京乍暖还寒的春天光景，翁贝托·埃科来到了北京，在中国社会科学院的讲堂里，面向中国的人文学者做了一场题为《乱与治》的演讲，抨击了美国所主导的当前的世界政治和经济体系，表达了他作为独立知识分子的政治与文化见解。他的这场演讲还描述了当代世界的政治局势、社会与文化的关系以及文明的交流与融合的前景。他那宏阔的视野、逻辑严密的表达、雄辩的口才和轻松幽默的语气，给我留下了深刻的印象。演讲完毕，他给在场的人士签名和闲谈，大家簇拥着他，我看到，尽管他有一个不小的肚腩，但是并不臃肿，而是显得高大魁梧。他脸上那经过了略微修剪的灰白色络腮胡子更增加了他的睿智与神秘感，和你聊天和对视的时候，他那一双智慧、热情和带着一点笑意的眼睛，让你觉得他是一个很有亲和力的人。

翁贝托•埃科的头衔多得吓人，他是欧洲和美国最著名的三十多所大学的名誉博士，在意大利波洛尼亚大学长期任教，这所大学是欧洲最古老的大学之一，在公元十一世纪就存在了。翁贝托•埃科的知识极为渊博，据说，翁贝托•埃科有五万册的藏书，其中有几千册的图书版本是很珍奇的，光是《圣经》的各种不同的版本，他就装了一个大书橱。他不光小说写得好，他对中世纪欧洲的宗教学和神学尤其有研究，还是符号学理论的专家、著名的文学评论家，2002 年就任了意大利人文学院院长——这是一个意大利最高人文学术的研究机构，因此，他被誉为“当代但丁”“当代达•芬奇”，一点都不夸张。十多年前我读过他和美国当代哲学家罗蒂等几个教授进行的一场人文学论争的讲演集《诠释与过度诠释》，这是专门针对文学批评中的诠释与过度诠释问题所展开的极其广泛的探讨。其中，有很多关于文学批评与阐释的精辟见解。在 2004 年和 2006 年，他接连编辑出版了两部大部头的、图文并茂的美学著作《美的历史》和《丑的历史》。在这两本书中，他运用大量的美术作品和摄影图片，从古代一直到二十世纪的当代美女碧姬•芭铎、意大利明星莫妮卡•贝鲁齐的性感照片，以之作为佐证，他精到地分析了从古代的希腊到二十一世纪全球化时代，人们对美和丑的理解的历史。这两部书不是一般意义上的艺术史或者美术史，是一本关于审美审丑的观念阐递的书，编辑得非常好。我曾在佛罗伦萨和罗马的书店和美术学院中，看到过这两册装帧精美的图书摆放在橱窗里，十分醒目。我觉得，翁贝托·埃科似乎浑身都充满了活力的细胞，他的任何学术研究都充满了一种特殊的趣味，一点都不显得枯燥。比如，在他年轻的时候，他曾给天主教的僧侣专门讲过漫画，我还发现，在他出版于2004年的长篇小说《洛阿娜女王的神秘火焰》中，大量的插图都是带有后现代消费社会特征和题材的漫画、插图和一些连环画，这些图片都是他精心搜集的，可见他的兴趣之广，几成饕餮之势。2009年，他还出版了一部讲述人类清单的著作，使我们看到了清单的历史和在我们生活中的作用。

1932年，翁贝托·埃科出生于意大利西北部地区的阿莱山德莱，他的名字中的“埃科”的意思是“回声”。1954年，他毕业于都灵大学哲学系，获得了哲学博士学位，这一年他才二十二岁。在整个二十世纪六十年代，他都是意大利文化和哲学团体“63年集团”的重要成员，这个团体成立于1963年，团结了一批对当代文化和文学感兴趣的知识分子。后来，翁贝托·埃科在一家电台工作过一段时间之后，就到欧洲最古老的大学、波洛尼亚大学担任语言学教授了。自大学毕业后，他一开始从事的是美学研究，他的毕业论文是《圣·托马斯的美学问题》。后来，在电台工作的经历，给他提供了研究大众文化和传媒的机会，也给他带来了研究欧洲中世纪文化以新的启发和新的视角。我觉得，翁贝托·埃科似乎对最新鲜的和最古老的东西，全都保有着特别的兴趣和敏感地发现，他的学术研究涉足的主要领域是文艺理论和语言符号学，出版的主要学术著作有：《中世纪的艺术与美》（1960）、《开放的作品》（1962）、《内容的形式》（1971）、《符号学概论》（1975）、《诠释与过度诠释》（1990）。而他花费心力最多、潜心研究多年的，是中世纪欧洲的神学文化和二十世纪的大众传媒现象——电视、电影、广播、漫画、电脑、网络、光碟等，翁贝托·埃科能够把这两样东西结合起来进行研究，这也难怪他是一部在意大利新发行的CD—

ROM 光碟版百科全书的总监制了。这个电子百科全书收录了欧洲十六世纪到十九世纪文明史的所有重要史料。翁贝托•埃科是一个百科全书式的人物，他在大众文化和符号学研究方面的著作有：《最短的日记》（1963）、《启示录式的和完整的》（1964）、《空缺结构》（1968）、《符号学和语言哲学》（1983）等，而美学研究也一直是他的强项，如今，《美的历史》也出版了和原版同样精美的中文译本，《丑的历史》据说也在翻译中。至今，翁贝托•埃科出版的各类著作，据统计已经达一百四十种之多了。

翁贝托•埃科在欧洲一直是有知识和教养的象征性人物。我猜想，在欧美的知识分子和一般受过大学教育的人的书架上，一定会有他的书，因为有一个隐蔽的观念在作怪：假如你不读翁贝托•埃科，你就不是一个有知识和有趣味的人——这就比较可怕了。我在这里也提供一个例证：我曾经看过一部类似 007 系列那样的侦探片，我记得，影片中有一个镜头从性感的女主角的胸脯缓慢地扫到了女主角的床头，床头赫然放着的，正是翁贝托•埃科的小说名作《玫瑰的名字》。我还想用一个传说来说明翁贝托•埃科一度非常流行和受欢迎的程度：在一些欧洲妓女的坤包里，一定有三样东西——避孕套、口红和一册翁贝托•埃科的小说。后来，才有中国人把这个笑话套到了余秋雨的头上。

四部长篇小说：对中世纪的想象

我们再来看看翁贝托•埃科的小说，到底有多大的魅力。翁贝托•埃科走上小说创作道路的时间比较晚，四十多岁的时候他才拿起笔来写小说，但是一写就非常不得了。在二十世纪七十年代后期，翁贝托•埃科渐渐地发现，自己搞了二十多年的神学、历史学和文化、文学理论研究，有很多东西光靠理论表达说不清楚，也不过瘾，对大众的影响面小，他就决定借助小说这种大众更可以普遍接受的文学样式，来传达他复杂而有趣的研究经验。于是，翁贝托•埃科将自己对中世纪文化和历史研究的成果与二十世纪现代小说的发展结合起来，创作出了一种新小说。1980 年，他的第一部长篇小说《玫瑰的名字》出版了，立即引起了轰动。在这部包裹着侦探小说外衣的作品里，到处都充满了中世纪宗教文化的知识和趣味，翁贝托•埃科把知识、趣味和侦探小说的特点结合起来，引导有好奇心的读者进入到他的小说世界里来。

《玫瑰的名字》这部小说的叙述者是垂垂老矣的修士阿德索，他在小说中出现的时候还很年轻。小说的时间背景是 1327 年，地理背景是意大利北部的一座古老的修道院。这个修道院的修道士被教廷怀疑有不敬上帝的污秽和异端的行为，影响了教会的声誉，因此，奥匈帝国的皇帝就派遣方济各会的英国教士威廉带着他的助手和学生阿德索，前往这个修道院进行调查。这是小说的起因。修道院的院长阿博内热情地接待了刚刚抵达的威廉及其助手阿德索，并且神情紧张地告诉威廉，就在前几天，一个年轻的修道士竟然奇怪地死在了修道院主楼旁边的悬崖下面，死因不明。这等于难题马上就摆在皇帝的特使面前了。于是，沉着的威廉要求院长协助他破获这个案件，院长阿博内答应了，但是，阿博内却奇怪地提出了一个条件：不允许威廉和他的助手阿德索进入修道院的图书馆。威廉觉得奇怪，院长就告诉他，图书馆里的很多藏书，有的充满了谬误，有的揭示了真理，因此，图书馆是一个迷宫，一般人如果定力不够，在其中往往会迷失自己的灵魂，被魔鬼所俘获。

威廉教士到达修道院的第二天，仿佛有谁在给他下马威，又有一名教士离奇地死在了一缸猪血里。威廉教士立即对现场进行了勘察，他发现，死者似乎接触过一本怪书，这部书的前半部分是关于通奸、淫秽等异端和邪说的文字，而书的后半部分，却是亚里士多德的《诗学》的第二卷。在桌子上还有人写下了一句暗语：“镜子上面有四，其一、其七。”威廉教士苦苦思索着这个暗语，在勘查现场、相关人士进进出出之际，没有怎么留心，那本怪书忽然又不见了。怪书的出现和消失进一步地证明了这个修道院里隐藏着惊天的秘密。当天晚上，又出了一桩怪事：第三个教士死了，他因为中毒，死在了一个浴缸里。于是，这一连串的教士离奇死亡的事件，使威廉感到了修道院里确实隐藏着一股毁灭人的力量。但是，这种邪恶的力量隐藏在哪个地方，它为什么要不断地出来作恶，却很难立即侦破。这个时候，修道院里一个年纪最老的教士阿利纳多找到了威廉，他警告威廉，修道院里还要继续上演死亡的悲剧，因为很明显，这些教士的死亡正是上帝按照《圣经·启示录》里七个喇叭手预告结果在重演，是上帝在对修道院里的修士进行着惩罚。晚上，在住处，威廉教士仔细地阅读《启示录》里的有关章节，他找到了一些线索。随后，助手也发现了一些线索，他们调查得知，这家修道院里的一些修士确实存在着污秽和罪恶的行为：他们中有的把农家女带入修道院里进行奸淫，有的互相搞同性恋，信奉异端邪说，很多教士并不是在潜心修道，而是在实践魔鬼的教导。有一天，威廉教士茅塞顿开，他破解了第二个死去的教士留在桌子上的那句暗语，赶忙来到了修道院中，打开了一个密室，发现了修道院院长阿博内已经落入死亡的陷阱。原来，阿博内也发现了修士接连死亡的秘密，被四十年之前担任修道院图书馆长的瞎子教士豪尔赫囚禁了起来。豪尔赫也想害死发现了密室的威廉，在一番争斗之后，威廉和助手阿德索成功脱险了，而瞎子豪尔赫、院长阿博内连同那本前半部是淫秽的内容、后半部是失传的《诗学》第二卷的怪书，还有在山崖上巍峨挺立的古老修道院，一起毁于一片火海之中。

《玫瑰的名字》这本书很好看，它一方面将中世纪的宗教文化、神学、历史学、政治学和犯罪学的特点都融汇了起来，又以犯罪小说的形式，制造出一种紧张而愉快的阅读效果，可以说它既是一部侦探小说，又是一部关于中世纪神学论争的小说，还是一部文化哲学小说和历史小说。小说一出版，就引起了很大的轰动，在欧洲的发行量超过了五百万册，还陆续被翻译成三十多种语言，后来，还被改编成了电影，聪明的威廉教士由英国著名演员肖恩·康纳利扮演，相当传神。我想，《玫瑰的名字》也许算得上是一部后现代小说，它用今天那种后现代社会的视点，来审视中世纪的宗教纷争和观念冲突，比如理性与信仰、道与言、真理和异端、邪说和谬误等，结构出一种奇特的新小说。另外，小说塑造的一些修士的形象非常鲜明，尤其是前图书馆长、瞎子教士豪尔赫，他是一个和威廉教士对应的人物，在书中，他是一个真正的基督徒，但是，这个基督徒的行为却又是一个反基督徒，他的观念和举动都是错误的，这说明了反对基督的异端，不是来自基督的敌人，恰恰是来自基督徒的内部，来自基督教的自身。因为，像豪尔赫这样的教士害怕亚里士多德的哲学和理性的思考会带给人们认识真理，因而以淫秽和邪恶的书去引导教士犯罪，结果，最终不仅毁灭了修道院，也使自身死于大火之中。读到瞎眼教士豪尔赫这个形象的时候，我猜测，这是不是翁贝托·埃科在拿阿根廷作家豪尔赫·博尔赫斯来对应的啊？这可是我的一个联想。首先，他们的名字里都有豪尔赫，其次，博尔赫斯年迈之后，眼睛几乎也失明了，最后，博尔赫斯是阿根廷国立图书馆的馆长，埃科从他的形象那里获得灵感不是没有可能的。威廉教士以基督教的正义对抗了邪恶，借助亚里士多德的逻辑学、阿奎那的神学、培根的经验哲学，结合自己的过人观察力和聪明和智慧，破获了案件，挽救了教会的声誉。他和助手阿德索的关系让我想起来福尔摩斯和助手华生之间的关系，这说明这部小说和《福尔摩斯探案集》也有着呼应和互文的关系。而由阿德索来叙述的方式，具有了文本的解构性质，使小说充满了没有完全解开的谜。

《玫瑰的名字》来到中国比较早，在 1987 年，重庆出版社就出版了中文译本。《玫瑰的名字》改变了二十世纪六十年代流行的后现代派文学作品晦涩难懂的形象，重新获得了大众读者的青睐。可以说，他成功地对侦探小说和历史小说进行了移花接木般的戏仿，在中世纪宗教文化的内核上套了鲜活的当代文学的外壳，做到了雅俗共赏，也阐明了理性和信仰、神学与哲学、文学与历史之间的复杂关系。

《玫瑰的名字》获得了意想不到的成功之后，读者对翁贝托•埃科就有了强烈的期待。但是，他似乎不着急出版新著，一直到 1988 年，在读者的期盼下，翁贝托•埃科才推出了他的第二部小说《傅科摆》。这是一部并不好懂的小说，前后花了他八年的时间。从小说的情节内容上看，似乎非常庞杂和玄妙，和《玫瑰的名字》一样，这部小说也是穿着侦探小说的外衣，描绘了二十世纪中继承古老传统的欧洲“圣殿武士”想要控制一切的努力的一次失败，小说中夹杂了各种各样的宗教、文化和《圣经》传说的知识和材料，还算比较好看，但是，要完全读懂这部小说，读者必须要有一个宏大的欧洲人文知识的谱系和丰厚的西方宗教文化的准备，否则，理解和进入这本书，都显得比较困难。

我来简单复述一下小说的主要情节：在二十世纪七十年代，意大利米兰的一家出版社的三个编辑，伪造了一份十二世纪圣殿骑士团准备征服全世界的计划书，结果，这个计划书不经意地流传开来，被一些人信以为真，大家纷纷开始行动了。因为，计划书上说，1984 年 6 月 23 日夜晚，圣殿骑士团的人马都要会聚在巴黎艺术科技博物馆的傅科摆下面，然后采取统一的、震撼世界的行动。根据历史传说，圣殿骑士团自中世纪开始就存在于欧洲各国，分散在各地，但每过一百二十年，他们都要重新聚集到一个地方，拼合他们手上各自保留和接收到的信息，大家就能集体获得一种可以控制世界、改造人类的巨大力量，来实现自己的目标。圣殿骑士团一直图谋改变人类历史，但是，从古至今他们一直在努力，却也屡遭失败。可到了二十世纪，圣殿骑士还存在吗？大家对于这个传说感到了疑惑，而那份计划书的流布，立即使很多人以为自己就是骑士团的成员，他们纷纷做准备，要在1984年6月23日抵达巴黎艺术与科技博物馆的那个巨大的傅科摆下面聚合。

那么，什么是傅科摆呢？我在这里简单地介绍一下。傅科是十九世纪法国著名的物理学家，他发明了一个悬挂在长六十七米的钢丝绳上的、二十八公斤重的大铁球，让这个铁球在没有外力的帮助下自然摆动，由此，就可以测算出地球本身是在自转的，并且表现出固定的速率。可以说，傅科摆是证明地球自转的仪器。这部小说就这样一边对圣殿骑士团的历史进行追溯，一边描绘那些参与对圣殿骑士这个传说进行研究的学者们的爱情和生活，同时，将当代欧洲社会的后现代特征、古代宗教神秘团体的结构、宇宙空间和地球自转的科学测定三者奇妙地结合起来，用侦探小说的外壳，来解谜与揭秘，在历史时间和空间的转换中，将人类社会和自然万物的复杂性呈现了出来。在小说的最后，1984年6月23日那天晚上，那些自认为是一百二十年才出现一次的圣殿骑士团的后裔的人们，果然聚集在那个巨大的傅科摆下面，可是，他们付出了很大的甚至是生命的代价，见证的却是人性的阴暗面、自己的愚蠢和历史的荒谬，他们想控制宇宙的妄想也终于破灭了。

《傅科摆》不容易读懂，是因为这部小说混合了中世纪宗教文化和当代意大利文化，其自然科学与历史知识过于庞杂，因此，也冲淡了它的侦探小说的形式。从叙述上讲，小说采取了多人多角度叙述的方式，这种多视角的方式可以使读者看清楚全部的情节布局。但是，小说的时间线索则比较单一，是顺序讲述的。我在阅读的时候就感觉，小说中那些混杂着历史、现实和科学的信息和符号谱系，不断地打断和破坏着我的阅读，这样的感觉很不好，客观上伤害了小说的肌理和阅读快感。因此，这部小说出版之后没有获得读者的广泛垂青。其实，翁贝托•埃科写《傅科摆》，是在继续向小说的难度挑战，它仍旧延续了翁贝托•埃科的小说特点，那就是：在一种历史记忆的空间里，闪展腾挪地创造出一个被想象和知识系统所虚构与装饰的文学世界。

1994 年，翁贝托•埃科推出了他的第三部长篇小说《昨日之岛》。翁贝托•埃科的长篇小说一般都比较厚重，篇幅偏大，唯其如此，才可以容纳下他要表达的庞杂内容。《昨日之岛》翻译成中文大概有三十四万字，篇幅也不小。在《昨日之岛》中，他把小说的背景放在了十七世纪。这个世纪也被称为巴洛克时代，是中世纪和近代社会交替的重要历史时刻，那时候，科学和人文革命在兴起，文艺复兴的春风已经在吹拂了，但是，中世纪的宗教压迫感还沉重地压在人们的心头。可以说，小说本身的故事情节非常离奇：全书从开头到结尾，小说的主人公罗贝托竟然一直没有动弹，构成整部小说的基本内容的，就是罗贝托自己的想象、臆想和幻觉。不过，虽然小说的情节比较简单，但是内容却依旧复杂多层。小说讲述一艘失事在国际日期变更线附近的船只，上面碰巧还剩下一个存活的人，他就是小说的主人公罗贝托。由于他横跨国际日期变更线，那么，他向这边走一步就进入过去，向那边走一步就进入未来。这样的人物处境，隐喻了中世纪的结束和新时代的开始。

《昨日之岛》描绘了这个在 1643 年测量地球经线的人物罗贝托遭遇海难之后，作为海难的幸存者，被潮水冲到了附近另外一艘失事轮船的残骸“达芙妮”号上，依靠船上留下来的粮食、水果、蔬菜和家禽延续生命。身处经度线上的国际日期变更线上，罗贝托无法确定自己能够最终得救，开始写日记和书信，还夹杂自己的回忆，并且，他将自己的回忆演变成写小说来打发时光，对过去的事情进行虚构和歪曲，还创造了一个自我的分身，来和自己对话。因此，他的回忆充满了疑心、错误和妄想。由此，读者也通过他的自述，知道了他的前半生：他有一个孪生兄弟费杭德，和他之间有很多矛盾，他还产生了费杭德就在他的附近、要谋害他的幻觉。

通过对小说主人公的描述，翁贝托•埃科质疑了人对生命的感觉、文学叙事的荒谬以及知识的无效性，可以说，这是一部很有意思的、意义复杂的作品。我想，翁贝托•埃科通过《昨日之岛》想告诉我们什么呢？也许，他描绘了当中世纪即将结束、新时代的科学主义与文艺复兴来临的时刻，在那个交替时代中人类的困难境遇——在昨天和未来之间，一种无所适从的两难处境。但是，《昨日之岛》依旧显得有些晦涩。翁贝托•埃科在其中穿插了大量的地球物理学、神学、化学、海洋生物学、军事学、哲学和医药学、天文学、文学的知识，他甚至还有意识地模仿了十七世纪意大利文体的特点。他还创造出一个奇特的从来不动弹的文学人物形象，这个形象就是罗贝托——他不能登岸，不能回家，也不能获得救援，他在昨天，也在明天，他停留在时间的接口处，永远地处于类似原罪的惩罚当中而无法摆脱。

2000年，翁贝托•埃科出版了他的第四部小说《波多里诺》。和《傅科摆》与《昨日之岛》相比，《波多里诺》明显地更像是一部历史小说，也是我最喜欢的一部小说。它充满了人生变化的无常和历史的无情，表达出人生在世的某种很无奈和苍凉的感觉。与前两部小说的晦涩和庞杂不同，这部小说的线索十分清晰。小说的背景仍旧在中世纪的意大利，在1155年，一个意大利农村孩子波多里诺意外地被当时正在征战的皇帝所喜欢，于是，波多里诺得以进入宫廷中。后来，皇帝派遣他前往法国学习当时的法国文化，他一边偷偷地给自己暗恋的王后写情书，一边又模仿王后给他自己写回信，因为，这是无望的不可能的爱情。后来，皇帝又派遣他前往东方取经，寻找东方的智慧和启示，于是，波多里诺带领着一群人，向东方而行。一路上，他们经过了一条滚动着巨石的河流；经过了长着羊蹄子的女性部落；经过了黑暗遮天的森林，在森林里大家只能依靠声音来彼此确认，才可以穿越它；经过了耳朵很大、长过了膝盖的怪人城市；最后，他们住在了那里，在野蛮人的攻打之下，波多里诺率领的联合部队被打败了。

小说的内部有着对很多中世纪历史事件和战争的逼真描写，描绘了一个人在历史风云变幻中的坎坷命运，读来十分引人入胜。我在读这本书的时候，不知不觉地会把波多里诺和金庸的最后一部小说《鹿鼎记》中的韦小宝相比较，因为这两个人物十分接近。可以说，这部小说描绘的是中世纪意大利一个混混波多里诺那波澜壮阔的一生。他在人生的不同阶段，爱过三个女人，体验到了人生不同的阶段对情爱的理解与感受；这是这部小说最打动我的地方。他还肩负使命，坚忍不拔地带领一群人前往东方，去寻找圣杯安放的地方，经历了大量离奇的事件和生离死别。在这里，小说书写了中世纪的欧洲对东方世界的幻想——东方世界似乎到处都是被怪人占据的奇怪城市，以及奇特无比的、滚动着巨石的河流那样的自然风光。我觉得，波多里诺的东方之旅是小说中后半部分最奇特、最生动的情节，也是全书最精彩的部分。最后，因为失误和一些误会，他在不同阶段依次失去了自己最心爱的三个女人，最终失去了一切，成了一个在柱头忏悔修道的柱头修士。在柱子的顶端，他修炼和忏悔了几十天，每天靠别人给他送饭吃，但是某一天，他忽然消失了，谁都不知道他的下落。

《波多里诺》中的叙述人不是波多里诺本人，小说叙述的波多里诺的一生，都是通过另外一个见证人的叙述，他以亲眼所见和听过的波多里诺的讲述来叙说。由此，小说在最后一刻对整部小说做了一个解构，它告诉我们，小说所叙述的一切也许根本就不存在，就像那根本来蹲着波多里诺的柱头现在已经空无一人了一样。因此，这部小说看上去像是一部关于小说的元小说，一部对中世纪文化带有解构色彩的后现代小说。

智力的空间

除去上述四部对意大利中世纪充满了想象和虚构的小说，翁贝托·埃科于 2004 年出版了他的第五部长篇小说《洛阿娜女王和神秘的火焰》，我在罗马旅行的时候，碰巧在书店里找到了这本书，立刻爱不释手地抓到了手中。这部小说和前几部不一样，它的故事背景第一次完全放在了当代。1991 年，一个年近六十岁的意大利书商在一所医院里醒来了，但是，他不知道自己是谁，叫什么名字，年龄多大，也不认识照顾自己的妻子了。等于说，在遭受一次对大脑的重击之后，他得了一种健忘症，这种奇特的健忘症使他变成了一个非凡的人：一方面，他保有百科全书般的对世界知识的记忆，另一方面，凡是涉及他的个人生活，他则完全失去了记忆。于是，他开始了寻找自我的艰难旅程。他进入到自己长大的房子，依稀有了一些对自己童年时代的记忆；他走进书房，阅读自己的藏书，开始逐渐了解到自己所经历的少年时代，正是二十世纪四十年代的意大利那个特殊的时期，一本叫作《洛阿娜女王和神秘的火焰》的书，是唤醒他少年时代的、他当时阅读过的童话书的名字。在那个童话中，洛阿娜女王似乎守候着他过去的身世与秘密。他还发现在他的青年时代，他曾经喜欢过一个女孩，可他却没有办法回忆到关于这个少女的详细情况，而关于他自己的身世，那个少女是谜底的关键。于是，对少女的寻找又成为一条线索……

这部小说在翁贝托·埃科的小说序列里很奇特，它是关于意大利二十世纪的一次回眸，甚至是翁贝托·埃科经过了掩饰和虚构的自传。小说中，穿插了大量漫画、招贴画、宣传画和连环画，作为插图，这些图片将意大利一个独特的时代和作者深刻的童年、少年、青年记忆纠缠在一起，表达了翁贝托·埃科对自我和时代、记忆与书籍之间微妙的关系，以及对这种关系和经验的理解。《洛阿娜女王和神秘的火焰》算是他小说中的异数，是最靠近翁贝托·埃科生平的一部，依旧有着高雅的趣味，和对谜底的追寻。

在当代意大利作家中，翁贝托·埃科和卡尔维诺都属于那种把小说当作智力游戏和文化游戏的作家。但是，在政治态度上，显然，翁贝托·埃科和激烈批判社会现实的意大利剧作家达里奥·福不同。不过，我想，如果今后诺贝尔文学奖要奖给引领了后现代主义文学潮流的作家，翁贝托·埃科、美国作家托马斯·品钦是最有可能获奖的作家。在运用智力和知识的空间来结构小说方面，翁贝托·埃科是当代作家中首屈一指的，同时，他也很关心世界局势，也不断地发表着观点犀利的见解。

阅读翁贝托·埃科的小说，总像是在进行一次智力测验，这种智力测验和阅读那些情节粗糙简单的侦探小说还不一样。侦探小说一般都指向一个明确的目的，那就是，去发现和揭示凶手。而翁贝托·埃科却编织了一个知识和历史的大网，要把进入他的这个大网的读者都兜进去，全都抓住。他是捕获读者而不是引导读者，他是戏弄读者而不是尊重读者。他其实是在嘲笑和轻视读者，但是你根本就看不出来，还必须要上当，去阅读他的书。在翁贝托·埃科的智力空间里，弥漫着中世纪的黑暗和死亡的阴影，以及宗教的腐朽气息。在历史的深处，散发出来的是各种奇特的味道。不过，翁贝托·埃科绝对不做简单的批判，他没有道义上的简单评判，他把我们引导到一个更加复杂的境遇。

从总体上看，翁贝托·埃科的写作分为两个大类，一类是文艺理论著作和美学、符号学研究著作，这些著作在前面我已经多有介绍。他甚至还写过一本叫作《大学生如何写毕业论文》的书。还有一本专门谈小说艺术的书特别值得重视：《小说林里的六次散步》——中文译本叫作《悠游小说林》，是他出版于 1994 年的一册演讲集，收录了他当年在美国哈佛大学演讲的内容。在这本书中，他纵横捭阖地从人类的神话、童话、罗曼司、史诗到长篇小说的历史，分析了小说的演变和小说未来的可能性，犹如带领我们进入到一片文学的树林，到处都是幽暗和险滩，奇境和花园，翁贝托·埃科勇敢地带领着我们穿越了人类小说的丛林，带领我们饱览美景，然后来到了安全地带。

他的创作中的另一大类是他的文学创作，这里面又分成两个部分：长篇小说和随笔。他没有写过篇幅短小的中短篇小说，但是，他在一些报纸杂志上长年开设专栏，写下了大量的随笔，这成了他的文学写作中很重要的部分。这些随笔幽默生动，有趣极了，篇幅短小精悍，但是却非常脍炙人口，结集为《小记事》系列，英文版分别叫作《误读》《带着鲑鱼去旅行》，都翻译成了中文。我手头还有一本他的英文版杂文集《康德与鸭嘴兽》，是一本对文学和社会现象进行了绝妙讽刺的小品文。在这些随笔集里，处处可见他的超人智慧和风趣幽默。2009 年他又出版了一部趣味横生的作品《无限的清单》，描绘了人类清单的历史。

我想，要想读懂翁贝托·埃科和要想当一个翁贝托·埃科，都是不容易的。翁贝托·埃科属于那种深深地扎根于欧洲深厚文化土壤的大树，此外，他还是一个对当代世界的现实和政治有着自己独立见解的作家，他一直勇于对当代社会的各种现象发言，曾出版过一本由五篇文章组成的《五篇道德论文》，对最近十几年的一些国际政治事件进行了思考和批判。翁贝托•埃科是欧洲文明之树上结出来的耀眼的果实，如果你去过罗马、威尼斯、米兰和佛罗伦萨，徜徉在古罗马帝国的废墟上、文艺复兴的遗迹边和地中海商贸的大码头以及当代时装之都中，你就会感觉到在这里，诞生翁贝托•埃科的条件是那样的丰富和充分。

在二十世纪，小说的道路有很多条，而翁贝托•埃科走出来一条他自己的路，那就是：用奇特的文学想象，串联起欧洲中世纪的历史与文化，带给了我们一个全新的想象世界。翁贝托•埃科是少有的能把非常乏味、枯燥的一些历史和宗教知识，变成很有趣的小说材料的作家，来组织小说的写作。他的小说都有一个通俗小说的外壳，但是里面却包裹着庞杂的知识体系，这种庞杂的知识体系又被他演绎成引人入胜的故事。而他一方面创造着一个个虚构的文学世界，另一方面又机智地拆掉了自己刚刚搭起来的小说积木，把它们变成了空无。

阅读书目：

《符号学理论》，卢德平译，中国人民大学出版社，1985 年版

《玫瑰的名字》，林泰等译，重庆出版社，1987 年 9 月版

《玫瑰的名字》，谢瑶玲译，作家出版社，2001 年 7 月版

《玫瑰的名字》，沈萼梅、刘锡荣译，上海译文出版社，2010 年 3 月版

《傅科摆》，谢瑶玲译，作家出版社，2003 年 1 月版

《昨日之岛》，翁德明译，作家出版社，2001 年 7 月版

《波多里诺》，杨孟哲译，上海译文出版社，2007 年 3 月版

《波多里诺》（英文版），维京出版社，2003年

《洛阿娜女王与神秘火焰》（法文版），格拉塞出版社，2006年版

《罗安娜女王的神秘火焰》，杨孟哲译，台湾皇冠文化出版公司，2009年9月

《开放的作品》，刘儒庭译，新星出版社，2005年5月版

《带着鲑鱼去旅行》，马淑艳等译，广西师范大学出版社，2004年9月版

《误读》，吴燕莛译，新星出版社，2006年6月版

《悠游小说林》，俞冰夏译，三联书店，2005年10月版

《诠释与过度诠释》，王宇根译，三联书店，1997年4月版

《符号学与语言哲学》，王天清译，百花文艺出版社，2006年1月版

《密涅瓦火柴盒》，李婧敬译，上海译文出版社，2009年10月版

《美的历史》，彭淮栋译，中央编译出版社，2007年2月版

《大学生如何写毕业论文》，高俊方等译，华龄出版社，2003年4月版

《埃科——符号的时空》，篠原资明著，徐明岳等译，河北教育出版社，2001年11月版

《别想摆脱书》，卡里埃尔和埃科著，吴雅凌译，广西师大出版社，2010年1月版

《丑的历史》，彭淮栋译，中央编译出版社，2010年4月版

《玫瑰的名字注》，王东亮译，上海译文出版社，2010年6月版

《艾可谈文学》，翁德明译，台湾皇冠文化出版公司，2008

年 1 月版

《倒退的年代》，翁德明译，台湾皇冠文化出版公司，2011 年 3 月版

《倒退的年代》，翁德明译，漓江出版社，2012 年 5 月版

《植物的记忆与藏书乐》，倪安宇译，台湾皇冠文化出版公司，2012 年 1 月版

《矮人星上的矮人》，王建全译，2012 年 10 月版

第二部分：法国小说四怪杰

玛格丽特·尤瑟纳尔：历史的声音肖像

阿尔贝·加缪：局外人与局内人

阿兰·罗布·格里耶：欲狂与物寂

克洛德·西蒙：文字画与巴洛克结构

玛格丽特·尤瑟纳尔：历史的声音肖像
（1903—1987）

“超越描绘混乱而达到智慧”

谈到现代历史小说，我首先想到的就是玛格丽特·尤瑟纳尔。在中国，历史小说源远流长，我们有《三国演义》《水浒传》等，但是在二十世纪，历史小说的外延和内涵都发生了很大的变化，我这才发现，汉语小说中的历史小说更多的是一种历史的传奇，在现代语境下，已经丧失了真实性。当代汉语历史小说更是泥沙俱下，大都以帝王将相和王妃名妓为主角，却没有现代小说的精神与声音贯穿其间。在这样的情况下，阅读玛格丽特·尤瑟纳尔则是必需的事情了。

玛格丽特·尤瑟纳尔是法国二十世纪最杰出的小说家之一，我看也是文学史上最杰出的女性小说家之一，可以和她比肩的，我认为只有几个人，比如日本的紫式部、英国的弗吉尼亚·伍尔芙、瑞典的塞尔玛·拉格洛孚等。

尤瑟纳尔对二十世纪小说史的贡献，主要在于她对历史小说的新理解和新探索。不过，玛格丽特•尤瑟纳尔自称是一个古典主义者，在她看来，各种打着现代主义和后现代主义旗号的文学探索，都是舍本逐末，把文学本身搞得更加混乱了，她对各种文学实验都不以为然。她说：“对智慧问题的关注在当代文学中只扮演了一个很小的角色，在我们这个时代最敏锐的那些人中，大多数只停留在描绘混乱的状态，超越这种状态达到某种智慧，一般说来似乎不是今天的现代人的做法了。”她很清醒地看到了现代主义小说的问题，那就是，长于描绘混乱，而不是去以更高的视野和更宽阔的历史维度去表现混乱之上的智慧。那么，什么是“超越混乱的智慧”呢？我想，可能是来自历史和时间深处对当代的问题和困境的一种回答。而玛格丽特•尤瑟纳尔一生都在致力于描绘与人类生存相关的基本问题，描绘历史情境中人的基本处境。

玛格丽特•尤瑟纳尔在二十世纪法国文学史上可以说是一个另类，她从不参与任何文学流派，比如和“超现实主义”“存在主义”“新小说派”、“新寓言派”都没有关系，她甚至主动地和这些过于“现代”的流派保持距离，但是，她的写作却有着强烈的现代精神，顽强地开辟出小说的新方向，给历史小说在二十世纪的发展引出了一条线索。

1903年，玛格丽特•尤瑟纳尔出生于比利时的布鲁塞尔，她的父亲是法国人，母亲原籍比利时，但是生下她仅仅十天后，就因为产后腹膜炎和产褥热而去世了。因此，父亲就将小尤瑟纳尔带回到法国北部老家的庄园里生活。玛格丽特•尤瑟纳尔的父亲是法国北部一个非常古老的家族的后裔，他喜爱读书，知识渊博，自妻子去世之后，他就亲自指导玛格丽特•尤瑟纳尔学习各种欧洲语言，阅读文学和人文书籍。同时，在他家的庄园里，还有多个管家、家庭教师都对她产生了影响，加上玛格丽特•尤瑟纳尔的勤奋和刻苦自学，自小她就掌握了英语、希腊语、拉丁语和意大利语，受到了欧洲古典文学和文化的深厚熏陶。玛格丽特·尤瑟纳尔的父亲喜欢到处游历，靠着家族财产和妻子的遗产，他带着小尤瑟纳尔四下走动，因此，小尤瑟纳尔就跟着父亲在欧洲很多国家生活过，见识广博，视野开阔，加上知识积累也非常丰富，这最终造就了未来的学识渊博的小说家玛格丽特·尤瑟纳。1980 年，七十七岁的玛格丽特·尤瑟纳尔被接纳为法兰西学士院的院士，她接替的是一位去世的博物学家的位子，因此，她就任院士所宣读的论文是关于石头的研究。在法兰西学士院的历史上，玛格丽特·尤瑟纳尔是第一个女院士。

玛格丽特·尤瑟纳尔很早就开始了文学创作，最早出版的作品是一首对话体长诗《幻想的乐园》，取材于历史传说故事，创作于 1919 年，时年她才十六岁，两年之后的 1921 年，在她十八岁的时候，由父亲出资帮助她印刷出版了。这一年，她就雄心勃勃地开始写作一部关于父亲和母亲的家族历史的长篇小说，但是，一方面她觉得自己有些力不从心，难以驾驭，另外她在小说的技术上还不成熟。这部手稿的大部分后来都遗失了。十多年之后，她将三个残存的片段整理收集到《死神驾车》里，于 1934 年正式出版。玛格丽特·尤瑟纳尔早期还写下了很多诗歌，1922 年，她出版了诗集《众神未死》，将少女的想象与希腊神话中的众神结合起来，显示了她在诗歌写作方面的历史主义倾向。从此，对历史、神话的探究，尤其是对古代希腊罗马时期历史和文化的研究成了她的最爱，最终小小的萌芽发展成大树，其文学理想在她后来的小说中得到了完美的体现。

1929 年，玛格丽特·尤瑟纳尔挚爱的父亲去世了，她感到了无比的痛苦，她一方面继续在欧洲游历，另外一方面坚持写作。这一年，她发表了中篇小说《阿历克西》，这是一部同性恋题材的小说，因为尤瑟纳尔后来发现自己就是一个同性恋。小说是书信体的形式，描绘离开了妻子和孩子的同性恋者阿历克西的性苦闷，他离开家庭之后，向自己的妻子倾诉了自己的心灵折磨。小说在当时的出版环境里自然带有叛逆色彩，因为同性恋在当时的法国也还是一个禁忌。1931 年，她又出版了一部篇幅不大的长篇小说《新奥里狄克》，以想象的笔调描绘了处于婚姻之中的男人的处境，反映了法国独特的社会环境带给人的内心威压。1932 年，她出版了一部研究古代希腊诗人品达罗斯的专著，同年，还写了中篇小说《一枚传经九人的银币》和画家评传《丢勒之意》、《格里高之意》、《伦勃郎之意》，从艺术家的生平来书写她对历史和艺术的独特理解。

除了这些中长篇小说和艺术家评传，在第一次和第二次世界大战的间隙，玛格丽特·尤瑟纳尔还出版了三个显示了她卓越的小说才华的短篇小说集：第一部是我前面提到的、出版于 1934 年的短篇小说集《死神驾车》，在小说中，她开始转向对历史情境的探询，所运用的材料是自己父母亲的家族史，残存的三个片段后来又被她用为素材，写成了长篇小说《苦炼》、中篇小说《安娜，姐姐……》《默默无闻的人》《一个阳光明媚的早晨》等小说。玛格丽特·尤瑟纳尔似乎从来不浪费自己的写作资源，她的内心里的文学火种可以从童年时代一直燃烧到老年，，在不同的时期以不同的形式去书写，最终到了后期，绽放出更加璀璨的文学之花。这是她的过人之处。

1936 年，她出版了由九篇短篇小说所构成的第二个集子《火》，这九篇带有散文体特征的虚构文体很难归类，而我把它们看成是短篇小说，因为这些文本里首先有虚构，其次有独特角度的叙述，这是小说才有的特征。在这个集子里，分别以“阿喀琉斯或谎言”“安提戈涅或选择”“萨福或自杀”“斐多或幻境”等命名，全部以古代希腊神话和历史传说中的人物为材料，让他们直接说话，或者是内心独白，或者是直接描绘他们的处境，重新用当代的语调和语言来讲述他们的故事，从而使这些历史传说和神话中的人物变得栩栩如生，他们的故事也更加可感，像可以触摸到一样逼真。

玛格丽特•尤瑟纳尔接着在1938年出版了第三个短篇小说集《东方故事集》。这是她的最好的小说集，标志着她在短篇小说写作上所能达到的高度。这个集子也成了整个二十世纪里最重要的短篇小说集之一，我认为是能够和《都柏林人》《骑兵军》《平原烈火》《虚构集》相提并论的一本短篇小说。尤其在如何运用一些历史材料、古代传说和文化典籍上，玛格丽特•尤瑟纳尔发挥了她处理材料和与想象力结合的天才，写出了十篇炉火纯青的作品，将自己的视野和材料的运用上从古代希腊罗马转向了东方国家。对于欧洲来说，东方，就意味着欧洲以东，特别是伊斯坦布尔以东的阿拉伯、俄罗斯远东和亚洲的广大地区。这个小说集就取材于上述地区的历史传说和文化典籍。《东方故事集》里一共收录了九个短篇小说——这个集子最早的版本有十个短篇小说，但是，倒数第二篇取材于欧洲的荷兰，是写一个荷兰画家的故事，主题与小说集的名字“东方故事集”不符合，再版时就被她取消了。九篇取材于东方历史故事和文化典籍的小说，分别以中国、南斯拉夫、阿尔巴尼亚、希腊、印度、日本等国家为地理背景，算是一部标准历史题材的小说集。从体裁上看，介于历史传奇和短篇小说之间，也是对古代典籍中的故事原型所进行的重写，带有强烈的颠覆性。对历史的当代颠覆和诠释，在后来的小说家那里，越来越扩大了，尤其是美国一些后现代派小说家，在这条路上走得很远，比如约翰•巴斯、巴塞尔姆等人。不过，玛格丽特•尤瑟纳尔用她独有的语调和语言，来重新讲述那些历史上有过的故事传说，却带来了新的韵味和感觉，给历史小说增加了一种新的声音，这是她对历史小说的主要贡献。

以上三个短篇小说集昭示了玛格丽特•尤瑟纳尔过人的才华，也是她逐步寻找到自己的实验探险之作。1938 年，她还出版了以自己的梦作为解析对象的书《梦与命运》，描绘她自己的梦境，以及这些梦境引发的她的创作灵感。

1939 年，在第二次世界大战爆发前夕，她还出版了中篇小说《一弹解千愁》，小说描绘了第一次世界大战时期，一个德国人到俄国参加白军的故事。在俄罗斯，他和一个女人的爱情走向了悲剧的结尾。小说流露出广阔的时间感和有些茫然的历史感——在大历史面前，人的命运和选择是非常盲目的，最终导致了无数人生悲剧的发生。这一年中，第二次世界大战突然爆发了，战火在欧洲点燃，她感到了惶惑和恐惧，因为她所钟爱的欧洲文明正在纳粹的铁蹄下瓦解和被焚毁，玛格丽特·尤瑟纳尔就逃到美国去了，在美国东部的一些城市从事教师、记者和翻译的工作，主要居住在纽约东北部的芒特德塞岛上。不久，她就开始和一个美国女记者、她的同性恋伴侣格雷斯·弗里克住在一起，两个人的感情维系了很多年都不曾中断。

在美国期间，玛格丽特·尤瑟纳尔写作了话剧《阿尔塞斯特的神话》《埃莱克特或面具的丢失》，改编安徒生的童话的歌剧《小美人鱼》，一边在美国的一些中学教书。

"一幅用声音去描绘的肖像"

我想象玛格丽特·尤瑟纳尔有着一颗坚强的灵魂和一份坚忍的耐心。她在一方面在纷繁复杂的二十世纪大历史的变动中穿行，一方面又能够向古代希腊罗马和东方遥遥相拜，在时间和历史的帷幕中来回穿梭，镇定自若，处变不惊。痛苦的、毁灭性的"二战"结束之后，1949 年，玛格丽特·尤瑟纳尔回到了欧洲，立即投身于长篇小说《哈德良回忆录》的写作，这时，她发现自己找到了一种历史小说的语调，因此就快马加鞭，奋力前行。小说出版后，获得了巨大的成功。

现在看来,《哈德良回忆录》是玛格丽特•尤瑟纳尔一生中主要的代表作，我觉得，它和长篇小说《苦炼》、三卷本自传式小说《北方档案》《虔诚的回忆》《什么？永恒？》共同组成了她一生中最主要的长篇作品。

1951 年，玛格丽特•尤瑟纳尔出版了《哈德良回忆录》这本以古罗马皇帝哈德良为主人公的长篇小说，在小说中，虚构的部分紧紧地围绕着历史上的这个有名的哈德良皇帝的生平来展开，小说的语调是这部小说最重要的特征，也就是说，历史小说以声音的方式展开了全新的形式。小说以哈德良的回忆录的形式，以一封长信——他写给后来的古罗马皇帝马可•奥勒留，展开了哈德良从自己卧病在床开始的对自己一生的回忆。我们知道，哈德良皇帝的继任者马可•奥勒留，是历史上一个著名的哲学家皇帝，他留给后人的著名作品是《沉思录》，在 2008 年的中国，仍旧是一本畅销书，这是由于有温家宝总理的推荐——他曾经在接受记者采访时说他的枕边有这本书，很快，三个版本的《沉思录》就都出来了，都成了畅销书。对于古代罗马帝国的历史，如果我们去阅读英国历史学家吉本的多卷本大著《罗马帝国衰亡史》，就会发现，古代罗马皇帝的继承多少有些禅让的味道，是由皇帝来选择贤者继承王位，而不是直接让自己的直系亲属和孩子来继承。哈德良皇帝没有子嗣，他首先宣布安东尼为自己的继承人，而他又让安东尼收养了马可•奥勒留作为养子，解决了自己的王位继承权问题。公元 138 年，哈德良去世了，安东尼即位，安东尼后来在公元 161 年去世，马可•奥勒留和安东尼的儿子维鲁一起即位，公元 169 年，维鲁去世，马可•奥勒留独自执政，一直到公元 180 年。根据史料记载，哈德良和马可•奥勒留是罗马帝国几个最有名和最有作为的好皇帝，也是古代罗马帝国强盛时期的强有力的统治者。

玛格丽特·尤瑟纳尔很早就谋划了这部小说的写作，她说：“这本书从1924年到1929年期间，从我二十岁到二十五岁之间，就已经开始酝酿，并以各种不同的样式，整体地或者部分地写成了。只是所有的手稿全部被毁掉了……1934年，我重新开始创作，我进行了很长时间的探究。写出来被认为是定稿的有十五页左右。我曾经想过很长的时间，让这部作品以一系列对话的形式出现，以便把当时所有的声音都反映出来。但是，不管我怎么做，细节总是优先于总体。各个部分在损害整体的平衡，哈德良的声音淹没在所有这些叫喊中。我无法去组织这个被一个人看见和听见的世界……不管怎么说，我太年轻，有一些书，在年过四十之前，不要贸然去写。我必须利用这些年头去学会准确地计算在这位皇帝和我之间的距离。”就这样，玛格丽特·尤瑟纳尔反反复复地多次拿起笔，又多次放下，这样一直到了1948年，她过去的一只装满了手稿的箱子被运到了美国，送到了她身边，她惊喜地发现，在那些手稿中，一些反复写过的历史札记重新激发了她的创作兴趣。而这个时候，经过了“二战”浩劫的她已经四十五岁了，对万事万物的理解也大不一样了。忽然，她茅塞顿开了，她感觉自己找到了如何写作这本书的路径：“一幅用声音去描绘的肖像。我之所以选择用第一人称去写这部《哈德良回忆录》，就是为了让自己尽可能地摆脱任何中间人，哪怕是我自己。哈德良可以比我更加坚定地，并且更加细微地讲述他的生平。我很高兴地一再去描绘一个几乎是贤者的肖像。”

《哈德良回忆录》最重要的特征，是突破了以往欧洲历史小说的形式局限，它首先使历史小说具有了内心的声音和精神的深度。我觉得，玛格丽特·尤瑟纳尔是对历史小说的发展起到了关键性转折作用的作家，在她之后，那些写历史小说的人可要注意了，因为，你很可能继续在传统观念里的历史小说的泥沼里拔不出来——在中国的当代历史小说写作中，就存在这样一个问题，那些获得了一些大奖的、畅销的历史小说，其实都是外在于“历史”的小说，是虚伪的历史小说，是没有历史真实的声音和灵魂的“历史小说”，一般都是描摹作者想象中的历史的通俗传奇故事而已。因此，写历史小说的人必须要学习玛格丽特·尤瑟纳尔的发现：对声音、气味和人物灵魂复杂性的展示。对于历史小说，她说：“把历史小说归入另类的那些人，忘记了小说家只不过是借助他那个时代的各种方式去诠释已经过去的某些事实，诠释有意识或者无意识的、个人的或者非个人的记忆，这些记忆与历史一样，都是用同样的材料编成的织物。十九世纪的很多历史小说无非是一些雄伟壮丽的通俗小说。在我们这个时代，历史小说，或者人们处于方面而称之为历史小说的文学样式，只能是被置于一个重新发现的时代——去把握一个内部的世界。”在这里，玛格丽特·尤瑟纳尔指出了那些通俗的“历史小说”的糟糕的地方：外部雄伟壮丽，内在则是编织了一个讨好大众的通俗历险故事。而现代历史小说需要独特的空间，那是一个由声音、精神世界、灵魂的运动和语调所组成的世界，是历史小说的新境界。

《哈德良回忆录》实现了玛格丽特·尤瑟纳尔对历史小说的新理解。这本书可以说是虚构的哈德良皇帝的遗言，他通过一封长信向自己隔代的继承者讲述他的一生和自己所处的时代。在小说中，哈德良的语调平静而舒缓，如同静水深流的大河一样宽阔广大。他回顾了他如何在十二岁的时候失去了父亲，十六岁到雅典学习各门知识，后来回到罗马参军，在军队里不断获得晋升，得到了当时的皇帝图拉真的赏识，等到图拉真去世之后，掌握了军权的哈德良继承了皇位。他采取了很多强力措施来改善帝国社会的风貌：禁止奴隶决斗、男女同浴、提高妇女地位、大力建设罗马和雅典，修建了万神殿等。他还崇尚希腊文化，喜欢希腊文化中自然、明亮和纯朴的风格。他还曾经喜欢上一个十二岁的希腊美少年，那个美少年在二十岁的时候不慎溺毙了，这使他陷入格外的忧伤之中。他还与犹太人进行了四年时间的战争，犹太人因此失去了家园，开始了到处流浪，是他下令将犹太人聚集起来，并把那个地方命名为巴勒斯坦……在玛格丽特·尤瑟纳尔所虚构的这部古代罗马皇帝的回忆录里，哈德良不仅回忆了自己的生平事迹，还将人生的感喟、社会的观察和内心的复杂感受都表达了出来，尤其是对于人类的终极价值和命运的思考。这些思考可以看成是尤瑟纳尔自己借古代皇帝的口说出来的，因为她是希腊罗马文化的坚定崇拜者，是她总结古代罗马帝国时期所确立的西方文明的一些基础和根源性的价值观。而贯穿小说的只有一个人的声音，那就是哈德良自己的声音。小说出版之后获得了如潮的好评，接连获得了法国费米娜奖和法兰西学士院小说大奖，玛格丽特·尤瑟纳尔由此成了法国第一流的小说家。

玛格丽特·尤瑟纳尔以"描绘人类的总体境况"来描述这个小说系列，1968年，她再接再厉，出版了她这个系列小说的第二部《苦炼》。小说讲述了十六世纪欧洲的一个炼金术士泽农的一生。泽农是一个私生子，母亲改嫁后，他只好跟随叔父一起生活，开始学习神学和其他各种知识，尤其是当时的一些科学技术和宇宙天文学的新知识。他对哥白尼十分崇拜，认为是火主宰了宇宙的规律，还发明了织布机。后来，他经历了战乱和亲人的别离，到了晚年，成了一个自由主义者。由于他的思想被教会视为异端，教会判处他火刑，准备烧死他。在泽农六十岁的时候，他用刀片切开大腿的动脉自杀了。

泽农是一个完全虚构的人物，玛格丽特·尤瑟纳尔让他出现在历史的帷幕之下，是为了让他在欧洲的文艺复兴时代里四处活动，并借助这个类似盗火者普罗米修斯一样的人物，来呈现那个时代的精神风貌。泽农这个形象是炼金术士、医生和哲学家、思想家的混合体，他不见容于自己的时代，最终，以先知和异端的形象被保守的教会判处死刑，为了躲避侮辱，他被迫自戕了。玛格丽特•尤瑟纳尔写作《苦炼》，是她对欧洲历史源头的一次再度出发，是她对欧洲文艺复兴时期社会氛围和历史境遇的总体把握。小说以丰富的历史知识和泽农的内心追求，来显现文艺复兴时期的先哲们的奋斗历程。小说中，大量的情景和细节的逼真描绘和重新再现，使我们仿佛身临其境，使我们看到了一个人的灵魂的形状，并为泽农的遭遇扼腕叹息。

1982年，玛格丽特•尤瑟纳尔出版了这个系列的第三部小说《像水一样流》，这是一个小长篇，小说的时间背景则由上一部的十六世纪一下子跨越到了二十世纪，描绘的是二十世纪前半叶欧洲的工人阶层的情况，重点讲述几个工人在日益发达的资本主义社会中的挣扎和奋斗，在一种具体的生存境遇中寻求生活，并与压迫他们的力量相抗争的故事。

在上述三部小说所构成的、主题为“描绘人类的总体境况”的系列小说中，她以皇帝、炼金术士、工人为主角，以第一人称和第三人称的方式来叙述，描述了她认为的人类生存的状况和图景。这三部小说也可以看成是三幅连起来的三联画，展示了从古代罗马到十六世纪的欧洲文艺复兴，又到二十世纪前半叶资本主义勃兴进入到帝国主义时期的人类（其实只是欧洲）面对的一些基本的生存境遇和精神状况。这是玛格丽特•尤瑟纳尔的雄心，显示了她的大历史观，她对时间和空间把握宏阔的视野、渊博的学识以及对人类历史和未来的一些价值判断。

“什么？永恒？”

玛格丽特·尤瑟纳尔一生都在面对历史和时间、面对永恒发问。她尤其能够以大时间跨度来看到她钟爱的欧洲文明的发生、发展、变化、危机和新生情况，并把这一切都容纳到历史和时间的坐标尺上加以文学的度量。

在玛格丽特·尤瑟纳尔后期作品中，她的另外一个系列的代表作也非常重要，那就是她的自传、《世界迷宫》三部曲。这个系列小说，开拓了小说史上的“家族小说”的新空间。这个系列自传以《虔诚的回忆》(1974)、《北方档案》(1977)和《什么？永恒？》(1988)构成，成为玛格丽特·尤瑟纳尔作品中宏大而醒目的序列。这个系列的、带有自传色彩的家族史小说，紧紧地围绕她的父系和母系家族的真实历史，并由一棵家族树谱延伸到了对欧洲近代文明的观察和审视。她能写出这三部自传小说，和玛格丽特·尤瑟纳尔自身独有的家庭出身和记忆资源有关：玛格丽特·尤瑟纳尔的父系和母系分别是法国和比利时的两大古老的家族，从她的家族史上溯，可以找到欧洲文明和历史的根源性象征。到了晚年，玛格丽特·尤瑟纳尔十分痴迷于自己家族的历史，她为自己是一棵枝繁叶茂的家族大树上的一条伸出来的小枝条而兴奋不已。在她对自己延伸了数百年的家族历史的清理和挖掘当中，她似乎听到了神秘的血缘连接与血脉的汩汩流动声，使她感到了自己体内隐藏的声音和历史的回声相呼应。于是，经过了多年的准备，经过了反复的斟酌和修改，玛格丽特·尤瑟纳尔用了十多年的时间，完成了这个由三部长篇作品构成的系列。

第一部是《虔诚的回忆》，以玛格丽特·尤瑟纳尔的母亲生育她的时候的难产写起，她的去世对她和父亲的影响，一直追溯到母亲那遥远的家族大树，然后，一一描绘了母系家族谱系中各个成员的故事，和时代变化对他们人生的巨大影响，最后，讲述了父亲和母亲的相遇、结婚，在结尾的地方，这本自传体小说仿佛绕了一个大圈子，重新回到了起点上，以婴孩玛格丽特•尤瑟纳尔的诞生和母亲的难产死亡结束。在这本书中，玛格丽特•尤瑟纳尔用了“虔诚的回忆”来作为书名，表明她对自己的父亲和母亲的深切情感。在玛格丽特•尤瑟纳尔的生活中，她父亲对她的成长至关重要，而母亲的影响似乎是血液中的遥远的呼唤，她通过这本书将母亲的声音、容貌和动作重新地唤回到人间，唤回到她的身边，并且和父母亲温情地相聚。

第二部《北方档案》中，玛格丽特•尤瑟纳尔则把目光投向了父亲的家世，从十六世纪开始追溯，其中主要描绘了她的祖父在 1848 年法国革命和“巴黎公社”中的活动，以及她的父亲在十九世纪末期到二十世纪初期的一些亲身的经历，把法国从十九世纪到二十世纪激烈的社会变革呈现了出来，使我们看到，尽管每个生命个体似乎都在努力地摆脱着历史的局限，但是没有一个人能够逃脱一种更大的命运。全书分为三个部分，以“蒙昧时代”“谱系网”“马雷街”“宿命”等作为小题目，可见，她伸展开一面广大的人物关系谱系的时候，还表露出她对历史的观察和所下的结论。比如，对“宿命”这个词汇的使用，就非常大气而决绝，以凝视的眼光使家族历史成为历史琥珀中的蠓虫。

1988 年，距离玛格丽特•尤瑟纳尔告别人世一年多之后，由一家出版社编辑出版了她的这个自传系列的第三部《什么？永恒？》，这是她没有完成、但也可以当作完成的作品出版的一部书，据说，离玛格丽特•尤瑟纳尔最后完成它还差几十页的样子了。在这本书中，玛格丽特•尤瑟纳尔继续追溯父亲的一生，他在生命最后一些年的经历，将二十世纪里欧洲的混乱不堪和它的根源，做了一些深入的、文化性的探讨，并以面对永恒的坚强发问，把静止的历史和动态的人相对应，表达出怀疑主义的态度。在这里，玛格丽特·尤瑟纳尔终于从一种古典主义的幕后来到了现代主义的前台，在追求人类永恒价值的同时又质疑了它的存在。

玛格丽特·尤瑟纳尔能够对各种文学文体都驾轻就熟。1963年，她出版了诗集《阿尔西帕的慈悲》，收录了五十五首诗歌，大多以古代希腊神话传说中的人物故事，来影射或者隐含着当代人的感情，特别是她自己的内心情感的曲折表达。在这一点上，她的诗歌风格和希腊现代诗人卡瓦菲斯有异曲同工之妙，后者的诗篇也大都以希腊神话中的人物做依托，来表达他内心的隐秘感情，因为，卡瓦菲斯也是一个同性恋。玛格丽特·尤瑟纳尔对他的诗歌写过一篇热情洋溢的评论，可见他们互相之间的呼应热烈，影响深刻。玛格丽特·尤瑟纳尔多才多艺，她对欧洲各种门类的艺术如数家珍，是博物馆的常客。除了小说和散文写作，玛格丽特·尤瑟纳尔还在1971年出版了《戏剧一集》和《戏剧二集》，将她那些“只适合阅读，而不适合演出”的剧本收集了进去，一共有六个剧本。1979年，玛格丽特·尤瑟纳尔出版了一部翻译自古代希腊诗人的诗歌集《王冠和竖琴》，显示了她追踪和敬仰希腊文化母体的一贯姿态，因为，一切西方文明的根源都来自希腊，玛格丽特·尤瑟纳尔是这个根源的膜拜者。她把自己的文学想象力都放到那个时代的文化之根上进行拓展和呈现。1983年，她出版了自己的随笔和文学评论集《时间，这伟大的雕刻家》，在这本书中，她论述了很多她心仪的作家和艺术家，从里面可以看出她的师承和基本的文学观。其中，收录的主要文章有论述杰出希腊诗人卡瓦菲斯、日本现代小说家三岛由纪夫、德国作家托马斯·曼的评论，还有一篇《历史小说中的语调和语言》，可以看作是她对自己的历史小说写作的一次经验性总结，一个创作纲领性的宣言，是她的文论中最重要的一篇。

玛格丽特•尤瑟纳尔说："假如时间允许，我将一直创作，直到钢笔从我的手上滑落。"1987年11月8日，她的脑血管病突然发作，钢笔从她的手上真的滑落了，一个杰出的女性作家就这样终止了呼吸。

玛格丽特•尤瑟纳尔本质上属于欧洲现代主义范畴，她非常善于用二十世纪的文学观念来处理历史题材，她的小说题材涵盖了古代欧洲尤其是古代希腊和罗马的地中海文明、欧洲文艺复兴时期和二十世纪初期的欧洲社会三个历史时期，这三个历史时期是她小说要表现的主要内部时间的背景。她以对历史的巨大激情，以地毯编织工般强大的叙述技巧，将历史丰富的花纹和花边都织进了她的深度和广度都令人吃惊的小说，带给了我们一个活的、由细节和心灵的悸动、灵魂的氤氲和历史风云滚滚胶合所构成的世界。她的这个历史小说的世界是外部阔大、内部精细繁华的。她以这些杰作既改写了女性作家的历史，又将一个我们不曾预见的文学世界带给了我们。

阅读书目：

《东方奇观》，刘君强、老高放译，漓江出版社，1986年10月版

《东方故事集》，林青等译，人民文学出版社，1987年10月版

《东方故事集》，郑克鲁译，上海三联出版社，2007年12月版

《虔诚的回忆》，王晓峰译，东方出版社，2002年3月版

《北方档案》，陈筱卿译，东方出版社，2003年3月版

《何谓永恒》，苏启运译，东方出版社，2002年3月译

《哈德良回忆录》，陈筱卿译，东方出版社，2002年10月版

《哈德良回忆录》，陈筱卿译，上海三联出版社，2011年3月版

《苦炼》，赵克非译，东方出版社，2002 年 10 月版

《熔炼》，段映虹译，上海三联出版社，2009 年 5 月版

《火／一弹解千愁》，李玉民等译，东方出版社，2002 年 12 月版

《时间，这永恒的雕刻家／遗存篇》，陈筱卿译，东方出版社，2002 年 12 月版

《玛格丽特·尤瑟纳尔—创作人生》，若斯亚娜著，段映虹译，花城出版社，2004 年 1 月版

《尤瑟纳尔研究》，柳鸣九编，漓江出版社，1987 年 7 月版

阿尔贝·加缪：局外人与局内人

（1913—1960）

一、鼠疫的隐喻

历史上，人类有很多次被流行疫病席卷的时刻，黑死病、霍乱、鼠疫、麻疹、天花、猩红热、斑疹伤寒、流行性腮腺炎、白喉等，曾经造成了成百上千万人的死亡。从古埃及、古罗马到英格兰，从巴勒斯坦到印度，从法国、德国到中国宋元时期的内陆省份，都曾经爆发过导致大量人口死亡的疫病。有的疫病可能是导致拉丁美洲的古代文明玛雅文明和印加文明灭亡的直接原因。如今，疫病并没有从人类的生活中退场，登革热、艾滋病、霍乱、疟疾、血吸虫病、埃博拉病毒，以及在现代社会诞生的疯牛病、禽流感，都不断地在我们的身边发生并导致人员死亡。可能疫病是悬在人类头顶的永恒的达摩克利斯之剑，总是会在人类出其不意的时候掉落下来，瞬间就斩去无数人的头颅。

我还记得，在2003年中国突然爆发的“非典型肺炎”时期的可怕情景：

机场、公交车站、商场、学校、地铁、街道，在北京，凡是平时人头攒聚的地方,突然就变得空荡荡的了,人人惶惑不安,唯恐自己被这可怕的“非典”所袭染，很多人躲在屋子里尽量不出去，大家都担心自己的体温会不会突然升高，于是到了焦虑万分的地步。我记得，有一天我乘坐地铁，加上我整个车厢里也只有两个人，另外的一个人和我一样戴着大口罩，彼此的座位远隔十多米，还互相警觉地窥视，唯恐对方就是一个“非典”病人。我就是在“非典”流行的日子里又重读了法国作家阿尔贝•加缪的长篇小说《鼠疫》的。当“非典”突然出现在我们的生活中的时候,假如要向文学作品求援,寻求某种解答和安慰,我首先想到的,就是这部小说,在那样一个非常时期,我希望这本书能够给我带来一些启示和力量。

《鼠疫》表面上是一部叙述严谨的现实主义风格的作品，但是它又是一部带有寓言和象征意味的小说。早在“二战”中法国处于被德军占领时期的 1940 年，战争还没有任何结束的迹象，各个交战国还在激烈地战斗的时候，阿尔贝•加缪就开始构思这部小说了。一般性的说法都认为，就是在那个时候，由于希特勒政权的兴起和纳粹军队在欧洲的肆虐，使阿尔贝•加缪得到了灵感，使他萌发了要写一部具有寓言性质的作品。但是，阿尔贝•加缪并没有根据纳粹的真实历史来写一部完全现实主义风格的小说，而是借助人类对疫病的态度，书写了一部含义更加复杂的作品。几乎可以肯定，阿尔贝•加缪一定是由于纳粹势力在欧洲版图上的蔓延，联想到曾经在历史上夺去了很多人生命的大疫病流行的那些可怕的历史年代，来结构了这部小说，从而把这部小说的主题上升到一个带有抽象的寓言性和象征性的高度，描绘了广义上的人在面对所有突如其来的灾难考验的非常时刻，人的处境和可能的选择：坐以待毙、沉默、逃脱、投降、顺从和妥协、抗争和反击。阿尔贝•加缪于 1946 年完成了这部小说，并且于次年出版了它，结果，刚刚经历了德国纳粹的肆虐和最终覆灭的欧洲人，噩梦惊醒了，发现了这部小说背后的寓意，都非常喜欢这部小说，光是在法国，《鼠疫》在很短的时间里就销售了二十万册。1957 年，阿尔贝 • 加缪也因为这部小说书获得了该年的诺贝尔文学奖。

上大学的时候读《鼠疫》，就受到了震动，我常常想，《鼠疫》这部小说在今天、在未来任何时刻，都仍旧有着现实性和当下性的意义，因为其中描写的每个人，就是我们每个人，因此，小说叫作“局内人”也不错。虽然今天威胁我们人类的已经不是纳粹势力，主要是各种细菌和知名和不知名的病毒，还有战争、恐怖分子、环境和能源危机等了，但是我们人类不会永远过太平日子的。“非典”的那些日子无法出门，我就又重读了《鼠疫》。首先抓住我的就是这部小说的叙述语调，它的语调是那种非常平缓有力的语调，它的写作技巧简直可以说就是白描，细节生动具体，可信而严密。但是，在这严密而可靠的现实主义描绘的背后，分明还有另外的一种东西埋藏着。整个小说的故事结构，就是描绘了一个过程，一座城市面临鼠疫来临之后的种种情况。小说中，出现的是一个虚构的、阿尔及利亚的小城市阿赫兰城，这可能取材于阿尔贝 • 加缪长期在阿尔及利亚生活的经历。在面对突然来临的鼠疫威胁的时刻，这座小城市里有着各种各样的人性表现。这些人平时是安定的、平和的、彼此礼遇的，可是一旦面临将导致灭顶之灾的鼠疫，他们就惊慌失措，立即呈现出千差万别来，人性的复杂性就显现了，尤其是人性中的恶，那些卑劣、自私、贪婪、胆小和怯懦的部分，就更加突出地表现出来。最终，这座小城市中的大部分人，在一个医生的带领下，都能够从一开始的惊慌失措、群龙无首到最后的团结一心，一起去面对可怕的情况，最终，他们经历了挫折、忍耐和动摇，终于战胜了一场鼠疫，因为，每个人都是局内人的时候，就必须要对自己的境遇和他人的存在做出一个选择。

可以说，叙述风格平实、严谨而内敛的《鼠疫》就描绘了这样一个过程。小说的主角，我想，既是突然袭击了虚构的阿尔及利亚小城市阿赫兰城的这场鼠疫，也是小说中面临鼠疫、对未来仍旧抱有信心的一群人。在那些小说人物当中，一个最令人难忘的形象，就是带领大家抗击突如其来的鼠疫的里厄医生了。他可以说是全书的灵魂人物，也是一个个性鲜明、内心丰富的象征性人物。为了控制鼠疫的攻击，他不顾危险，也不怕任何困难，从自己的职业道德和荣誉感出发，始终站在鼠疫的对面，带领大家和鼠疫顽强作战，从精神上鼓励人，从行动上感染人，鼓励大家不要灰心丧气，不要投降屈服，不要自私自利，不要胆怯偷生。他的这种以身作则的人道主义和高尚勇敢的行为，使他周围的人，那些记者、神甫、商贩、市民，都得到了感召。最终，大家用集体的力量和耐心，艰难地战胜了鼠疫。于是某一天，这场突如其来的鼠疫，和它无声地到来一样，忽然就消失了。

阿尔贝•加缪的《鼠疫》以一场疫病作为象征，让人类和人性面临它的艰巨考验，然后得出来一个答案。小说触及了政治、道德、人性等问题，并且对此做了隐晦的回答。在阿尔贝•加缪和我们共同经历的二十世纪，从东方到西方，从南半球到北半球，人类经历了太多的天灾人祸，二十世纪就是一个白骨累累的世纪，是人类互相残杀最为激烈的世纪。残杀过后，浩劫过后，人类以自身所具有的理性会在自我反省中深深地自责，会因此减少自己愚蠢的行为，但是，其实，我并不抱有这样的幻想。我想，人类的未来绝对不是一定美妙的，比如，还会有天灾出现——2008年四川汶川大地震就是一个例子。人类破坏环境导致的污染和环境恶化，各种新的细菌和新病毒也在不断地涌现和肆虐，它们对人类的威胁会与日俱增。

阅读《鼠疫》给我的最大感受就是，小说里描写的“鼠疫”，将是人类过去曾经面对、现在我们正在经历，甚至将来仍旧无法幸免的各种突如其来的灾难考验的总象征。这甚至是大地上的短暂者——我们人类，所面对的永恒的诅咒和惩罚。关键是，我们是不是应该像里厄医生那样，像小说中其他的人那样，来排除内心的恐惧与疑惑、胆怯与游移，共同携手度过艰难的时刻，用耐心和毅力来战胜灾难。比起鼠疫来，"非典"的死亡率要小多了，威胁也要小多了，几个月之后它就过去了。可是，人性的脆弱和安全卫生机制的盲点，都爆发出来了，一度在超市和商场里出现了抢购风潮。"非典"是对人的道德水平和心理承受能力的一次检视，它最终被政府采取的有力措施和医护人员的共同努力制止了。因此，阅读《鼠疫》，总是能够得到精神上的力量，得到人心上的安慰。这就是《鼠疫》所具有的打动人的永恒力量。

二、人生的荒诞感

美国作家威廉·福克纳在谈到阿尔贝·加缪的时候说："他有着一颗不停地探求和思索的灵魂。"阿尔贝·加缪的特点就在于不断地思考人的处境，他的小说总是在严密和严格的叙述背后，有着广大的哲学追问和终极价值的寻求。

在小说《鼠疫》中，阿尔贝·加缪营造了一个看似真实，实际上却是一个荒诞的世界的景象：在突然被鼠疫包围的阿赫兰城，一些人为了摆脱厄运而努力，并四分五裂，最后又万众一心。在局外人看来，阿赫兰城的这些纭纭的局内人，在他人和自己处于同样境地的时候，必须要有自己的选择。最终，选择将改变一个荒谬世界的逻辑，并且感化他人，以获得正义的力量，从而把荒诞的灰色世界变成了阳光普照的、鼠疫消失的光明世界。

阿尔贝·加缪1913年出生于法国殖民地阿尔及利亚的一个工人家庭。他的父亲是法国人，母亲是西班牙人。阿尔贝·加缪刚刚1岁的时候，他的父亲就死于“一战”的炮火，母亲不得不靠给富人家当女仆来挣钱抚养他。因此，阿尔贝·加缪从小饱尝生活的艰辛。他依靠自己的勤奋和不断获得的奖学金，依次读完了小学、中学，又进入阿尔及利亚大学攻读哲学，获得了学士学位。1933年之后，他参加了反法西斯运动，并且加入了一些阿尔及利亚的政治组织。阿尔贝·加缪开始文学创作的时间很早，在1937年，阿尔贝·加缪就出版了随笔集《反与正》，第一次表现出自己思想的锋芒，他的随笔涉及了人在被异化的世界里的孤独感、人面对自身的罪恶和死亡威胁时应该如何做出选择等。

1940年，阿尔贝·加缪来到了法国首都巴黎，和志同道合的朋友一起，先在《巴黎晚报》从事编辑工作。在一年的6月14日，希特勒的军队的铁蹄就踏进了巴黎市区，很快，由纳粹扶植起来的法国傀儡政权维希政府开始运作。这年的冬天，阿尔贝·加缪带着妻子离开沦陷的巴黎，来到了阿尔及利亚的奥兰城教书，在这里一共住了十八个月，正是这一段生活，使他酝酿出《鼠疫》。同时，他还写了三部都带有“荒诞”这个主题的作品：出版于1942年的中篇小说《局外人》和散文集《西绪福斯的神话》，出版于1944年的、描绘历史上的暴君的戏剧剧本《卡拉古里》。这是他早期作品中最重要的开端。

中篇小说《局外人》是他的成名作，小说隐藏的主题是“世界是荒诞的”：小说的主人公索尔默是法属殖民地阿尔及利亚的一个小职员，他经济收入低，无力赡养母亲，就把母亲送到了一家养老院。有一天，他母亲忽然去世，得到了通报之后，索尔默前往养老院去安排母亲的后事。但是，在索尔默为母亲守灵的时候，他抽烟、打瞌睡、喝咖啡，并没有感受到悲痛，而是感到一种无所谓的麻木。这使他自己都感到吃惊。第二天，索尔默去海滨浴场游泳，碰到了一个自己钟情过的女人，晚上便和她又搞在一起了，这也使他感到匪夷所思。他有个邻居叫雷蒙，喜欢殴打四处偷情的情妇，结果，雷蒙情妇的弟弟生气了，纠集了一群阿拉伯人前来找雷蒙算账，找错了人，敲响了索尔默的门，最终把索尔默牵涉进来，于是，一片混乱中，索尔默糊里糊涂地开枪打死了一个前来挑衅的阿拉伯人，瞬间就成了一个杀人犯，被警察抓起来了。在法庭上，面对法官的质询，对母亲的死和对自己开枪打死的阿拉伯人，索尔默无动于衷，继续表现出一种漠然的、无所谓的、冷酷的态度，完全不像一个母亲刚刚去世的人的作为。这一下子激怒了法官和律师，结果，本来是正当防卫的索尔默反而被法官判处死刑。按说，这样的情节已经够荒诞的了，可是，即使在死亡来临的时刻，索尔默也觉得无所谓，因为，他觉得，自己存在的这个世界上的一切本来就是那么的荒诞和不合理，无论是个人遭遇还是整个社会体制都是这样，索尔默就这样无所谓地被处死了。索尔默是一个象征性符号，他认为世界本身就没有意义，于是，就有着一种非常冷漠的处世哲学，对待生和死，都是这样一个态度，他的命运和他命运背后的东西都使人感到震撼。

《局外人》这部小说，是二十世纪小说中一部十分重要的、不能回避的作品，它篇幅不大，情节也不复杂，但是其主题尖锐而深刻。可以说，《局外人》表面上塑造了一个对一切都无所谓的人，一个精神世界麻木的人，但是，在小说的背后，阿尔贝·加缪要告诉我们的则是“存在的荒诞感”：虽然每个人都有对抗这个荒谬世界的力量，但是一个人却不可能改变世界，也无法改变自己的命运，但是，即使是这样的命运，做出选择也是必需的。

因此，在阿尔贝·加缪的全部文学作品和哲学随笔当中，“荒诞”是他强调的最重要的一个概念。“荒诞”这个概念也是二十世纪文学和哲学中非常重要的关键词之一。但是，对“荒诞”的解释则大为不同，各人有各人的表述。那么，什么是阿尔贝·加缪所理解的“荒诞”呢？让我们来听听他是怎么说的：“这个世界是不合理的，这是人们可以明确说出的表述。但是，荒诞是这一不合理性与人的心灵深处所呼唤的对条理性的强烈要求的对立。”听上去，他的这句解释特别地拗口和费解，其实，他理解的人生荒诞感，是人对世界的主观感受。阿尔贝·加缪认为，人在面对艰难而机械的现实生存的时候，每天都要按照一个节奏和生活模式来生存，必然要产生出这种荒诞感来：我为什么要这么生活？我为什么不能以其他方式生活？可是，偏偏你就不能以其他方式生活，你还必须要以你现在的方式生活，于是，这就产生了荒诞感。

在阿尔贝·加缪的散文集《西绪福斯的神话》中，他更加形象地阐明了“荒诞”这个命题：在希腊神话中，巨人西绪福斯每天都要推动一块巨大的石头上山，但当石头推上去又滚下来的时候，他必须要挡住那石头，然后，继续地将巨石往山上推，如此反复，永不停止。他认为，人类本身就是由西绪福斯这个形象所代表的，人类面对的生存处境，和可怜的巨人西绪福斯是一样的，需要周而复始地去推动那不断滚落的巨石，人类永远也不能摆脱受摆布和受惩罚的命运。阿尔贝·加缪产生了这种理念，显然是他对二十世纪的两次世界大战导致的混乱和衰落的欧洲的观察所得出的，是他对诞生了纳粹和集权体制的欧洲现代文明的批判所产生的，是他对殖民主义、帝国主义的衰落和日益发达的大工业机器和官僚系统造成人的异化的观察所得出的结论。按照我的经验，《局外人》和《西绪福斯的神话》可以参照起来阅读。局外人索尔默甚至可以看成是作者阿尔贝·加缪的一个分身，是阿尔贝·加缪对自身存在境遇的反思和呈现。阿尔贝·加缪的戏剧剧本《卡拉古里》同样也是一个主题意识很强的文本，可以一起参照着阅读。他的《局外人》《西绪福斯的神话》不同的作品互相映衬，成为解读阿尔贝·加缪“荒诞”命题的三个样本。《戏剧卡拉古里》的主角是古罗马皇帝卡拉古里，他当上了皇帝之后，一开始宽宏大量，仁慈地统治国家，但是不久，就被一种刚愎自用的强权意志所俘获，不仅与姐妹乱伦，并且滥杀无辜，残暴地统治人民，成了历史上的一个暴君，最终落得了被刺杀的命运，是一个历史上的悲剧人物。阿尔贝·加缪写这出戏的时候，以罗马皇帝的变化来呈现个体生命存在境域的不同导致的人性裂变。

阿尔贝·加缪并不是一个纯思辨型的哲学家，他从来都没有像萨特那样写过砖头一样厚的哲学著作，他是以自身经历、以文学创作中的人物形象和人的行为，来推导出时代的哲学命题的带有哲学思想的小说家。

1956 年，阿尔贝·加缪发表了中篇小说《堕落》，还出版了包括六个短篇小说的集子《流放与王国》，这个时候，他的思想多少已经开始转向基督教伦理的探讨，对过于世俗化的道德和存在的命题，已经不那么感兴趣了。中篇小说《堕落》的发表，实际上是对萨特为代表的存在主义知识分子的一种质疑。后来，他们之间爆发了激烈的论战，两个人的关系因此而决裂。最终，我发现，时间站在了阿尔贝·加缪这一边，历史证明了他要更加正确，而萨特在当时似乎正确，但是后来则并不正确了。

1957 年 10 月，瑞典文学院宣布，四十四岁的法国作家阿尔贝·加缪获得了该年的诺贝尔文学奖，阿尔贝·加缪因此成了这个奖项历史上最年轻的获奖者之一，也说明了他在非常年轻的时候就达到了时代的巅峰。这一年的 12 月，他获得了诺贝尔文学奖之后在瑞典的一所大学做了一场题为《艺术家及其时代》的演讲，他说道：“面对时代，艺术家既不能弃之不顾也不能迷失其中。如果他弃之不顾，他就要说空话。但是，反过来说，在他把时代当作客体的情况下，他就作为主体肯定了自身的存在，并且不能完全服从它。换句话说，艺术家正是在选择分享普通人的命运的时候肯定了他是什么样的一个人。艺术的目的不在立法和统治，而首先在于理解。”

1960 年，四十七岁的阿尔贝·加缪在一次神秘的车祸中丧生，在他随身携带的提包里，还有一部没有完成的长篇小说手稿《第一个人》。《第一个人》是一部没有完成的作品。我常常想，要是阿尔贝·加缪把它写完再遭遇那场车祸就好了。我还记得作家刘震云在看了《第一个人》之后的惊诧，他说，没有想到加缪写得那么的扎实和严谨。的确，一旦你翻开《第一个人》的第一页，你就体会到阿尔贝·加缪的非常扎实的叙述和白描的写作手法。这是一部回忆一个人的成长历程并清理自我和时代的关系的小说，主题是对父亲的寻找和对自我成长的发现。很可惜，这部小说只完成了第一部分《寻父》，第二部分《儿子或第一个人》只完成了一半，第三部《母亲》则只留下了一些大纲和散记。这部小说显然有着鲜明的、加缪的自传色彩。看来，阿尔贝·加缪打算写一部属于自己的“情感教育”式的小说，对个人的生活赋予一种史诗的面貌，他想写出一部像他那样的、在阿尔及利亚成长起来的法国人的史诗。但是，一场突如其来的车祸使得这部作品成了永远的断章。

三、所谓存在

瑞典皇家科学院在评价阿尔贝·加缪的时候说道：“他热情而冷静地阐明了当代向人类良知提出的种种问题。”这个评价放到他的散文写作上也十分中肯。在加缪的散文集里，对人类道德和良知的拷问体现得最为丰富和直接，他的这些散文写得犀利、雄辩和严谨。除了散文集《反与正》和《西绪福斯神话》，阿尔贝·加缪还出版过《婚礼集》（1939）《反抗者》（1951）《致一位德国友人的信》（1941）《时政评论一集》（1950）《时政评论二集》（1953）《夏天》（1939）《关于断头台的思考》等多部政论集，这些作品构成了他的小说创作之外的散文序列。他喜欢直接面对欧洲当下的重大问题发言，面对存在发言，并和当时的法国思想家萨特成了好朋友。一开始，他和萨特互相呼应，可是，很快，两个人就分道扬镳了。他们之间的论战成了那个时代的法国最著名的标志性文化事件。

阿尔贝·加缪和萨特的分歧主要在于，阿尔贝·加缪希望任何一种社会的变革不能过于激烈，因为激进的行动和社会运动，总是附带着巨大的破坏力量。因此，萨特阵营的人认为阿尔贝·加缪是在逃避政治，完全躲入了道德的堑壕中而不敢露头。在二十世纪五十年代的欧洲，“二战”之后形成的“冷战”的氛围正在加剧，因此，这个特殊的历史阶段所形成的政治和文化的气候使得法国作家们表现出不同的文化姿态和政治选择来。萨特激烈地批评阿尔贝·加缪的反抗是“脱离了历史和现实的抽象的反抗”，他认为，阿尔贝·加缪根本就看不到人对自然的斗争的同时，还存在着人和人斗争的残酷性。在这场论战中，大多数法国作家都站在萨特一边，因此使得阿尔贝·加缪陷入了痛苦和孤立的境地，要知道，在当时的语境中，萨特可是一言九鼎、影响巨大，他要打击谁谁就一定不会有好日子过，这使阿尔贝·加缪心情沮丧，承受着很大的精神折磨。但是，在和阿尔贝·加缪的论战之后，萨特又逐渐地修正了自己的观点，认为苏联当时搞的社会主义是一种畸形的、偏离了马克思主义正确方向的东西，最终，他回到了和阿尔贝·加缪一样的立场——不再相信任何对未来的许诺。但是，这个时候阿尔贝·加缪已经被那场车祸夺去了生命，他已经看不到萨特后来的改弦更张、看不到他们的殊途同归了——他带着一种对萨特的复杂心情，意外地告别了人世，两个人再没有机会和解和站在一起了。

在阿尔贝·加缪的小说和散文写作之外，他还钟情于戏剧的写作。他认为，戏剧这种古老的剧院里的文学表现形式，可以最大限度地呈现人和人、人和历史的复杂而紧张的冲突，人与人关系也可以在剧情的纠葛当中得到最大的呈现。除去戏剧《卡拉古里》，他还创作了另外四个剧本：《误会》《戒严》《正义者》《阿斯图里亚斯起义》，并且改编了六个其他人写的剧本，还写了几篇关于戏剧的论文。戏剧是阿尔贝·加缪十分重要的文学形式的探索，这些戏剧作品，大都是历史题材的戏剧，他喜欢通过特殊历史环境中的具体的人的行动，来呈现历史对一个个体生命的影响，这些戏剧都把人放到一个具体的境遇里来探讨人的存在的具体境况，来为他做出选择，强调了选择对一个人把握和改变自己命运的重要性，对存在的境遇性描绘和探讨是他的立足点。在他的文学世界里，小说、散文和戏剧也是三足鼎立的。

阿尔贝·加缪对“新小说派”的态度也很值得关注。当时，有人问他，他的小说和日渐勃兴的法国“新小说派”有没有什么关系，他说：“对故事的兴趣与人本身共存亡，然而，这并不妨碍人们总是去追求新的方式来讲述。新小说派的那些小说家有理由去开辟新的道路。就我个人而言，所有的技巧都使我感兴趣，但我感兴趣的不是技巧本身，比方说，如果我想写的作品需要的话，我会毫不犹豫地采用您所说的这种或那种技巧，或者兼而用之。现代艺术的错误几乎总是使用手段先于目的、形式先于内容，技巧先于主题。如果说我酷爱艺术技巧，如果说我还试图去掌握所有的艺术技巧，那是因为我想自由地加以运用，使之成为我的工具。因此，我不认为我的小说与新小说派的那些探索有联系。一句话，我使形式适应于主题。”可见，阿尔贝·加缪绝不是一个形式主义者，他对现代主义小说的一些过分强调文学技巧的行为很警惕。他支持小说家对如何讲述故事的方式进行各种探索，但他反对形式大于内容，反对放弃故事本身。因为，人类的与生俱来的好奇心，促使人们对故事有着天然的兴趣。而小说存在的最大的理由，就是小说在不断地讲述着故事，虽然，讲述故事的方式一直在不断发生着变化。我感觉，在这一点上，阿尔贝·加缪与那些强调形式探索的现代主义作家们不一样，多少显得有些保守。但是，这正是阿尔贝·加缪的一个起点，也是理解他的小说艺术的一个关键点。阿尔贝·加缪的小说的个性之所以如此突出，是因为他对人类苦难的认识、对存在的谛视，使他对人生的荒诞感的表达显得更为尖锐和直接，他一直在不懈地寻求存在的意义，寻求着对人类困境的解决之道。当认识到世界的无意义时，也恰恰意味着阿尔贝·加缪试图去承担人类的道德和责任，而不是走向相反的方向。

我觉得，在面对存在的时候，阿尔贝·加缪留给了我们一个狭窄的、表面看去到处都是墙的、没有希望的荒诞的世界，但是，正如爱默生所说的“凡墙都是门”，在一面面横在人生的墙的面前，阿尔贝·加缪给我们指出了把墙当作门的希望。他的小说、随笔和戏剧作品，甚至包括他的那些政论，都是非常有力地发现了隐藏在荒诞和无意义的表象之下的文本。面对存在的具体境遇，妥协和抗争都是必要的。一度是阿尔贝·加缪的文学论敌的萨特最终对阿尔贝·加缪这么评价：“他不屈服的人本主义，狭隘而纯真，朴素而愉悦，针对当代大量杂乱的事件展开一场前途不明的战争。不过，另一方面，通过他折磨人的拒绝，他从我们时代的本质出发，重申反对马基雅弗利式的人物和现实主义的偶像崇拜，重申道德问题的存在。”（《对阿尔贝·加缪的赞辞》）

在这段热情洋溢的赞誉中，萨特坚决地表达了他对阿尔贝·加缪的迟到的敬意和真正的理解。

阅读书目：

《鼠疫》，顾方济等译，上海译文出版社，1980年8月版

《局外人·鼠疫》，郭宏安等译，漓江出版社，1990年11月版

《诺贝尔文学奖全集·卡缪卷》，孟祥森等译，台湾远景出版事业公司，1981年5月版

《西西弗的神话》，杜小真译，广西师范大学出版社，2002年2月版

《加缪文集》（一卷本），袁莉等译，译林出版社，1999年5月版

《置身于阳光和苦难之间》，杜小真译，上海三联出版社，1989年4月版

《加缪全集》（四卷精装本），李玉民等译，河北教育出版社，2002年5月版

《加缪全集》（四卷精装本），柳鸣九主编，上海译文出版社，2010年1月版

《阳光与阴影—加缪传》，格勒尼埃著，顾嘉琛等译，北京大学出版社，1997年5月版

《加缪传》，洛特曼著，肖云上等译，漓江出版社，1999年12月版

阿兰·罗布·格里耶：欲狂与物寂
（1922—2008）

一、摄影机眼

阿兰·罗布·格里耶说：“世界既不是有意义的，也不是荒谬的，它存在着，如此而已……二十世纪是不稳定的，浮动的，不可捉摸的，外部世界与人的内心都像是迷宫。我不理解这个世界，所以我写作。”他认为，小说家应该不带任何感情地、客观而又冷静地去描绘事物和世界的全部。

进入阿兰·罗布·格里耶的迷宫般的小说世界，你必须要有一个视角。你的眼睛必须要像摄影机那样，注视着平时不会去注意的各种物体，随时要留心那些可能带有某种暗示的东西，然后加以分析，最后，所有的细节汇聚到一起，就是小说的整体构成。在他的大部分小说中，他总是喜欢用侦探小说的形式作为一个糖衣和外壳，吸引那些对实验小说不那么有兴趣的人深入进去，而在小说的里面，则包裹着他对现代小说的理解：对巴尔扎克的反对，对物化世界的强调性描绘，对不确定事件的追踪，对两难和凑巧、对邂逅和偶遇、对暗示和象征的迷恋。这些构成了理解阿兰·罗布·格里耶的小说的总钥匙。

阿兰·罗布·格里耶，1922 年 8 月 18 日生于法国的布雷斯特，故乡雪白的海浪、飞潜的海鸥和隐藏有无数暗影的多孔岩石的海岸，给了他童年以深刻的印象。1945 年，他从国立农学院毕业，成为非洲法属殖民地的一个“徒有虚名的农艺师”，他在柑橘研究所一边研究香蕉树的寄生虫，一边写作他的第一部小说《弑君者》。到 1949 年，这部小说终于写完了，但是却无法出版，因为巴黎一家大出版社觉得小说写得太前卫了，太令人费解了。这部小说以一场貌似谋杀的事件，形成了对经典的宫廷阴谋小说的解构，最终，小说在盘桓了一阵子，被出版商“有礼貌地拒绝了”。到 1951 年，在安第斯群岛研究香蕉树的阿兰·罗布·格里耶回到了法国，他发现，《弑君者》已经躺在了另外一家出版社——子夜出版社的编辑的桌子上。这个出版社的编辑对他的这部小说表现了浓厚的兴趣。但是，此时的阿兰·罗布·格里耶却说：“别着急，我正在写一部新的小说，新作肯定会让你们更加有兴趣。”

阿兰·罗布·格里耶说的是实话。1952 年，从非洲回国途中，他写下了《橡皮》的初稿，1953 年，子夜出版社立即出版了小说《橡皮》，由此，被称为是“新小说派”的法国现代主义文学流派就诞生了，其成员都靡集在子夜出版社的周围，有克洛德·西蒙、娜塔丽·萨洛特、米歇尔·布托等人。

《橡皮》一露面，就带有独特的文学气质：描绘事物十分客观、精确，阿兰·罗布·格里耶仿佛是带着科学家一般冷静的目光，在关注着复杂的世界和人物的内心。他的这种写作手法立即引起了世人关注。《橡皮》这部小说，外表包裹着一个侦探小说的外壳：一个恐怖组织准备把对国家政治和经济起重要作用的某个当权者集团全部暗杀，已经干掉了八个人，政治经济学教授杜邦也是这个当权集团中的一员，但是，只有他侥幸地幸免于难，躲过了对他的第一次谋杀。政府的内务部得知了这个消息，立即派侦探瓦拉斯前去调查，并且埋伏好了准备迎击此刻。商人马尔萨要去取走杜邦寄存的重要资料，而恐怖分子也准备刺杀马尔萨，可是马尔萨临时改变了主意，他逃脱了，是杜邦前去亲自取那些重要的文件，结果，杜邦被瓦拉斯打死了，从而使整个事件更加地扑朔迷离。在这里，“橡皮”是小说的暗示符号，阿兰•罗布•格里耶的意思是，他在写这部小说的时候，已经把一些可能会暴露的线索用橡皮不经意地擦掉了，留给了读者以线头混乱、线索不清的痕迹，希望读者自己去理解他要表达的东西——世界是那么的不确定和那么的混乱。

1955 年，阿兰•罗布•格里耶出版了小说《窥视者》。这部小说的情节非常简单：推销员马第雅斯回到了自己度过童年的小岛上推销手表，偶然遇到了很像自己过去的女朋友的十三岁的牧羊女雅克莲，他就一时性起，把雅克莲绑起来强奸了，之后还杀死了她，并把她的尸体扔到了大海里。但是，他的举动全都被雅克莲的十八岁的男朋友于连看见了。尸体被发现之后，马第雅斯来到作案地点毁灭证据，碰到了于连，于连告诉马第雅斯，马第雅斯在撒谎。可是，于连最终没有告发马第雅斯。几天之后，马第雅斯安然地回到了法国大陆，逍遥法外，并没有受到任何惩罚。小说的着眼点在于“窥视者”的视线，用于连的眼光将整个事件都记录下来，却没有告发。小说散发出一种异类的气息，似乎还有些非道德化，其冷漠和决绝令我震惊，在这个意义上，比加缪的《局外人》走得还远。

1957 年，阿兰•罗布•格里耶出版了小说《嫉妒》。从叙述方式上来说，这部小说完全以模拟一架摄影机在拍摄作为写作手法，将一个男人偷窥一个女人的全部活动的视线和思绪记录了下来，成为小说本身。其奇特的地方在于，小说是用现在进行时在进行叙述，并没有点明叙述者是谁，直到最后你才会理解并明白了，原来，这个无所不在、视线又受到一些遮挡和阻拦的叙事者，就是女主人公阿 × 的丈夫。这个嫉妒得发狂的丈夫，他用摄影机一样的眼睛，准确、精密地观察着妻子的一举一动，尤其是她和男邻居弗兰克的交谈和交往，更是历历在目。这双眼睛还将他的家中花园里的各种植物、摆设、气味，都一一地记录了下来，传达出一个物质世界里物的冷漠和人的欲望的极端活跃。

上述的这两部小说，在写作手法上，都是将电影中的“摄影机眼”充分地运用到了小说中，成为构成小说最重要的叙述角度和描写角度。阿兰·罗布·格里耶将小说的空间变化、时间的错位与跳动，以及现实和幻觉、想象和梦境都交织在一起，去表现越来越复杂的、根本就不能确定的现代人的内心世界。由此，我感觉到，阿兰·罗布·格里耶似乎是一个激进的形式主义者，他着重于完全打碎巴尔扎克建立的经典现实主义写作手法，使故事情节晦涩和支离破碎，使意义显得匮乏和难以捕捉。

1959年，阿兰·罗布·格里耶还出版了一部篇幅不大的小说《在迷宫里》，讲述了一个法国士兵在法国费尔兹地区参加了一场战斗的情况，小说描绘了一个迷路的士兵，想尽各种办法去寻找一件神秘包裹的收件人，结果，我们发现，实际上收件人就是这个迷路的士兵自己。因此，这部小说也成了阿兰·罗布·格里耶的带有浓厚后现代特征的小说文本，这样的文本自我封闭，并成为无法打开的一个死结一样的叙述。

阿兰·罗布·格里耶的第一批先声夺人的小说在描写上强调完全客观，在语言描写上趋向了物体的物理属性，使作品具有一种令人感到不解的、不动声色的寂灭感。关于自己的这些作品，他说：“我的小说所涉及的是纯粹物质意义上的现实，也就是说，它没有任何的寓意。读者在这里面看到的，仅仅只是书中写到的事物，不必费心在自己的生死中给它加上既不多也不少的含义”。看来，阿兰•罗布•格里耶明确地反对评论家用任何确定的意义去解读他的小说，不想让这些评论家依靠对他的小说进行阐释来混饭吃。他所带给我们的是一个更加朦胧复杂的世界——他似乎在把简单的东西弄得更加复杂了。我觉得，他所创造的文学世界以貌似客观化的面目出现在我们的面前，但却使我们更加以难以把握，我们阅读他的小说，似乎是在进入到一个泥沼和迷宫中，很难找到一块可以倚靠的东西，有时候，这真的不是读者的问题。

二、物的世界

1962年，阿兰•罗布•格里耶出版了短篇小说集《快照集》。这个篇幅短小的小说集收录了六个短篇小说，分别是：《三个反射现象》《归途》《舞台》《海滩》《在地铁的走廊中》《密室》。这六个短篇小说都具有相同的特质：对物体的精致描绘和不厌其烦的打量与陈述。比如，在小说《三个反射现象》中，叙述者仿佛架着一台慢镜头的摄影机，缓慢地摇过眼前的各种物体：咖啡壶、人体模特、一场教学课、水洼与森林。阿兰•罗布•格里耶像一个非常有耐心的摄影师，将他看见的物体和场景，尤其是一些静物的细部都进行了长时间的打量，并且用文字耐心地刻画下来。六个短篇小说像是连续拍摄的六个照片系列，只是在描绘一个被物体和场景充满的世界，而没有作者任何主观的感情表达。

为什么阿兰•罗布•格里耶要这么干？他到底要干什么？在《未来小说的一条道路》中，他回答了这个问题：“甚至连最没有定见的观察家，都不能以自由的眼光看他身边的世界，这里，没有对客观性的天真关注。

在我们的周围，事物无视我们那些泛灵的或者日常的形容词的围捕，存在在这里。”这一段话，是进入他小说的一个重要提示。阿兰·罗布·格里耶如此迷恋“客观”地描绘那些物体和场景，不带感情，是因为，他执意要打破巴尔扎克和司汤达所建立的精确和严整的现实主义小说框架。早在1957年，他就写下了一篇檄文《关于某些过时的定义》，对法国传统现实主义小说中的要素，比如典型人物、故事情节、顺序时间和形式与内容，都进行了严厉细致的批判，将法国和欧洲的传统现实主义小说视为法宝的这些概念，全都打入到死牢里，以巨大的勇气和雄辩加诡辩的条分缕析，将这些“过时”的概念完全解构了。我注意到，“新小说派”的一些纲领性文字，大部分都是出自他的手里，说明了阿兰·罗布·格里耶的左手和右手都很硬。1963年，他结集出版了论文集《为了一种新小说》，就收录了包括上述文章在内的八篇文章，其他的文章还有《理论有什么用》《自然本性、人本主义、悲剧》《一部现代文选的要素》《新小说，新人》《今日叙事中的时间与描述》《从现实主义到现实》，从这些文章的题目上可以看出来，他对过去的文学理论和标准概念的批判、对现实主义和现实之间的关系的反思和挖掘。在这些文章中，贯穿着一个核心的思想，就是要打破巴尔扎克以来所形成的现实主义小说的窠臼和框框，写出来一种和当下的现实相匹配的“新小说”。

“新小说派”之所以能闹那么大的动静，和几个干将都能够左右开弓，既会写小说，也会写评论有着密切的关系。与此同时，同在后来被称为是新小说派阵营主将的几个小说家，纷纷写出了相关的文章：俄裔法国女作家娜塔丽·萨洛特发表了《怀疑的时代》《从陀思妥耶夫思基到卡夫卡》；意大利裔作家米歇尔·布托发表了《巴尔扎克和现实》《小说的空间》；克劳德·西蒙发表了《传统与革命》《小说的逐字逐句》，纷纷从各个方向对欧洲传统现实主义小说进行了猛烈的攻击和批判。在小说的创作上，他们几个人也有着各自不同的方向性贡献：娜塔丽•萨洛特在对话和潜对话、心理描述和意识流方面顽强掘进，米歇尔•布托探索了小说的时间和空间，叙述人的角度和文本的复杂的错层结构；克劳德•西蒙运用绘画般的技法去描绘时间的痕迹和对历史造成的影响，都有着特别的贡献，因此才形成了一波巨大的小说浪潮。

而阿兰•罗布•格里耶继续他的激进的小说实验，在写作路途中越走越远。自第一批小说获得了肯定，同时也招致了一些骂名之后，他反而更来劲了。他的小说写作的第二个阶段开始了，并持续了相当长的时间。1965年，他出版了小说《幽会的房子》，这是一部以香港作为地理背景的小说，但是从情节上，他抽空了历史的特征，把在一个特定的地域和特定的时间中发生的革命和谋杀事件，以平面和无价值判断的形式呈现出来，他对香港并不熟悉，但是却可以从字里行间模仿他想象出来的东方大都市的街道、人群和市井的气息。在那座热闹的、纷繁的城市里，人如蝼蚁，而命如草芥，到处都是他最喜欢描绘的物欲的气息。

小说《纽约革命计划》（1970）的名字起得很大，你肯定会以为这是一部描绘纽约发生的一桩革命性事件。但是，实际上，根本就没有革命的事件存在在纽约那样一个商业化的大城市里，在资本主义社会里，尤其是晚期的资本主义的高福利和高社会保障制度，使"革命"的发生成为不可能。小说表达了阿兰•罗布•格里耶对"革命"这个词汇的否定，对纽约的复杂心情。那座到处都是钢筋水泥丛林的人类最伟大的城市之一，使阿兰•罗布•格里耶感到了甜蜜的恐惧和遥相膜拜的礼赞感。在小说《一座灵魂城市的拓扑学结构》（1976）中，阿兰•罗布•格里耶利用现代数学和物理学概念——拓扑学的理论，描绘了在一个被毁灭的城市中，有一座既像神庙又像监狱的建筑里，一个雌雄同体的人在繁殖后代，并遭受了厄运。

整部小说如同一个成年人梦境中的游历，是对噩梦式的人类未来被毁灭命运的猜测。小说具有一种游戏的性质，有设置迷宫并想让读者在里面走失的想法。不过，如果你对这个迷宫没有兴趣，你也可以选择避开——有时候，我觉得阿兰·罗布·格里耶是在把读者引入到一个死胡同里了。

阿兰·罗布·格里耶的小说喜欢把一些正和反、对和错、善和恶、高和低、上和下这些对立的、相对的概念和词汇的界限抹平，赋予了它们新的内涵。小说《金三角的回忆》（1978）是对一起谋杀的反复的探询和陈述，最终，使故事本身蒙上了面纱，成为无法解读的死结。在小说《吉娜》（1981）中，阿兰·罗布·格里耶讲述了一个男人在执行任务的过程中缓慢消失的故事。这个人执行的是一个叫吉娜的女人的命令，但是，他不知道吉娜是谁，吉娜到底要做什么。小说散发出来的诡异的气息，使我想起来后来美国作家保罗·奥斯特的《纽约三部曲》，会心的读者可以对照这两部小说来看。

阿兰·罗布·格里耶在接近八十岁高龄的时候，还出版了小说《反复》（2001），显示了他宝刀未老的创造力。小说的时间背景是 1949 年，小说的主人公是法国情报部门的一个间谍，他来到柏林执行一项任务，最终，他却忘记了自己的使命。在这部小说中，阿兰·罗布·格里耶似乎重复了自己过去走过的老路，在侦探小说、间谍小说的外壳下，去包裹一个对物质世界和人的欲望的活跃感到厌烦的主题。

在上述阿兰·罗布·格里耶第二个阶段所创作的小说作品之外，他还写了一批电影小说：《去年在马里安巴》（1961）《不朽的女人》（1961）《欲念浮动》（1974）等，这些作品都是为了配合电影的拍摄而写作的。我觉得，从形式上，阿兰·罗布·格里耶后来似乎更加信任电影剧本那样的文字文本。这样的文本也许更能够表达他的观念和想法。在剧本中，他将场景和人物的活动以简略的手法呈现，对物的关注只要以镜头的凝视就可以完成。

在1984年到1995年之间，阿兰•罗布•格里耶还写了一部三卷本的自传：《重现的镜子》《昂热丽克或迷醉》《科兰特的最后日子》。这是理解阿兰•罗布•格里耶最重要的著作。但是，他自己不把这三本书叫作自传，而是叫作“传奇故事”。在这三本自传中，他十分老实地描绘了他的文学和电影的道路，描绘了他所创造的文学和影像的世界，其形成从胚胎到成型到诞生的复杂过程，以及他内心的广阔和应对外部复杂世界的紧张、局促和腻烦。

在我看来，阿兰•罗布•格里耶的小说意味着一种自由，意味着一种进入创造性的自由之境。他试图写出来没有限制边际的、和现实主义完全背道而驰的小说。他试图走出巴尔扎克所规定的现实主义大路，走出来一条“新小说”的新路。但是，对他的批评从来就没有停止过：他的确开辟了新路，但是由于他设置了过多的谜语，以至于小说晦涩不堪，情节支离破碎，文本游戏和智力游戏充斥在小说中，使读者不忍卒读。尤其在反映现实的层面上，阿兰•罗布•格里耶堕入了不可知论，他希望自己抵达真正的真实和现实，远离那些传统小说的虚假真实和照相写实，但是他自己也走上了一条死胡同。他不想返回，那么，他最终被困在了那条他自己开辟的小说死胡同里。萨特就激烈地批评阿兰•罗布•格里耶的小说，指责他生活在一个完全抽象的、脱离了他所处的时代与政治的世界：“你们是否相信，我能够在一个不发达的国家阅读阿兰•罗布•格里耶的作品？他没有感到自己身心残疾，我把他看作是一个优秀作家，但是，他是写给那些安逸的资产阶级看的。”

我觉得萨特对阿兰•罗布•格里耶的批评不无道理，但是，无论如何，阿兰•罗布•格里耶的小说实验都是十分精彩的，给我们留下了别致的小说样品，使二十世纪的小说更加丰富。即使他的小说不那么好看，好懂，好读，他的小说也为二十世纪的小说发展历史开辟了一条通往未知世界的道路，尽管这条道路也许走不通，但是它伸向了远方。他也因此成为一个巨大的存在，以至于很多年之后，更年轻的法国作家要想出头，不得不面对他制造的阴影。他们首先要消除的，就是以阿兰·罗布·格里耶为代表的“新小说派”的“流毒”和影响。

三、影像中的欲与热

阿兰·罗布·格里耶不仅在小说和理论上左右开弓，他还是一个写进了电影史的导演和编剧。作为小说家的阿兰·罗布·格里耶和电影的关系实在紧密，暗示着“新小说”和电影“左岸派”对于世界的共同看法：他们都以作家的全新眼光，重新审视了自古希腊以来逐渐分崩离析的欧洲文明世界。他们冷漠、客观、虚幻、闪烁的目光，共同朝向了世界的复杂性和多义性。他们为小说和电影都留下了难解的疑惑阴影，在阴影里，似乎也暗藏着新的可能性。似乎“新小说”和“左岸派”电影导演们的结合，在逻辑上就已暗含着一种必然。早在二十世纪六十年代初，阿兰·罗布·格里耶就开始参与电影创作了，他的“电影小说”《去年在马里安巴》很快由法国“左岸派”电影导演阿伦·雷乃拍成了同名电影，获得了巨大的反响。阿仑·雷乃把这部电影的第一步的工作，全权交给阿兰·罗布·格里耶去做，他想借助作家的目光和思维，把新电影推向人烟罕至的绝妙之境：他让阿兰·罗布·格里耶自己写出全部的分镜头剧本，阿仑·雷乃则像个小学生那样，捧着阿兰·罗布·格里耶的经卷，拍成了这部据说是最为难懂的著名电影：M 先生和 A 女士及 A 女士的丈夫在一个清静寂寥的旅馆相遇，

M先生不停地对A女士说去年他们的相遇。A女士起始不信其言，可随着连绵不断的劝说、讲解、召唤和描述，A女士半信半疑，甚至在片尾处和M先生起身走向同一去处……片子一开始，就是似乎没有任何来处的神秘独白："古典装饰的大房间，安静的客房里，厚厚的地毯把脚步声吸收了，走的人也听不出来，好像走在另一个世界上……像是位于远方的陆地，不用虚无的装饰，也不用花草装饰，踩在落叶与砂石路上……但我还是在此处，走在厚厚的地毯上，在镜子、古画、假屏风、假圆柱、假出口中等待你，寻找你。"梦呓一般的谈话，冰冷迟缓的镜头，层层迭进的空间、静止不动的人物……没有剧情，也没有一贯逻辑，摄影机迷失在巴洛克风格建筑的繁复装饰里，镜头在房内的时候还是在夜里，屋里亮着灯，当镜头摇开，移向室外时，外面则变成了阳光明亮的白昼。那永远走不到头的回廊，无法确定身份的人物，没有缘由的笑声、阴森冷寂的沉默，突然打破这一切的热烈掌声、愈来愈激昂的音乐，成为小说复杂而带有寓意的暗示……"你还是和从前一样的美，可是你仿佛完全不记得了。""那是去年的事"，"你一定弄错了。""那也许是另外一个地方，在卡尔斯塔德，在马里安巴，或者在巴顿萨尔沙，也或者就在这里，在这间客厅里……"

《去年在巴马安巴》获得了1961年意大利威尼斯节"金狮奖"。从此，很多电影学院的教材中，就多了这部难以理解的片子，它作为沉实厚重的黑暗，磐石般牢踞着电影这艘大船神秘的底部，让所有的后来者得以放心轻松地去到甲板上自由歌唱，来回漫步。

在视觉艺术的影响上，阿兰•罗布•格里耶承认超现实主义大画家马格利特对他的巨大影响和作用。马格利特依靠土突破画框的幻觉，建立了一个不可理喻、不可进入的荒谬的、超现实的空间，在电影《去年在马里安巴》中同样存在。人物有影子，而树木却没有阴影，眼看有着多重空间，却不知何处可以进入。这似乎是一部拒绝理解的影片，又是一部可以有无数种理解的影片。阿仑•雷乃说：“这是一部拍完以后，可以用25种蒙太奇方案去处理的影片。”观众自己也可以任意发挥自己的想象力，从任何一种途径去自由解读，一如我们面对浑然复杂的现实时那样。在拍摄过程中，阿仑•雷乃自己也承认“还看不清这部影片的面貌，因为它也许有点儿像是一面镜子。”阿兰•罗布•格里耶给出了一种毛骨悚然的读解方法，他像是在发现一部别人的作品一样，好奇地发现，影片中对花园的描写很像一座公墓，而片中连绵不断的劝说与诱供，似乎就是“死神寻找替死鬼，并允许后者在一年以后再死”的古老传说。影片中的一切是发生在两个鬼魂之间的，因为，其中一位很久以前，已经死去了……我觉得，二十世纪的电影和文学的关系值得写一部大书。法国“左岸派”电影不得不借助文字虚幻的描述，意义模糊的影像和指向莫名的文字，如同两条凉蛇一般交颈攀升，它们共同指向了世界无法言明的空旷高台。

阿兰•罗布•格里耶认为，艺术创作的目的“不是为了解释世界，为了安定人心，人们在生活中常常碰到一大堆无理性的或意义暧昧的事情”。阿兰•罗布•格里耶和导演阿仑•雷乃都把自己的探索方向指向人类的意识深处，在现实世界之外去寻找灵魂喘息的可能。在一些电影作品中，阿兰•罗布•格里耶往往放弃了时间的正常逻辑，以重新安排的时空秩序和无处不在的上帝的造物进行着隐秘的对抗和对比，取得着徒劳的艺术胜利。时空拼贴、偶然组合，如同小说呈示的那样，呈送给阅读的文字，却拒绝着阅读，呈送给眼睛的图像，却拒绝着观看。无调性音乐、多调性音乐的影响，在他的电影中渗透，幻觉般呈示的多重空间只是一些虚假的出口。

阿兰•罗布•格里耶在自己作品的一篇序言中说：“主角用自己的想象与自己的语言创造了一种实现。……在这个封闭的、令人窒息的空间中，人和物似乎都是魔力的受害者，有如在梦中被一种无法抵御的诱惑所驱使，而无法逃跑或是改变。其实也没有什么去年，马里安巴在地图上也不存在。这个过去是硬性杜撰的，离开说话的时刻便毫无现实意义。但是当过去占了上风，过去就变成了现在。”这可以看作他对自己的“电影小说”的创作表白。

阿兰·罗布·格里耶用文字给愁闷的现代人许诺了一个虚空的物化世界，阿伦·雷乃则用影像把它们转译出来，因此，阿兰·罗布·格里耶和阿伦·雷乃的合作，具有深远的意义。它改变了人们看待世界的方法，让人们通过虚幻的“去年”和并不存在的“马里安巴”，看到了梦的真实的倒影。人们没有理由绝望，也似乎没有了希望。1963 年以后，阿兰·罗布·格里耶开始自己编导拍片，他的作品有《不死的女人》（1963 年）、《横越欧洲的快车》（1966 年）、《说谎的人》（1968 年）、《伊甸园及其后》（1971 年）、《N 拿起骰子》（1971 年）、《欲念浮动》（1974 年）、《玩火》（1975 年）、《漂亮的女俘》（1984 年）等。这些电影中，性感而美丽的女人、谋杀、尸体、血、物质世界的增殖是基本的元素，使我感觉他的电影和他的小说相反，小说里物是死的，充满了寂灭感，但是在他的电影里，美丽的女人的身体充满了性的活跃因子，即使是喷溅了鲜血的谋杀镜头也显得生机勃勃，像一个玩笑那样表达了对人的欲望和犯罪冲动的激赏。

阿兰·罗布·格里耶曾抱怨说，是他拍摄的那些名声很大但是票房很糟糕的电影使他错过了诺贝尔文学奖。他说，1985 年的时候，我获奖的形势很有利，当时，瑞典影片资料馆放映我的影片，进行了一次回顾展。不知道为什么，我的电影引起了当地新闻界的愤怒，我被猛烈地批判和诋毁。于是，是克洛德·西蒙代表“新小说派”得到了当年的诺贝尔文学奖——也许，这是阿兰·罗布·格里耶开的一个玩笑，或者是一个逸闻，说明了阿兰·罗布·格里耶的艺术世界有着更为复杂的、不好认知的一面，也和他过于活跃有关系。

阿兰·罗布·格里耶、克洛德·西蒙、玛格丽特·杜拉斯……他们以文学与电影建立了关系，这不仅仅是作家与电影之间偶然的关系，我们也许可以从中看到，人类要求艺术家用多种艺术思维关照现实的想法。也许，电影作为一种现代人必备的思维方式，已经借助文学的通道，纷纷来到了我们家中的书案之上和头脑中。

阿兰·罗布·格里耶曾两次到过中国，在湛江和广州，他迷失于东方的青瓦石板小镇。在东方，他感受到了时间的另外一种流逝的方式。

阿兰·罗布·格里耶说："每写出一个字，都是对死亡的胜利。"

阅读书目：

《橡皮》，林青译，上海译文出版社，1981年4月版

《橡皮》，林秀清译，译林出版社，2007年7月版

《窥视者》，郑永慧译，上海译文出版社，1979年8月版

《窥视者》，郑永慧译，译林出版社，2007年7月版

《嫉妒》，沈志明等译，漓江，1987年2月版出版社

《嫉妒》，李清安译，译林出版社，2007年7月版

《去年在马里安巴》，沈志明译，译林出版社，2007年7月版

《幽灵城市·金姑娘》，郑永慧等译，安徽文艺出版社，1994年5月版

《重现的镜子》，杜莉等译，北岳文艺出版社，1993年11月版

《阿兰·罗布·格里耶作品选集》（3卷本），余中先等译，湖南美术出版社，1998年9月版

《快照集·为了一种新小说》，余中先译，湖南美术出版社，2001年10月版

《反复》，余中先译，湖南美术出版社，2001年10月版

《新小说派研究》，柳鸣九编选，中国社会科学出版社，1986年6月版

《新小说·新电影》，李华译，天津人民出版社，2003年1月版

《小说的政治阅读》，吴延晖等译，湖南文艺出版社，2000年10月版

《被历史控制的文学》，吴岳添等译，湖南美术出版社，1999年7月版

《玩火：桃色与黑色剧》，余中先译，上海译文出版社，2011年1月版

《骰子：桃色与黑色剧》，余中先译，上海译文出版社，2011年1月版

《罗布·格里耶作品选集》（18册），陈侗主编，湖南文艺出版社，2011年6月版

《旅行者：访谈、文章与讨论》（上下册），余中先等译，湖南美术出版社，2012年2月版

《欧洲快车》，余中先译，上海译文出版社，2012年3月版

《美丽的女俘》，余中先译，上海译文出版社，2012年3月版

《玩火游戏》，余中先译，上海译文出版社，2012年3月版

《撒谎的男人》，余中先译，上海译文出版社，2012年3月版

《伊甸园及其他》，余中先译，上海译文出版社，2012年3月版

克洛德·西蒙：文字画与巴洛克结构

(1913—2005)

“新小说派”的标塔

克洛德·西蒙说：“谁也不能创造历史，人是看不到历史的发展的，就像谁都看不到草的生长一样。”克洛德·西蒙把一个空间停止不动、时间沿着线形方向流逝的现实世界，看作是可以任意雕塑和改变的东西。他所有的写作都是在把这个看上去有序和规整的世界，分割成一块块活动着的历史片段的浮雕，并且用文字加以详细地刻画，以文字画的风格确立了自己的形象。

在二十世纪法国文学史上，“新小说派”是一个特别重要的文学流派。虽然这个流派很松散，有的作家甚至都不认同“新小说派”这杆大旗，但是他们在小说表现形式上的锐意进取和大胆到极端的实验却是一致的，共同开辟出法语小说的新空间，也为欧洲小说的发展找到了新形式。这个群体中，克洛德·西蒙是非常重要的一位小说家。集结在巴黎子夜出版社麾下，和阿兰•罗布•格里耶、米歇尔•布托、娜塔丽•萨洛特等作家同属于法国“新小说派”阵营的克洛德•西蒙，在1985年出人意料地获得了诺贝尔文学奖，使很多人大跌眼镜。但我想，这次诺贝尔文学奖的颁发，一定是对法国“新小说派”在文学实验方面的一次盖棺论定般的奖赏。

克洛德•西蒙获奖的理由是：“通过对人类生存状况的描写，善于把诗人和画家的丰富想象与对时间作用的深刻认识融为一体”。在这短短的一句话的评价当中，包含了克洛德•西蒙对小说艺术的巨大的贡献和写作秘密，也是我在下面要着重分析的。不过，一般情况下，大家都觉得这年的诺贝尔文学奖更应该颁给阿兰•罗布•格里耶，那么多年，是阿兰•罗布•格里耶而不是默默无闻、一边种葡萄一边写作的克洛德•西蒙在一直举着“新小说派”的大旗，阿兰•罗布•格里耶又是一个全才，创作小说、阐发理论、社会活动、导演电影，没有阿兰•罗布•格里耶不能干和干不好的，因此，这次诺贝尔文学奖刚颁发，所有的人都开始为阿兰•罗布•格里耶叫屈了，都开始注意克洛德•西蒙的小说了，大部分人问：为什么会是他？很多人还面面相觑：他是谁？

阅读克洛德•西蒙的小说，必须从他的出身、生平和经历入手：1913年，克洛德•西蒙出生在法国的海外殖民地马达加斯加的首府塔那那利佛，父亲是一名骑兵上尉，母亲是有西班牙血统的法国人。1914年爆发了第一次世界大战，他的父亲参加了战斗并于1917年死于战场，母亲就把小克洛德•西蒙带回了法国，居住在靠近西班牙边境的一个小镇佩皮尼扬，在那里艰难地生活。在克洛德•西蒙早期的生活中，非洲、骑兵、大海、西班牙和父母亲，是他印象深刻的记忆。后来，克洛德•西蒙到巴黎接受中学教育，在巴黎期间，他经常去博物馆，还受到了当时在巴黎如火如荼地开展起来的、由布勒东发起的“超现实主义”文学流派的影响。中学毕业后，他又到英国的剑桥大学和牛津大学学习哲学和数学，在英国曾经受到过一个立体派画家安德烈·洛特的影响，学习了绘画艺术。可以说，对绘画艺术的了解深刻地影响了他的文学创作。1936年，年轻的克洛德·西蒙满怀激情地参加了西班牙的反法西斯内战，结果，这场内战以西班牙共和军的失败而告终，一些残酷的战争场面让他有强烈的震撼和幻灭感，这对他的一生都产生了巨大影响。从此，他对诸如革命和战争都抱有了悲观和幻灭意识，这种意识深刻地体现在他后来的每一部作品中。

1939年，第二次世界大战爆发，他参加了法国军队，投入到第二次世界大战当中，在一个法军骑兵团中服役。1940年，在一场和德军作战的激烈战斗——牟兹河战役中，法国骑兵军被打败了，在溃逃中，克洛德·西蒙的头部受了重伤，被德军俘虏。这段经历，是他后来写作《弗兰德公路》的灵感和体验来源。不久，他又从德军战俘营中成功逃跑，回到了法国巴黎，据说他又参加了地下抵抗运动。第二次世界大战结束之后，他在欧洲、南亚和中东地区四处旅游，扩大视野，去见识人类的基本生存面貌。后来，他回到了法国南部的乡下，在一座葡萄园里一边从事葡萄的种植，一边埋头勤奋写作，平时不喜欢抛头露面，也不热衷于和法国文学界来往，作品大都在巴黎的子夜出版社出版。以上就是克洛德·西蒙的基本情况。克洛德·西蒙是一个根据自己的亲身经历写作的作家，了解他的这些经历，对我们理解他的作品有着相当重要的作用。

克洛德·西蒙很早就开始写作，从1941年开始写作自己的第一部长篇小说，到2005年他去世，他一共出版了三十多部小说、随笔和文学评论著作，在小说艺术上孜孜以求，不断地去探索小说艺术的各种可能性，同时他还能够以文学评论的方式阐发自己的文学观。1941年，他写了自己的第一部小说《作假者》，小说辗转多家出版社，最终于1946年出版。这部小说的主题和加缪的《局外人》多少有些相像，描写了一个叫路易的人，精神处于一种恍惚状态，他被缠绕着自身的幻觉所困扰，最终，路易杀死了一个教士，也导致了自己的毁灭。从小说的故事情节来看，线条单一、情节简单，但是，在这部小说中，克洛德•西蒙就已经开始了他的文学实验：他不再进行传统小说的按照时间的顺序所进行的线形描述，而是以小说主人公路易的生活中状态中最为重要的一些时刻进行重点描写，我打一个比方，就像是在强调下雨时那瞬间凝固的巨大水滴，而不是去描述下雨时水滴落下的绵长轨迹。小说在讲述故事的时候也采取了他者的眼光，变换了叙述人的视角：路易杀死教士这个情节，是通过路易的情人、男同事和一个目击者等三个人的讲述来呈现的。

在克洛德•西蒙的这第一部小说中，就呈现出他鲜明的小说艺术实验的风格，在小说的结构上，他尝试一种巴洛克艺术式的螺旋上升式的结构，在人物的描写和塑造上，他采用了内倾式的手法，强调主人公的内心感受和意识流动，将回忆、现实和想象都融合在一起，创造出一种带有立体派绘画风格的文学作品。

克洛德•西蒙是二十世纪法语小说中实验性非常强的小说家，他注定要离经叛道，在投身写作的开始，就想着要打破自巴尔扎克以来的法国批判现实主义的巨大传统。他的第二部小说《钢丝绳》出版于 1947 年，则运用了印象派绘画的技法，将生活场景、画面的运动感，用语言来精细地呈现，将个人的回忆和对世界的感觉交叉叙述。小说的情节不复杂，但是表述的形式本身构成了小说的内容。他的第三部《居利韦尔》出版于1952年，从故事情节上看，是对英国作家斯威夫特的《格列佛游记》的重述，但是，他把小说的背景放到了“二战”后法国刚刚解放的时期，描绘了一些年轻人在物质和精神废墟中艰难求生的情景。他运用了几个故事叠加的手法，对古典作品进行了拆解，把《格列佛游记》中的讽刺艺术延伸到带有后现代特征的语境里。

我看到，在克洛德•西蒙的早期创作中，充满了向各个方向进行实验的努力和勇气：语言、语调、结构和对绘画的借鉴。他的第四部长篇小说《春天的加冕礼》出版于 1954 年，运用的叙述手段比较新奇：语调是断续的，不连贯的，有些像一个病人的独白，话语之间充满了间断、省略、言外之音意和空白。据说，在写这部作品的时候，克洛德•西蒙刚好得了一场大病，他躺在床上，每天所能看见的就是墙上的一面窗户，“那里有什么？我在干些什么？观看、窥视，贪婪地张望，此外就是回忆了。总之，视线、追忆和时间缓慢的流动着。”他的这一段自白，是他对《春天的加冕礼》创作风格的一种解释。虽然，他后来认为他是从《春天的加冕礼》开始才有了一个巨大的风格上的转折，但是，实际上，仔细地阅读他早期的这四部小说，你会发现，其中还残留着传统小说的一些痕迹，同时，也有着对现代派小说家诸如詹姆斯•乔伊斯和威廉•福克纳的模仿印迹。不过，一个风格鲜明的小说家，在一团迷雾中的身形，已经逐渐地清晰了起来，克洛德•西蒙和其他几个誓言改变法语小说历史的小说家们，一起大步地向我们走来。

“巴洛克”小说风格

克洛德•西蒙真正开始确立自己小说的风格的，应该是从他的第五部长篇小说《风：试图重建祭坛后巴洛克风格的屏风》（1957）开始的，这是一次真正的转折，是克洛德•西蒙发现可以淋漓尽致地在小说创作中使用绘画风格的绝佳尝试。小说的副题“试图重建祭坛后巴洛克风格的屏风”

吸引了我，因为这个副题是一种强调。那么，什么是“巴洛克风格”呢？简单地说，“巴洛克风格”是一个绘画名词，这个词汇在葡萄牙语里的意思是“形状不规则的珍珠”，主要指的是欧洲1600年到1750年之间的绘画、建筑和雕塑艺术风格，强调结构的复杂和情感的浓烈。因此，《风》这部小说就带有着“巴洛克风格”的特征，它完全打破了传统小说的线形时间描述，在如同巴洛克绘画和雕塑风格的那种螺旋上升和繁复对称的美学结构中，讲述了一个品行善良的遗产继承者，最终却走投无路，不得不卖掉遗产的故事。在克洛德•西蒙支离破碎的讲述中，我们发现，小说的故事本身很简单，但表达了克洛德•西蒙的世界观：世界是不可知的，人是无力面对世界这个迷宫的，人的命运就像风一样捉摸不定，无法把握。可以说，克洛德•西蒙的小说和美术关系极其密切，同时和叔本华的思想以及存在主义哲学也有着若即若离的联系。

继《风》之后，克洛德•西蒙似乎找到了他的叙述方式。他的第六部长篇小说《草》出版于1958年，则将他的小说实验更进了一步：完全摒弃了小说的故事情节，只是通过主人公路易丝和情人的对话，将她的姑母的一生表现了出来，来暗喻人生和人的命运，就如同没有人看见的荒草的生长，自生自灭，无所依靠。

克洛德•西蒙说：“现实只是由记忆组成的”，因此，描绘记忆的纹理是他小说的最大特色。1960年，公认为是他的代表作的长篇小说《弗兰德公路》出版了。在这部凝聚了他重要人生经验的小说中，他刻画了自我的历史和记忆中最醒目的内容：小说取材于他在“二战”中参加的骑兵队被德军击溃的经历，共分三部，内部有着回环式样的叙述呼应。克洛德•西蒙仿佛是用速写和泼墨结合、用画笔的停顿和滞留、用快速的滴漏和铺排，描绘了战争带给人的创伤和复杂的心理感受，全书是以“二战”结束之后一个骑兵和他的骑兵队长的风骚妻子在幽会时的回忆来结构，同时，将当年死于和德军的作战中的骑兵队长与他的一个死于1789年法国大革命的祖先进行了音乐作曲技法——对位式的描绘，把时间不同的历史画面联系起来，大量运用对话、回忆、印象、想象、幻觉，用速度非常快的意识流语言，把战死的骑兵队长的家世、婚姻，把骑兵队战友之间的关系，以喷泻而出的语言给我们“涂抹”了出来，创造出一种瞬间的、即时的和一起涌来的效果，也呈现了一种虚无的世界观：战争对大自然和人类生活的毁坏，人与人之间关系的冷漠和畸变，女人和男人之间的背叛和不信任，人受历史和时间的制约，全部都是无法控制的。我感觉，这部小说如同一幅印象派和立体派风格结合起来的绘画，或者如同中国国画中“大泼墨”风格的绘画作品，由三个环节组成，呈现了人的欲望、战争、婚姻、死亡和性的冲动和激情，以及所有这一切的无意义。语言激情澎湃，诗意连绵，由文字构成的对大自然和战争细节的描绘令人眼花缭乱，既有对性爱和死亡的精确描绘，也充满了生机盎然的意趣，在诗意、绘画和语言的结合上，达到了一种登峰造极的地步。

克洛德·西蒙的第八部长篇小说《豪华旅馆》（1962）的题材虽然转移到了西班牙内战，但是，仍旧是他对自身的战争经历的文学呈现。这是一部通过很多人的回忆构成的小说：西班牙圣地亚哥的一位司令官被谋害了，但是，到底谁是凶手？他死于什么样的势力的刀下？克洛德·西蒙用精确、冷静和客观到十分琐碎的笔法，将很多人的回忆聚拢起来，拼接起来，一步步地推测杀害这个司令官的凶手，将西班牙内战的历史氛围和情景逼真地呈现出来。阅读克洛德·西蒙的小说，对读者是一个挑战，你必须要调动自己的人生经验和对世界的敏锐感觉，才可以捕捉到他在描述连续和瞬间的画面时的那种强烈的巴洛克艺术风格。

一直对描述历史感兴趣的克洛德 • 西蒙从 1967 年出版第九部长篇小说《家史》开始，接连出版了五部取材于法国和欧洲历史的历史小说。长篇小说《家史》不同于稍早前的欧洲家族小说，那些家族小说大都写得非常笨重（比如马丁 • 杜伽尔的《蒂博一家》），《家史》写的是一个人从中午到午夜之间不到一天的活动：小说的叙述者在上午十一点出门，在运河边上碰到了一个朋友，他们一起去那个朋友就职的银行，然后，又一起吃了午饭，并不断地聊天说话，回忆往事。下午两点钟，叙事者回到家中去处理一些旧家具，却发现在一个抽屉里有一些旧照片和明信片，他产生了一些疑问。下午五点钟，叙述者又来到了一个亲戚家，在那里待到了天黑，再驱车回到了城市，在一个酒吧里吃了一份三明治，午夜时分，他回到了家里。这是小说主人公一天活动的时间线索。而小说的主干则是叙述者在这一天的活动中，大量对过去一些人和事的回忆。那些旧照片和明信片唤醒了叙事者的记忆，他和朋友以及亲戚见面的时候也夹杂了大量的回忆、感觉和过往生活的追寻。小说表达了克洛德 • 西蒙的时间观和历史观：时间是无法挽留的，世事是难以捉摸的，人生是根本无法把握的。

克洛德 • 西蒙在小说探索的道路上越走越远，他很认同法国文学理论家让 • 里加杜的观点："小说不再是去叙述一场冒险经历，而是进行一次叙述的探索冒险"，也就是说，说什么早就不再重要，怎么说才是最为重要的，因此，小说的结构和叙述方式的探索和实验成了他最用力的地方，而巴洛克式的回旋、繁复和复杂的结构艺术，是他每部小说的特征：他的第十部小说《法萨尔之战》（1969）取材于古代罗马帝国的历史史实，描写了恺撒大帝与庞培在希腊法萨尔的战斗。接着，干劲十足的他在 1970 年又出版了第十一部小说《盲人欧里翁》。这是根据十七世纪的法国画家普桑的一幅画创作的，那幅画的名字叫《双目失明的奥利翁朝着初升太阳的亮光走去》，你听听这幅画的名字，就知道小说和那幅画的关联了。因此，这部小说用了一种短句子来直接表现印象，就是对各种画面的描述。小说的故事则被完全打碎，糅合在这些画面的描述中，让读者自己去拼接。

和《盲人欧里翁》有异曲同工之妙的是他的第十二部小说《导体》（1971），这部结构上运用的技巧也很复杂，他仿佛是在进行瞬间画面的截取，把瞬间无限地延长，变成一个个可以被文字无限描绘的仿佛静止了的画面，然后，又把这些放大的瞬间画面放到主人公的人生背景中，用这些定格的画面和瞬间来折射人类的家庭关系、历史观和人生际遇。在那些全部由画面构成的描绘中，人的意识、感觉、触觉、回忆、幻想，以纷繁的文字共时性呈现出来，构成了小说的血肉。

我感觉，这个阶段的克洛德·西蒙像一个彻底的形式主义者，在小说的形式探索之路上走上了一条钢丝绳，使所有看他表演的人都替他捏着一把汗。比如，他的第十三部小说《三折画》出版于1973年，结构上更加体现了“巴洛克风格”，就像三扇连接起来的屏风一样，故事、人物和主题分成三个部分，相互联系，彼此映衬，以人性在偷情、贿赂和背叛的表现作为主题，相比较而言，小说中的人物倒像个道具。我觉得，兴许他还写一个“七折画”，来呈现人类的“七宗罪”也很好。

在时间的作用下

克洛德·西蒙肯定意识到了现代小说本质就是时间的艺术，就是对时间的运用。1975年，克洛德·西蒙出版了自己的第十四部小说《事物的寓意》，它篇幅不大，已经完全没有了连贯的故事和情节，小说剩下的只是描写和画面，描绘了三个被德国部队包围的法国士兵陷入困境的情况。结果，这三个士兵不得不通过一本法国小学生的课本《常识课》来解闷和回忆过去。而像课本那样的常识性的插图、叙述者不断回忆自己的人生与记忆，相互纠结在一起，忽然又互相拉扯和分开，构成了这三个人的悲剧人生。可以说，克洛德·西蒙擅长的就是对画面的截取、对细节的繁复描绘、对时间滞留的仔细打量，并且，他把这种打量定格、慢放、放大和缩小，运用了大量电影蒙太奇的手法和摄影的手法，将动和静、生和死、战争与和平、男人和女人之间的关系，做了类似古代波斯细密画家和欧洲印象派画家那样的对时间和物体的描绘。

我觉得，克洛德·西蒙的小说中最好的有两部：《弗兰德公路》和《农事诗》。《农事诗》是他的第十五部小说，出版于 1981 年，也是他晚期创作中的代表作品，它集中体现了他的小说美学观点。小说通过三个处于不同历史时期的人物对三次历史上的战争的回忆，把 1789 年法国大革命、1936 年西班牙内战和 1940 年的第二次世界大战时期的法军被德军击溃的战役联系了起来，通过三个参与到上述战争的男人的经历，描绘了战争的残酷和复杂性，也描绘了法国人的文化和历史，以及克洛德·西蒙本人对历史的看法，动用了他的家族历史资源，尤其动用了他自己参加战斗的经历。克洛德·西蒙的小说《农事诗》是与古代罗马大诗人维吉尔的同名长诗《农事诗》的同主题映照，小说表达了即使战争的残酷和死亡的来临也无法改变人类四季更替、代代相传的生活、无法改变万物生长、春种秋收的自然景象的主题，其中蕴含的诗意和希望，是他的小说中最深刻和隽永的。此外，他还出版了散文集《贝蕾尼斯的秀发》（1983），以散文诗的片段，精妙地对西班牙超现实主义大画家米罗的绘画作品进行了文学描述。

克洛德·西蒙属于越老越能写的那种作家。他的第十六部小说《邀请》（1987）是他对个人回忆和家族联系的一次打量，在题材上有些重复。相比较而言，克洛德·西蒙的第十七部小说《百年槐树》（1989）则显得气魄宏大，内容丰富，虽然小说篇幅并不长，但是小说的内部时间和描绘的历史空间却很大，以一棵具有百年历史的槐树作为见证，描述一座古老的房子里的主人的故事：这幢房子里曾经居住过拿破仑时代的一个将军，他战败自杀了，而他的孙女后来和一个军官结婚了，这个军官在1914年第一次世界大战期间战死了，而1939年，军官的儿子又坐上火车，奔赴前线，去参加第二次世界大战，并预感死亡即将来临。而那棵一百年的槐树，则是这个军人家族人物命运的见证，小说难得地清晰，具有悲怆气韵。我发现，克洛德·西蒙的小说题材比较重复，他似乎在不断地对他的家族成员在各个历史时期所经历的战争和时代进行重述，极力展现各个侧面，来让读者自己拼接出一幅全息图像。《百年槐树》的主人公的经历，显然取材于他的曾外祖父、父亲和他本人的经历，小说的自传性和摄影、绘画风格的写作手法结合得更加紧密了。

到了晚年，克洛德·西蒙似乎更加强烈地体会到了时间的作用，在写作中，对时间作用结果的刻画到了炉火纯青的地步。他的第十八部《植物园》出版于1997年，这是一部自传作品，但是，他的这部自传却写得像他的那些具有强烈形式探索的小说一样，不仅排版方式独特，而且内容也零碎不堪。小说描绘了克洛德·西蒙在二十世纪中的各个时期在世界各地生活和旅行的一些片段观感和零星感受，以及他的内心体验，夹杂大量他对一些事件的回忆，相互混杂而成。按照他自己的话说，这是“一部回忆录的肖像。”而小说中的每个片段，都如同他的回忆苗圃中栽种的一束植物。这种写法有些走极端的味道，克洛德·西蒙看来是不想向任何传统和保守的审美观点妥协了。

克洛德·西蒙的最后一部小说《有轨电车》出版于2001年，这是他八十八岁高龄出版的作品，依旧带有着他强烈的个人风格：一本薄薄的小书，使我们看到了一个老人对生命的依恋和对过去岁月的无限怀念。他以家乡的一条有轨电车所经过的十五公里的区域来作为回忆的地理背景，事无巨细地回忆了电车经过的区域的全部景象，以及这种景象在时间的作用下的细微变化所带给作者的印象、回忆、感觉和联想，成了克洛德•西蒙贯彻自我写作风格的绝唱。

在希望和虚无之间

在阅读克洛德•西蒙的小说和文论的时候，我可以强烈地感觉到克洛德•西蒙的浓厚的虚无主义思想。在他的诺贝尔文学奖受奖演说中，他说："我目睹了革命和战争，我当过俘虏，我接触了各种各样的人，我到世界各地游历，我活到了七十二岁，对一切事情还没有发现有什么意义。要是世界有什么意义的话，那就是它毫无意义可言，除了世界本身的存在。"这种虚无主义的世界观，几乎体现在他小说的每一页中：世界最终是混乱的，不可把握的，个人的命运非常的卑微，是被历史和时间的洪流所裹挟的，人的生命是随波逐流的，是难以察觉地受到了时间和历史的侵害。

我想这种悲观的论调，与他在动荡的二十世纪的亲身经历和他对人世的细微观察是分不开的。在时间的作用下，人类的生存景象呈现出一片混乱，不再是有序和被理性所控制的了。这也难怪，对于一个经历了两次世界大战、参加过西班牙反法西斯战争的男人来说，克洛德•西蒙抱着这种深受动荡和战乱的世界的影响所产生的悲观情绪，是完全可以理解的。在他的小说中，战争是他最喜欢运用的故事背景和主要的小说情节，他的主要的、最重要的、大部分的小说，都和战争有关系，不惜采取重复叙述的方式来强调他对世界的看法。此外，他作为一个画家的经历也深刻地影响着他的写作。在他运用的语言中，他仿佛在用文字绘画，他善于精细地描绘那些只有画家的画笔才可以与他媲美的场景，他还善于运用“巴洛克风格”的结构叙事、对称、善于颠倒时间和空间，善于跳跃性地进行有选择的叙事，甚至取消和隐藏叙事人的人称、取消故事情节的连贯性，大量采用意识流和不分段的长句子，有时候又突然使用短促的句子，来使小说节奏发生戏剧性的变化，促成小说新的语调，这些构成了他的小说技巧的突出特征。

这样的话，我们就可以判断出来，克洛德·西蒙最重要的小说实验和贡献，就是把绘画的技法运用到小说创作中，将绘画的画面感和共时性赋予了小说，改变了普鲁斯特的小说的那种只关心心灵时间的绵延。他把现实、历史、梦境、幻觉、想象、潜意识、无意识和回忆，都放在一幅幅由文字绘就的画面上，使他的小说看上去就像是一幅巨大的油画，有的是三折的，或者像多扇中国屏风那样的绘画，闪烁和折射着彩色玻璃窗透射进来的光芒。阅读他的小说，一般都会使读者感到眼花缭乱，他的小说个人风格强烈，文字造就的色彩浓郁，语速迅捷，小说的结构层次丰富复杂，既像迷宫一样迷惑了我们，又以谜语一样的情节强烈地吸引着我们。

克洛德·西蒙除了最喜欢处理战争题材之外，他还喜欢将时间的连续和匀称的流速改变，把时间的间隔迅速缩短或者无限拉长，这一点，和普鲁斯特的小说也不一样。普鲁斯特的小说中的时间是匀速的、缓慢的、均衡的。同时，克洛德·西蒙对时间作用于历史和人类心灵的结果的呈现，和传统小说家有着截然不同的理解。他说：“在传统小说中，人们总是认为表现时间的经过只要用延续的时间流，我认为这种想法非常幼稚。在那种小说中，第一页叙述的是人物的诞生，到第十页才是去写主人公的初恋。可在我看来，问题绝不在表现时间的连续性，而在描绘时间的共时性，而在绘画中就是这样。”比如，他写《弗兰德公路》的时候，就感觉到突然之间，所有的细节和时间一齐涌来，共时性地涌现了出来，要他立即写下来，他甚至要用五种颜色的铅笔来写作，才可以区分它们之间的联系。在小说《有轨电车》中，他将有轨电车的路线与自己小学时代的生活联系起来，将有轨电车的起点、路线和终点这些空间线索，与他所经历的童年生活的时间经验联系在一起，通过描述、想象和联想，将时间的无限蔓延与封闭在一个有限的空间里的历史感传达了出来。他善于用文字描绘，把平面的物体推展到立体的形象，同时又使这些立体的形象具有画面感，并且在时间的扭曲变形中不断地变化。他着力于这种变化中，把一维的空间变成了四维的叙述，还不断地呼唤有心的读者，和他们一起去体会文字背后的气味、联想、幻觉、梦境、回忆、色彩、声音、图像，因为他把这一切都融合到小说中了。

克洛德·西蒙没有发表非常系统的文学理论，但他发表了像《传统与革命》《小说的逐字逐句》《小说的描写与情节》等大量的文学评论，在这些评论文章中，他阐发了自己的小说观。比如，如何处理小说中的时间、运用什么样的方法去处理，如何运用绘画等其他手段来写作，是他小说实验的重点。他也是“新小说派”群体中创作小说的数量比较多的，是一个多产作家，但是大部分的作品的篇幅都不长。在小说形式的勇敢探索上，他是最用心的，跨越的时间也是最长的，在这一点上来比较，我们可以看到，阿兰·罗布·格里耶后来把很多精力都投入到电影上了，而米歇尔·布托则在小说理论下了很大的功夫，出版了多卷本的文学理论著作，娜塔丽·萨洛特老太太作品数量少一些，题材上比较狭窄，技巧的探索上主要着眼于对话和潜对话，意识的多层次实验，因此，我想最后是克洛德·西蒙代表“新小说派”获得了诺贝尔文学奖。

克洛德·西蒙的小说并不好懂，初读起来晦涩而复杂，也许，你可以说克洛德·西蒙和阿兰·罗布·格里耶一样把现代小说引入了某个死胡同。其实，他们是各自建造了一个小说的迷宫，需要我们自己走进去，又自己走出来。在走近他们的时候，我们首先需要的是勇气，而不是胆怯，需要的是认真对待他们创造性的发现，而不是在他们的作品中那所谓的晦涩难懂面前却步。当我们习惯了某种审美定式的时候，我们需要的就是打破这种定式，去看到创造性的天才给我们展开的别有洞天的文学世界，而克洛德·西蒙恰巧就是这样一个人。

阅读书目：

《弗兰德公路》，林秀清译，漓江出版社，1987年3月版

《弗兰德公路》《农事诗》，林秀清译，漓江出版社，1992年6月版

《植物园》，余中先译，湖南文艺出版社，1999年4月版

《大饭店》，马振骋译，译林出版社，1999年10月版

《有轨电车》，余中先译，浙江文艺出版社，2004年1月版

《新小说派研究》，柳鸣九主编，中国社会科学出版社，1986年6月版

《农事诗》，林秀清译，上海译文出版社，2008年10月版

第三部分：北美小说四俊杰

库特·冯尼古特：“没有国家的人”
唐·巴塞尔姆：垃圾美学与元小说碎片
玛格丽特·阿特伍德：加拿大文学女王
保罗·奥斯特：镜像游戏

库特·冯尼古特："没有国家的人"
（1922—2008）

"黑色幽默"这个东西

库特·冯尼古特是非常值得分析和研究的小说家。他一直被称为是"黑色幽默"派作家，我们且不管他身上被贴了什么标签，如果单凭打量小说艺术的眼光来看他，就会发现，他的小说对美国二十世纪小说的发展贡献很大。具体说来，就是他能将科幻小说的外部特征混合了荒诞派戏剧和小说的元素，又以存在主义哲学作为底色，创造出一种别具一格的"黑色幽默"的小说风格，来批判和讽刺他所经历的二十世纪的独特历史和美国的社会现实。

"黑色幽默"这个文学流派是美国文化的产物，虽然可以上溯到法国作家塞利纳那里，但是，它是小说创新的潮流在"二战"之后转移到美国的新发展。1965 年，美国小说家弗里德曼编选了一册《黑色幽默小说选》，收入了十二个作家的作品，其中最主要的作家是约瑟夫·海勒、库特·冯尼古特、唐纳德·巴塞尔姆、约翰·巴斯、托马斯·品钦和纳博科夫等人。于是，“黑色幽默”作为美国文学的一个重要的流派或者说作家群体，在二十世纪六十年代获得了认定和重视。尤其是上述作家，全都是美国二十世纪后五十年出现的最优秀的小说家，因此，这个文学群体的影响就十分巨大。所谓的“黑色幽默”，自然和黄色幽默、白色幽默、红色幽默不一样，“黑色”在一般情况下是死亡、沉闷、绝望和痛苦的象征，但是，和“幽默”这个词汇联系在一起之后，就形成了一种怪诞和滑稽的美学风格。这些作家自己很多都不承认自己是“黑色幽默”作家，但是他们的作品却有着相似的质地。而且，“黑色幽默”作家似乎都受到了存在主义哲学的影响，他们笔下的人物都是小人物，都有被异化的表现，都是反英雄，而且都是人性被扭曲和举止怪诞不可理喻、使得你很同情的家伙。实际上，这些作家之所以能写出“黑色幽默”风格，我想还是和他们自身的经历、对世界的看法与世界观有关。出现了什么样风格的小说，都不是凭空而来的，都是有社会的原因的。后来，这个群体的一些作家又被贴上了“后现代派”的标签，继续发挥着他们对二十世纪美国文学的影响。

1961年，小说家约瑟夫·海勒（1923—1999）、库特·冯尼古特各自出版了一部长篇小说：《第二十二条军规》和《夜妈妈》，两部小说的题材都和“二战”有关系，他们两位也都参加了美国军队，上过前线。这两部小说在1961年的问世，揭开了美国文学新的一页。《第二十二条军规》至今都是二十世纪最有影响的小说之一，在出版之后获得了巨大的轰动效应，到今天，每年都在再版，成了美国文学中的经典。而且，“第二十二条军规”还成了一条美国成语。你要是查阅《韦伯斯特大词典》，是这么解释这个条目的：“一种困境，其唯一的解决方法又受阻于困境自身的条件。”它的意思在小说里很简单：作为战斗机飞行员，如果你能证明你有精神病，那么你就可以不用继续作战飞行了，但是，假如你证明了你有精神病，那么又说明你是正常的，你就要必须继续参加战斗，继续飞行。这条悖论使人生的滑稽和荒诞呈现得十分突出。虽然小说带有反战的含义，《第二十二条军规》却不仅仅是一部反战小说，而是一部描绘了二十世纪人类基本状况的小说，从此，它将美国文学带入到一个新的境地。约瑟夫•海勒后来又出版了几部长篇小说，像《出了毛病》（1974）是写一个公司经理阴郁而糟糕的日常生活，他发现，他所在的中产阶级家庭和他所处的社会本身都“出了毛病”。但是，这部小说的深度和广度都不如《第二十二条军规》，它更像是一首低沉而阴郁的叙事曲。他的长篇小说《像高尔德一样好》（1979）则把目光转向了美国政坛，通过一个和美国上层政坛有交往的教授的生活，展现了政治和金钱、知识结合起来的美国现实，映照出美国上层知识分子和政客的空虚和堕落。他还写了长篇小说《上帝知道》（1984），取材于《圣经》故事，讲述了古代以色列大卫王晚年的生活；长篇小说《画这个》（1988）则以古希腊哲学家柏拉图和苏格拉底为主角，描绘了西方文明源头的人的精神状态，对他们进行了重新审视。1994 年，他还出版了《第二十二条军规》的续作《最后一幕》，描述了《第二十二条军规》中的主角尤索林后来经商的情况。他广泛地和美国社会各个层面的人交往，由此展现了宏阔、丰富的美国现实。但是，作品所达到的深度、广度还是社会影响力，这些小说没有一部能够和《第二十二条军规》相比的。

库特•冯尼古特一生一共写了十四部长篇小说和两部自传体小说，还有几本随笔集。他最早的两部长篇小说是《自动钢琴》（1952）和《泰坦族的海妖》（1959），这两部小说都很像科幻小说，《自动钢琴》描述的是自动化的钢琴代替了人对钢琴的演奏，讽刺了“二战”之后机器大工业取代了人工和小手工业的社会现实，将人的价值不断贬低的可能性呈现出来，忧心忡忡地警示我们，未来不见得是美妙的。《泰坦族的海妖》采用了科幻小说的外在模式，描绘人类对遥远的星空不断进行热情的探索，但是，对近在咫尺的人类自身却没有一点兴趣，对待人类的冷漠和对地外世界的热情之间的对比十分鲜明。不过，由于情节上都太像科幻小说了，在题材上又比较边缘，作者的冷嘲热讽插科打诨没有正形，所以没有引起美国读者的注意，大家还以为是一个新的科幻小说家诞生了呢。

而小说《夜母亲》的出版，使人们改变了对库特·冯尼古特的看法。尽管《夜母亲》的影响低于《第二十二条军规》，可是，人们还是看出了这两个作家之间的联系。《夜母亲》是他的第三部小说。这部和《第二十二条军规》出版于一年的小说使美国读者开始认为他是一个严肃的作家，而不再是一个写科幻小说的家伙了。库特·冯尼古特的《夜母亲》讲述的是“二战”期间一个成功打入德国纳粹政权内部的美军间谍的故事。他以反对犹太人的公开身份,通过电台的谈话来传送获取的重要军事情报。最终，这个为国家贡献巨大的间谍，在战后因为当年的公开反对犹太人的言论和身份而被关进了监狱，成了战争和政治的牺牲品，最后，不得不在监狱里自杀了事。小说将人的荒诞处境呈现给我们，表达了存在的荒谬和两难。这就是“黑色幽默”所达到的效果。

科幻小说的糖衣外壳

库特·冯尼古特的大部分小说都有一个科幻小说的糖衣和外壳，他的代表作——长篇小说《猫的摇篮》出版于1963年，这是一部主题严肃的“黑色幽默”小说。这本书的出版，使他一下子成了美国人最喜欢的小说家。要知道，在二十世纪六十年代，从大学校园开始，美国社会正在经历一场社会动荡和生活观念的革命，此书的出版是恰逢其时。这是一本讽喻美国以及人类自身无限信赖科学家和科学技术的作品，展现了科学正在被国家和政府利用的现实，并揭示了科学为毁灭人类自身的战争服务的真相。在美国，刚刚经过了“麦卡锡时代”的保守思想的禁锢与洗礼，这本书的出版获得了思想解放的大学生们的欢迎。它以杰出的艺术构思和幽默的文学表达、以十分锐利思想，带给了二十世纪六十年代激进思变的美国年轻人以深刻启迪。

《猫的摇篮》的故事情节是这样的：一个作家打算写一本书，描述1945年8月6日原子弹第一次使用到人类自己头上的那一天重要人物都在干什么，于是，他开始进行采访调查。小说的叙述者、作家“我”首先想对原子弹之父、诺贝尔奖获得者、科学家霍尼克尔博士进行采访。但是，他发现这时霍尼克尔博士已经死了，留下了三个孩子，大女儿安吉拉、大儿子弗兰克，和聪明的侏儒、小儿子牛顿。作家“我”来到了一家戒备森严的通用锻铸公司，对曾和霍尼克尔生前一起工作的同事进行采访。从主管布里德博士那里，“我”知道了原子弹之父霍尼克尔博士生前研究的最后一个课题，是军方要他发明一种把烂泥变成固体冰块的方法。这种东西十分神奇，只要一小点儿，就可以把沼泽、溪流和烂泥地统统变成坚硬的固体，变成可以通过的平原，从而成为军队顺利行军打仗的保证。布里德博士并不知道，实际上，霍尼克尔生前已经发明出了这种东西，并且给它起了一个名字叫作X—9，但就是在实验X—9的功能时，霍尼克尔不小心把自己也变成了冰块儿。这就是博士的真正死因。接着，叙述人、作家“我”又采访了博士的三个孩子，试图了解原子弹之父的一些真实生活，但是，除了他知道了霍尼克尔从来不读书、对人类这样的生物没有任何兴趣以外，却没有得到别的信息。而科学家的大儿子弗兰克也因为和犯罪集团有牵连，神秘地消失了。接着，鬼使神差，作家“我”被一家杂志派往加勒比海地区的一个岛国圣洛伦佐，去采访在那里建立了一家慈善医院的一个美国富翁。结果，“我”在飞往那里的飞机上，遇到了前往那里参加哥哥弗兰克的婚礼的妹妹安吉拉和侏儒弟弟牛顿。他们一起到了那个岛国，发现，这个岛国被一个叫“老爹”的家伙独裁统治了多年，同时，“老爹”还在追捕一个反对他的宗教组织博克侬教的教主博克侬，准备按照岛国的刑罚，将这个家伙用钩子钩死，而聪明的大哥弗兰克现在竟然是岛国的独裁总统“老爹”喜欢的陆军上将和科学部部长。

在岛国中，“我”悄悄地留心观察所有的细节，逐步地发现了秘密所在。原来，霍尼克尔发明出 X—9 的时候，正好带着三个孩子在科德角的别墅度假，在那里，他实验了一下自己的发明，结果一不小心把自己和一只狗都变成了僵硬的尸体和冰块。X—9 的威力就在于，它可以将任何液体都变成冰块。外出游玩的孩子们回来后发现了这个秘密，他们处理了现场，把剩下的的 X—9 分成了三份，一人一份，放到了保温桶中保存起来。于是，这种比原子弹还要可怕的东西就这样被科学家的三个孩子随身携带着到处乱跑。在圣洛伦佐国，弗兰克正是把这个比原子弹还要可怕的东西献给了独裁者“老爹”，给自己换来了上将和部长的身份。眼下，他负责整个岛国的科学发展和军队建设规划。有一天，“老爹”忽然病了，想把总统的位子交给弗兰克，可是，弗兰克不愿意干，他认为自己没有管理国家的才能，转而推荐作家“我”来当。“我”一开始很犹豫，可是后来，又决定试一试。毕竟，在岛国当个总统也是非常诱人的事情。弗兰克和“我”就商定，要在一次观看演习的活动中正式宣布移交总统的权力。正在这个时候，“老爹”因为误食了 X—9 死亡——他以为这是长生不老的药呢，把自己一下子变成了冰块。在这场准备给“我”加冕的仪式上，一架出了故障的飞机撞到了观礼台上，“老爹”的尸体不慎掉进了大海，大海在瞬间也变成了冰块。接着，整个地球都变化了，所有的液体都变成了冰块，只有一股龙卷风盘旋在几个幸存者的头顶。一出令人恐怖的滑稽戏终于结束了，人类重新进入到了洪荒时代，大地上，只剩下了“我”、弗兰克和侏儒牛顿兄弟，以及教主博克侬等少数几个人，不知道如何面对荒芜的未来。

小说的题目“猫的摇篮”，指的是我们少年时代玩的那种翻绳的游戏。小时候，大人总是用两只手绷着绳子，翻给我们各种形状，其中一个是“猫的摇篮”的形状，可是，里面既没有猫，也没有摇篮，是一片空无。在这部小说里，“猫的摇篮”成了一切骗人把戏和空无的总象征，象征着那些许诺了人类未来美好前景的诺言和科学技术神话，其实都有真和假、好和坏两个方面的问题。这一点，对眼下我们不遗余力地依赖科学技术发展经济，导致环境急剧恶化和资源迅速地被消耗的现实，也是一个很好的提醒。这部小说的构思很奇巧，以科幻小说的外形包着批判现实主义的内核。小说的形式感非常强，用加了小标题的一百二十七个片段的式样，结构成了一部简短而有趣的作品，内部结构精巧。库特•冯尼古特非常喜欢用片段和拼贴的形式来结构作品，他认为，世界再也不是整体的一块了，到处都是支离破碎的，因此必须用这种形式去表现。这一点和唐纳德•巴塞尔姆的观点有些相似。小说的主题是对人类现代科学技术的大发展有可能导致对人类自身造成巨大损害的警示，趣味横生，幽默异常，读起来是饶有兴味的。直到今天，这本书在美国不断地被再版，成为畅销书。

库特•冯尼古特的第五部长篇小说《上帝保佑你，罗斯瓦特先生》出版于 1965 年，小说的开头开宗明义：“在这个关于人的故事里，主要角色是一笔钱；这和在关于蜜蜂的故事里，主要的角色按理总是一摊蜂蜜一样。”小说的主角是美国一家基金会的主席埃利奥特，他掌管着经过了几代人的原始积累和巧取豪夺的家族企业所赚取的大笔资金。但是，自从埃利奥特当上了家族基金会的主席开始，他就决定，要将这些带着罪恶和鲜血的金钱散布出去，他去和社会底层的人为伍，把金钱用于对疾病的治疗和控制、反对种族歧视、反对警察暴行等，但是，大家把他当作疯子，认为他得了精神病，完全不能理解他的所作所为。他像是美国二十世纪的一个堂吉诃德那样顽强、坚韧地和崇拜金钱的社会作战。

长篇小说《第五号屠宰场》（1969）是库特·冯尼古特的一部影响深远的作品，也是他的代表作。十八岁的时候，库特·冯尼古特进入到康乃尔大学学习生物，两年之后正值“二战”决战的最后时期，他参加了美国军队，但是不久就成了德军的俘虏，被关在德累斯顿的一个战俘营里。1945年2月13日，一千多架美军的飞机对德累斯顿进行疯狂轰炸，库特·冯尼古特为了躲避自家的飞机投下的炸弹，进入到一家屠宰场的地下冷库，才幸免于难。这段经历是促成他写出了充满荒诞感和黑色幽默感的作品的真正动因。你想想看，一个美军俘虏躲在冷库里，四周都是被屠宰过的牲畜肉，头顶则是自己人的飞机在扔炸弹，他险些被他们的炸弹炸死，这有多么的荒诞和滑稽！美军轰炸德累斯顿是历史上非常有名的一场战役，是非常残酷的，因为这座城市是德军主要的军火生产地，因此，当美军成功在欧洲大陆登陆作战之后，对德累斯顿的轰炸就成了盟军控制了制空权的象征。最后，这场轰炸导致十三万以上的市民死亡，一座历史悠久的古城几乎被毁灭了。躲在冷库里没有被自己人的炸弹炸死的走出地面，库特·冯尼古特恍惚间觉得自己来到了月球的表面，因为整个城市全部被毁灭了。多年以后，他终于根据这段经历写出了《第五号屠宰场》。小说基本上以他自己的亲身经历作为主线，描绘一个叫比利的人当年躲避开自己人的飞机轰炸而幸存下来，他安全回到了美国，成了一个配眼镜的技术匠人，辛苦谋生，不久，娶了一个富人的丑女儿做老婆，安心过自己平常的日子。但是，战争记忆的残酷影像总是尾随着他，到了二十世纪六十年代，他的儿子又被送到了越南前线参加战斗。1966年的一天，他被从太阳系外的星球飞来的特拉法马多利亚人的飞碟给劫持了，然后，他被带到了那个星球上的动物园里，作为地球动物被展览。当特拉法马多利亚人听了比利讲述自己曾经经过的战争经历和纳粹大屠杀、德累斯顿大轰炸这些事件之后，都惊叹：“地球人是宇宙中最恐怖的生物！”

《第五号屠宰场》在黑色幽默和滑稽荒诞的营造上达到了一个高峰，小说的叙述语调和时间有些颠三倒四，主人公比利似乎丧失了时间的线性感觉，他在自己所经历的任何时间段出现，但是，除了比利记着他所经历的德累斯顿大轰炸的记忆之外，其他的任何记忆都是混乱不堪的，他简直是在时间里自由地穿梭着生活，从而将时间打通，把过去、现在和未来通过主人公比利的经历连接起来，对美国当时的文化特征进行了全面呈现。小说利用一部分科学幻想的材料，用外星人的眼光来看待“二战”和二十世纪六十年代美国越战，既是一部反战小说，又是一部描绘荒诞人生的小说。

库特•冯尼古特的第七部长篇小说是《冠军牌早餐》（1973），继续着他的独特探索。小说有着一系列插图，都是他自己画的，小主角是一个科幻小说作家，他生活在美国，但是这个国家有很多他不能理解的事情。他靠给人安装铝合金门窗谋生，业余时间喜欢写科幻小说到处邮寄。后来，他认识了一个汽车经销商胡佛，胡佛喜欢他的小说，不过，后来胡佛发疯了，打伤了自己的情妇，还咬掉了科幻小说家的手指。最后，这个科幻小说家从他自己所经历的一系列怪诞荒唐、难以理喻的事件得出了一个结论：这个世界是有精神病的。最后，他通过对人的精神病理学的研究成了著名的医学专家，还获得了诺贝尔医学奖。整部小说的叙述风格依旧东拉西扯、指东打西，看上去似乎没有章法，故事情节完全是散乱的，就如同小说中的主人公所经历的这个怪诞和混乱的世界，但是逻辑清楚，主题明确。

库特•冯尼古特的第八部长篇小说《滑稽戏》，又名《不再孤独》（1976）从形式上看似乎完全没有内部稳定的结构，他是信马由缰，想到哪里、思绪到了哪里，就写到哪里。但是，小说所描绘的世界仍旧是美国二十世纪七十年代的社会风貌。在库特·冯尼古特的眼睛里、在他的笔下，社会场景和面貌都变形了，他夸张地将美国当代生活的丰富、复杂和荒诞表现得十分可笑和怪诞。他的第九部长篇小说《囚鸟》（1979）则以一个老犯人的自述来结构作品，将他一生三进监狱的历史，混合了美国二十世纪的很多历史事件，比如 1929 年的经济大萧条、1938 年之后的第二次世界大战、二十世纪五十年代的朝鲜战争、尼克松总统的水门事件，以及二十世纪六十年代的美国性解放等，库特·冯尼古特以一个老人如何经历这些事件，然后不断地被历史事件所伤害的阅历，来说明了个体生命在大历史的风云变幻中的无能为力，同时，继续对美国社会现实进行冷嘲热讽和指桑骂槐。

库特·冯尼古特有着独特的文学观，他认为，小说可以不要有开端、结尾、中心、情节这些老套套，也不需要有故事、道德、寓言和象征这些东西。他认为，眼前的世界是混乱的，是无可救药和无法理解的，因此，他的武器就是讽刺和幽默。因此，他的后期小说大部分都在实践他的这个文学理念，变得更加极端和突出。比如，他的带有自传色彩的长篇小说《棕榈树星期天》（1981）、带有后现代色彩的小说《神枪手迪克》（1982）、有着幻想色彩的小说《加拉坡格斯岛》（1985）等，都带有这些特征。他还有一部长篇小说《蓝胡子》值得重视，小说出版于 1987 年，和童话《蓝胡子》没有互文和戏仿的关系，只是有一点希望读者引发某种联想的意思。小说有一个副题，叫作“拉伯·卡拉贝金的自传”，他借助自传的形式，描绘了一个已经七十一岁的画家的生活。这个画家和作者是某种分身的关系，他希望自己的秘密被永远锁在储存马铃薯的仓库里。但是，一天，一个寡妇闯入了他的生活，于是，他 1916 年到 1988 年的生活经历被揭开了。小说的风格还是片段和零碎叙述，以联想和东拉西扯的方式，描绘了一个亚美尼亚主人公经过了土耳其的种族屠杀后在美国顽强生存下来的故事。关于二十世纪土耳其屠杀曾经亚美尼亚人的历史问题，一直是土耳其当代社会和政权要面临的一个难题。2006 年的诺贝尔文学奖的获得者帕穆克，这些年就因为批判了那些否认这个历史问题的人，而遭到了极端民族主义者的仇视，他们起诉他，甚至威胁要杀害他。库特•冯尼古特的这部小说可以看作是“亚美尼亚人问题”的一个文学回响。

预警毒气的金丝鸟

1950 年之后，库特•冯尼古特就成了职业作家，二十世纪六十年代他开始在一些大学任教，1973 年当选为美国文学艺术院院士。进入二十世纪九十年代之后，库特•冯尼古特的创作力没有丝毫减退。长篇小说《欺骗》（1990）、《时震》（1997），《上帝保佑你，科沃其安大夫》（2000）是这个时期的作品。长篇小说《时震》依旧很精彩，故事情节荒诞不经，实在令人发笑：2001 年 2 月 13 日下午，宇宙自己忽然厌倦了无休止的膨胀和延续大爆炸后的扩张，她决定自我调整，于是，时间和空间立即出现了问题，宇宙开始收缩，时光也倒退到了 1999 年 2 月 17 日。因此，所有的人都要将自己刚刚度过的岁月重新再来一遍，大家连同小说的主人公，一起去经历了这个时代令人哭笑不得的生活。从文体上看，库特•冯尼古特把自传和科幻小说混合起来，很难分清楚两者之间的界限，他尖刻地讽刺了当代美国社会的混乱和拜金主义。在小说中，继续出现了库特•冯尼古特的化身——科幻小说家基尔戈•特劳特，小说里插入了不少这个作者虚构的小说家的小说片段，插科打诨地讽刺和挖苦的，都是当代美国乃至人类社会的通病。小说中的时间也不断地来回穿梭，像弹力猴皮筋一样，作者带领我们在时空中自由往还。

库特•冯尼古特还写有短篇小说集《欢迎你来到猴房》（1968），小说集里的不少小说都有着科幻小说的外形，但是却包含着他对当代社会的批判和讽刺。除了短篇小说，他还写过几个剧本，但是影响远低于他的小说。在如何对待美国社会现实，他显示了激烈的批判态度，称得上是一个左翼思想家。比如，2005 年，他出版的杂文随笔集《没有国家的人》对美国进行了极端的讽刺挖苦。不过，我想，美国正是依靠知识分子对自身的不断批判，才不断地获得了修正自我的机会，从而成为世界强国。那些害怕被批评的政府和当权者，总是虚弱的。我猜测，他自称是“没有国家的人”可能和他的德裔身份有点关系。这个随笔集里洋溢着他关心社会和当下政治的热情，尤其是他对“9•11”之后美国的政策走向和全球战略都提出了激烈的批评，显示了不和统治阶级同流合污的信念与独立人格。在他去世之后，出版商整理出版了他的短篇小说遗作集《回忆中的末日》（2008）和《看小鸟》（2009），依旧获得了读者的欢迎。

库特•冯尼古特的小说大部分篇幅都不大，文法自由，章节和句子都很短小，非常幽默，有爆发力。他的小说看上去的确没有他所说的“开头、结尾、情节、寓言、故事”等，只是一团乱麻和散乱的珠子，而且，小说的内部时间也经常是混乱的，不是按照顺时针方向叙述，但是，你在阅读的过程中会逐渐地形成一个完整的印象，会将他的小说中复杂的情节和多层次的线索理清楚。他的小说讽刺的意味非常浓厚，有一些悲观的调子，但似乎又对未来充满了希望，因为他确信人性中还有一些美好的品质，正是他的这个确信，导致他不断地发出夸张、惊奇、怪诞、滑稽和幽默的笑声来。他不断地提醒我们，世界虽然不像政客向选民许诺的那样一定会变得越来越美丽，但是还有希望存在，还可能有救。不过，他的小说虽然触及到了当代人类社会的很多重大主题，但是，我感觉他有些浮光掠影，有些打滑了，而且，他的幽默和滑稽嘲讽的方式属于绕道走，在力度上和深度上要小很多，不如那些正面描绘社会问题的小说那样有力度。

库特·冯尼古特认为，作家应该向人类发出危险警告，就像矿工带下煤矿矿井的金丝雀能够预警矿坑里的毒气那样。今天来看已经去世的库特·冯尼古特，他的文学地位不仅很稳固，而且还有所上升。他小说的主题非常深广，涉及了战争的残酷、科学灾难、反种族歧视和人的异化以及人类的反抗等，以戏谑和幽默的方式来呈现他的批判，让我们在笑声中不禁又开始了深思。所以，阅读他的小说是一件非常愉快的事情，因为他的小说里充满了“黑色幽默”这种东西，让你总是想发笑。而他揶揄和讽刺的对象，就是人类自己。每个读者都在他这种对人类自身的幽默滑稽的批判当中，了解到了我们另外的一种可怕的处境与命运。

库特·冯内古特是一个非常幽默的人，不仅他的小说写得很幽默，据说，他在送给一些读者的书上签名，在名字字母的中间都要画上一个“米”字符号，使读者大惑不解。对此，他解释说，“这是我的肛门的符号，我把我的肛门画在里面了。”像这样一个毫不拘束、想象力奇特的作家，一个对人类的现状和未来都充满了悲悯情怀和忧患意识的作家，我们应该好好地读一读他。

阅读书目：

《回到你老婆孩子身边去吧》，冯亦代等译，福建人民出版社，1983 年 5 月版

《茫茫黑夜》，艾莹译，浙江文艺出版社，1984 年 5 月版

《重入樊笼》，曹兴治等译，中国文联出版公司，1986 年 7 月版

《猫的摇篮》，陆凡译，陕西人民出版社，1987 年 7 月版

《猫的摇篮》，刘珠环译，译林出版社，2006 年 1 月版

《五号屠场 / 上帝保佑你，罗斯瓦特先生》，云彩等译，译林出

版社，1998 年 1 月版

《冠军早餐／囚鸟》，董乐山译，译林出版社，1998 年 11 月版

《时震》，虞建华译，译林出版社，2001 年 1 月版

《蓝胡子》，陈佩君译，台湾麦田出版社，2007 年 7 月版

《泰坦星的海妖》，台湾麦田出版社，2007 年

《没有国家的人》，刘洪涛译，上海人民出版社，2006 年 9 月版

《猎捕独角兽》，陈信宏译，台湾麦田出版社，2009 年 4 月版

《回首大决战》，虞建华译，人民文学出版社，2012 年 11 月版

《众生安眠》，黄协安译，重庆大学出版社，2013 年 6 月版

《看这儿，照相啦！》唐建清译，重庆大学出版社，2013 年 6 月版

唐·巴塞尔姆：垃圾美学与元小说碎片

（1931—1989）

“后现代派”的标签

我曾经尝试翻译唐·巴塞尔姆的小说，原因是他的短篇小说乍一看去短小精悍，大部分小说也就是中文三四千字的篇幅，容易入手。但是，一动笔，我就立即就感觉到非常困难，因为他的小说知识背景广阔，寓意复杂，还带有机械时代的冰冷气质，语言多义和模糊，有的篇章尽管表面上看去很清晰，可是却十分复杂，充满暗示、隐喻和陷阱。

二十世纪的美国文学，尤其是小说，在二十世纪六十年代之后呈现出爆炸性的发散状态，各种流派、各个族群的文学写作蔚为大观，比如，女性主义文学、黑人文学、亚裔文学、印第安文学、新新闻主义小说、犹太文学、后现代派、简约派、中产阶级文学等各路流派风起云涌，蔚为大观，我觉得，是人类小说的创造性活力由欧洲大陆转移到了美洲新大陆的一个明证。这其中，唐·巴塞尔姆和约翰·巴斯、威廉·加迪斯、威廉·加斯、罗伯特·库弗、约翰·霍克斯、托马斯·品钦等一批作家一起，被评论家贴上了“后现代派”小说家的标签。但是，究竟什么是后现代派，后现代和前现代、和现代主义是什么关系，却是众说纷纭，莫衷一是，他们之间是相反的关系，还是带有时间上的延续性，很难说清楚。我感觉，总体来说，美国的这批所谓的“后现代派”小说家，他们描绘的是人类生活进入到一个新阶段的新状态，是美国的当代社会生活发展到一个新境界的描绘。加之大部分“后现代派”小说家都使用了现代主义各流派的小说技巧，并且在现代主义小说家创造的令人眼花缭乱的文学技巧之上，又进行了更为惊险和复杂的文本实验，开拓出了小说不断生长的新空间，有的甚至不惜将小说引入到死胡同里，来实验小说可能的疆界在哪里，实在是勇气可嘉。

唐·巴塞尔姆 1931 年出生在美国费城一个建筑师家庭，他的父亲对现代派建筑有着十分深入的研究，是德国重要的建筑学流派包豪斯风格的信徒，认为建筑应该尽量削减外在的东西，比如那些繁复的装饰，符号化和象形化的修饰，应该直达建筑的本质，越简单越集中、使用功能越齐全，才是建筑的应有之意，因此，建筑要做减法，而不是做加法。父亲的建筑学理论和观念给唐·巴塞尔姆带来了很大的影响，这在他后来的小说中都有所呈现。在这样一个知识分子家庭长大，唐·巴塞尔姆所受到的文化熏陶十分深厚。据说，十岁的时候，唐·巴塞尔姆就决定将来要当一名作家了。高中毕业后，他在休斯顿大学学习新闻和文学。1953 年，他参军后，还没有来得及上战场，朝鲜战争就停止了，他又回到了大学里继续学习新闻和文学，从卡夫卡到萨特、从法国的新小说派到美国的二十世纪文学，他都进行了精心的研究。他还广泛涉猎了建筑和艺术，成了一个博学的艺术鉴赏家。1961 年，三十岁的唐·巴塞尔姆当上了美国休斯敦当代艺术博物馆的馆长，这算是一个奇迹了。1963 年，他在《纽约人》杂志上发表了短篇小说处女作《人的面孔》，1964 年，他出版了第一部短篇小说集《回来吧，卡拉古里博士》，收录了他的那些实验性非常强的短篇小说。一些评论家立即敏感地察觉到，一个向传统小说发起挑战的现代小说家出现了。他们的感觉是对的，唐•巴塞尔姆后来的确是作为一个向传统小说开刀的厉害角色，出现在美国二十世纪文学史上的，他的意义就在于其不妥协的、尖锐的形式实验，和这种实验背后的文学革新的理念。

唐•巴塞尔姆一生中一共写了五部中长篇小说和八部短篇小说集，不过，他的长篇小说的篇幅都不长，最多算是大中篇。比如，翻译成中文接近十万字的《白雪公主》就是这样。这部小说出版于 1967 年，是唐•巴塞尔姆的代表作。这部小说完全戏仿了格林的童话故事《白雪公主》，但却将原来的故事拆解开来，将白雪公主放到了现代社会中。在现代社会里，过去清纯、美丽、善良的白雪公主变成了一个妓女，还得了性病，七个小矮人则靠贩卖婴儿食品而发了大财；白马王子保罗完全是一个笨蛋，他还失业了，在追寻白雪公主的过程中，掉到了工业废水池的绿色泡沫里，活活淹死了。其他人物也都被他改写成了黑色的人物，带给我们一幅噩梦般的画面。可以说，在唐•巴塞尔姆的笔下，《白雪公主》这个美丽的童话得到了系统的解构，小说中有很多地方用黑体字标明了作者需要强调的内容，却也使得文本本身变得古怪和滑稽，具有强烈的反讽效果。在小说的结尾，是这样描述的："白雪公主屁股失灵，白雪公主重拾童贞，白雪公主羽化登仙，白雪公主腾云升天，英雄们启程探寻一个新的原则，嗨嗨吆。"

《白雪公主》的叙述结构也很有特点，可以说整部小说都是以片段的方式拼贴起来的，这是因为，唐•巴塞尔姆自己说："片段是我唯一信奉的小说形式。"他将片段构成小说的主体，这很像现代建筑观念影响下的盖房子的办法，最终，以拼贴的方式把小说给建立起来了。在唐•巴塞尔姆的很多小说中，他都大量使用拼贴的手法，使看上去完全不相干的文字放在一起，以这种样式来表达世界的混乱和无意义。

《白雪公主》最终以它新颖的表达和锐利的思想与形式感，获得了美国全国图书奖，可见，美国人对他将格林纯真的童话改造成邪恶的现代童话的理解和欣赏。的确，要是在一个不那么宽容的国家里，他对《白雪公主》的改写就像是在犯罪和恶搞了，是很难被接受的。因此，一定会有人问，所谓的“后现代小说”，就是将一切神圣的东西进行亵渎和乱搞、就是将庄严的东西弄得可笑和滑稽、就是将完整的搞成碎片、就是将伟大的东西弄得渺小吗？显然，事情没有这么简单。后现代派小说家的世界观的确发生了变化，他们眼里的世界，已经和卡夫卡、普鲁斯特所看到的世界完全不一样了，比如，在唐•巴塞尔姆看来，眼前的这个世界已经不再崇高和清晰，而是庸俗不堪和很难把握，因此，必须以解构原有的童话的方式，来表现它的本质。初次阅读这部小说，我感觉，在中国的语境中，很容易使人联想起香港的那些搞笑的无厘头电影，比如周星驰的电影。但是，我却觉得，这其中有着本质的不同。唐•巴塞尔姆的小说底色是黑色的，是让你在笑的背后，体会一种现代人的绝望感和悲剧意识。

元小说

在十九世纪的现实主义小说大师笔下，现实如同镜子一样被映照在小说中。最著名的说法来自司汤达，他把小说描述为“携带上路的镜子”，作家只需要把他在路上看到的东西映照在作品中就可以了。

但是，到了二十世纪的现代主义小说家那里，司汤达的“镜子说”就显得过于外在和简单了。从卡夫卡、普鲁斯特、乔伊斯开始，人物的内心宇宙和意识的流动，成为拓展和塑造人物形象的重要手段。然后，到了后现代派小说家那里，光去挖掘和描绘人物的内心映像已经远远不够了，作家们写出了关于小说的小说——也就是元小说，这个元小说概念，是一个特别重要的概念。但是，当元小说诞生之后，我似乎觉得，小说被一些人给带到一个死胡同里去了。很简单，因为，小说最重要的技巧就是虚构，而元小说是一边虚构着故事，一边就告诉你小说就是这么虚构和捏造出来的，这会降低读者的好奇和兴奋感，这就像一个魔术师一边给你表演，一边告诉你，这个魔术是假的，假在哪个地方，然后告诉你他的花招。这很容易使观众在得知了真相之后，既解开了谜团、感到了过瘾，又立即丧失了对魔术本身的崇敬和好奇，不再信任魔术师了，也不再喜欢魔术了。所以，我看到，没有什么元小说是真正成功的，大部分的元小说都堕落到一种文学和文字以及理论的互文游戏里，无法成为真正的经典之作。

不过，唐•巴塞尔姆一向否认自己写了元小说，他说，他对元小说，就是关于小说的小说丝毫不感兴趣。但是，在他的一些短篇小说中，的确有元小说的元素。拆解和拼贴技法的大量运用，反讽的语调和材料的挪用，都很容易让我们看到他故意在展示写作的过程，让我们了解他写作的秘密，因此，作为一个悖论，这一点在他的身上十分矛盾地存在着。

1975年，唐•巴塞尔姆出版了长篇小说《亡父》，这部小说将图与文结合，故事情节晦涩怪异，核心情节是在讲述一个有十九个孩子的父亲去世之后，他的十九个孩子决定埋葬自己的父亲，于是，他们彼此讨论和谈话，商议和争吵，最终无法解决如何埋葬父亲的尸体，因为，他们遇到了一个困难，那就是，面对自己死去父亲的巨大尸体，无法采取任何行动。而在小说中，“亡父”到底死了没有也是一个问题——他忽而活了，忽而又即将死去，忽然，又真正死去了，真的是让人摸不着头脑。唐•巴塞尔姆给我们设置了很多或然性，他根本就不去确定亡父的准确的存在状态。另外，我觉得，“亡父”是一个象征物，但是“亡父”到底是什么东西，很难说清楚。一些评论家认为，“亡父”象征着现代主义文学的死，十九个孩子是包括唐•巴塞尔姆在内的后现代派小说家们，这部小说是批评现代主义的一篇十分隐晦的论文——我看，这种说法完全是牵强附会。阅读这篇小说，我可以明显地感觉到“亡父”是一个象征，象征着巨大的某种存在、秩序、威严和稳固的东西，而十九个孩子则是各自心怀鬼胎的小家伙，充满了叛逆思想。但“亡父”到底是什么，连唐•巴塞尔姆自己都没有说明白。他以如此隐晦的手法来写作，他到底要做什么？我想，还是因为世界观的改变，使他力图从根本上挖掉小说老祖宗的坟头，插上一杆并不确切的新旗帜。

唐•巴塞尔姆在1986年还出版了长篇小说《天堂》，这是他的第三部长篇小说。小说篇幅不大，依旧以冰冷的语调、片段的结构、嘲讽的态度，来透视和展现美国的当代生活，将“天堂”这个词汇赋予了反讽的内涵，使我们看到了混乱和迷惘的美国人的生活和精神世界。紧接着，在1987年，他又出版了一部中篇小说《萨姆的酒吧：一幅美国风景》，和《天堂》有一定的联系。小说以一个酒吧作为固定背景，暗示这家酒吧是当代美国社会的流水席，人们来来往往，酒吧里热闹非凡，但是生活的实质却是乏味和混乱的。在喧闹的生活表象之下，埋藏着对生活的破坏因子。

1990年，在唐•巴塞尔姆去世一年之后，他的长篇小说遗作《国王》出版了。这部小说的篇幅也不大，题材是根据亚瑟王的圆桌骑士们定期聚会并行走天下、匡扶正义的史诗传说，来重新讲述亚瑟王和他的骑士们的故事，仍旧是对经典传说的一种解构的路数，和《白雪公主》有异曲同工之妙，不过，我觉得这部小说的技法、形式和思想，都远逊于《白雪公主》。

垃圾美学

垃圾美学，就是不把崇高当回事的美学，就是信奉垃圾是好东西的美学。这一点，在唐•巴塞尔姆的短篇小说中尤其突出。他一生一共出版了八部短篇小说集，可以说是一个短篇小说的行家里手。除了第一本短篇集《回来吧，卡拉古里博士》之外，他还出版了《无以言表的行径，背离常理的举动》（1968）、《城市生活》（1970）、《愁苦》（1972）、《内疚的欢乐》（1974）、《业余爱好者》（1976）、《节日》（1979）、《一夜间去很多遥远的城市》（1983）等小说集。此外，他还出版了两部短篇小说自选集：1981年，出版了他的小说选集《短篇小说六十篇》，收录了他二十多年来最好的一些短篇小说。1987年，又出版了《短篇小说四十篇》。可以说，在他那篇幅不大的五部中长篇小说中，艺术成就最高的是《白雪公主》，最能够代表他的艺术特点和追求。

我觉得，集中考察唐•巴塞尔姆一生中发表的一百多篇短篇小说，从风格的独特和纯粹性来看，他是可以和海明威、博尔赫斯的短篇小说相比肩的。在这一百多篇小说中，几乎每一篇都有着实验性和独特的形式感。下面，我就他的一些短篇小说略做一些分析：

比如，短篇小说《句子》，长达十页的篇幅就只写了一个句子，在这里，唐•巴塞尔姆将小说最重要的躯干——句子的功能放大成一篇小说，使句子本身等同于小说整体，给我们带来了一种荒诞感和关于句子功效的思考；短篇小说《玻璃山》则由一百个段落构成，而且编了号，从一到一百，描绘一个人想爬到摩天大楼上去的过程，并设想了各种的可能性和结局，来呈现现代人在城市中被异化和渴望挣脱生活樊篱的努力；

《我父亲哭泣的情景》有意模仿了俄罗斯十九世纪那些小说大师的英文译本的风格，由三十五个片段构成，描述了儿子眼中的父亲所经历的可怕现实，带有着滑稽和黑色幽默的色彩；《克尔凯戈尔对施莱格尔不公正》以问答录的形式，将两个哲学家之间的对话变成了对浪漫主义的反讽、对存在主义的清理和陈述；《道歉》，通篇看上去是一篇现实主义小说，是一个弃妇的自言自语，在她的自言自语中，她生活的点滴现实和愁苦的内心世界都呈现了出来，但你又觉得这是一篇深义大焉的意义含混的小说；

短篇小说《欧也妮·葛朗台》则是对巴尔扎克当年那部著名小说的戏仿，以对话摘要的形式，用三四千字的篇幅重构了小说原作，把原来的小说大厦拆解掉，留在我们眼前的，只剩下了一副骨架，这种抽干式的写法，主要在于摧毁传统小说要表达的意义，而强调一种什么也不表达的“垃圾美学”。过去，大量小说为了确立意义而添油加醋、叙述繁复。唐·巴塞尔姆表明，以如此短小的篇幅，就可以将巴尔扎克原来冗长的故事给讲清楚了，传统小说是多么的要不得；《教义问答师》，采取了基督教中常见的解释教义的问答录的形式，一问一答，描述一个在美国社会中无所适从、被生活摧毁的人试图重新从宗教中获得安慰和答案，但是却被问答师的答非所问干扰，变成了对宗教本身的讽刺；《儿子手册》，相当于有二十三条备忘录式的一个大纲，然后，作者逐条进行了阐释，从儿子的角度来解释关于父亲的二十三条备忘条款，将父亲和儿子的关系延伸到任何权威和非权威、前辈和后辈、大和小、强势和弱势的对应关系上。

戏仿是唐·巴塞尔姆最拿手的好戏。短篇小说《丽贝卡》则是对英国女小说家杜莫里埃的《蝴蝶梦》的戏仿；短篇小说《辛伯达》是对《一千零一夜》中的水手辛伯达的重述和滑稽模仿，在这篇小说里，辛伯达已经由一个水手变成了美国当代某所大学的一个教授；短篇小说《歌德谈话录》也是对历史上著名的那本《歌德谈话录》的戏仿，只摘取了几个片段，以非常琐碎的生活细节，解构了当年歌德的秘书所记录的伟大作家歌德的生活；短篇小说《蓝胡子》是对童话《蓝胡子》的戏仿，《圣安东尼的诱惑》是对宗教史上著名的修士圣安东尼的故事的重新讲述，都带有颠覆和黑色喜剧的色彩。

从上述我举例的十多篇短篇小说的内容、形式和情节上来看，唐•巴塞尔姆的小说的实验性和形式感都是最强的，读起来，也都显得有些别别扭扭。因为他自己就声称："我就是喜欢别别扭扭，而且别扭得很特殊。"他的大部分短篇小说都以拼贴、片段的形式完成，戏仿和夸张、幽默和插科打诨，以此来暗示美国当代生活的碎片化、无逻辑、荒诞、垃圾化和毫无意义。另外，由于唐•巴塞尔姆有着深厚的建筑学与现代美术修养，这种修养随时体现在他的小说中。他可以将一些图画作为文本的一部分放进去，有的小说看上去很像一篇建筑学的论文，实际上，这又是一篇小说。除了滑稽模仿，冷嘲热讽也是他最主要的语调风格，他总是引用大量当代传媒上的材料，比如一些报刊上的新闻报道、科技论文、艺术评论等文章，来呈现时代的特殊语言风格，以这些引文来证明时代本身的那种滑稽、混乱和荒诞感。

我最突出的体会是，阅读唐•巴塞尔姆的小说，你要有着充分的准备，因为，你很难再从他的小说里看到完整的故事，他把那些故事都拆开来了，以碎片的形式让它们在文本中自由漂浮，你很难捕捉到完整的印象，也很难看到人们惯常表述的那些基本的情感，唐•巴塞尔姆表述的情感都是冷冰冰的、被抽干了感情色彩的、仿佛复印机在干巴巴地复制着千篇一律的东西一样。他也不喜欢崇高、伟大、整体、繁复、故事、纯洁、宏大这些词汇，他宁愿相信"垃圾美学"，就是看上去是垃圾的东西，实际上却包含了真理。

唐•巴塞尔姆的小说在篇幅上都很短小，如果和博尔赫斯相比较的话，我觉得，博尔赫斯是以全人类的文化材料和书面记忆为基础来写作的，而唐•巴塞尔姆则相对狭窄一些，他所聚焦的，是美国进入到后现代社会的图像和信息化的景象，他要呈现和批判的，是美国当代的现实生活，只不过这种生活显得那么的黑色和了无生气，那么的凌乱和缺乏整体感。博尔赫斯带有玄学色彩，有的小说在表达不可知论，并且，博尔赫斯的小说里没有讽刺，既不冷嘲热讽，也没有激愤，他还属于老派的、温文尔雅的文学绅士。而唐•巴塞尔姆更像是一个坏孩子，一个长大了的怪胎，带着诡异的微笑，阴郁地打量着这个因为物质化而过于贫乏、充满了不可理喻之事的世界，再给予噩梦般的描绘。的确，阅读唐•巴塞尔姆的小说，一般很难给你带来阅读上的欣快感，因为没有一个人喜欢噩梦。但是，他的小说带有的复杂的知识谱系的丰富性，会让一些有耐心的读者获得智力上的乐趣。

戏仿与颠覆：两个同道

尽管唐•巴塞尔姆不希望人们愉快而清晰地阅读他的小说，人们还是接受了他恶作剧般的戏仿和嘲讽，颠覆和解构。唐•巴塞尔姆的写作有两个最重要的方向，一个方向是戏仿，我刚才已经举例子说明了他戏仿了大量文学和文化史上著名作品的片段和故事情节，并赋予它们以隐晦和复杂的当代意义。另外一个方向，就是用黑色幽默和充满了暗示和隐喻的滑稽笔调，来描绘当代美国后现代化的城市生活，对美国社会和美国人的精神进行批判和呈现。而他得到的评价也是截然相反的，表扬他的人认为，他开创了一个美国小说的新时代，批评他的人则认为，他完全搞乱了美国小说，把美国小说引入到死胡同里，出不来了。

我觉得，从美学趣味角度来考察的话，有两个和唐•巴塞尔姆同时代的美国作家可以拿来比较。一个是约翰•巴斯（1930—），他在对经典著作的戏仿上，走得比唐•巴塞尔姆还要远，在长篇小说的写作上取得了更大的成就。1956 年，约翰•巴斯出版了第一部小说《漂浮的歌剧》，描绘了美国二十世纪三十年代大萧条时期的某一天，大家谈论自杀的情况。第二部小说《路的尽头》则描绘了一个大学教授的荒诞和带有虚无色彩的生活。这两部小说还有着明显的现实主义小说的痕迹，情节是连贯的，时间是顺序的，对话是清晰的，要传达的意图也是明确的，只是带有一点黑色的嘲讽和虚无感。1960 年，约翰•巴斯出版了戏仿十八世纪甚至更早的西班牙流浪汉小说风格的长篇小说《烟草经纪人》，这是他创作中的重要转折。1966 年，他又出版了长篇小说《羊童贾尔斯》，这是对神话中的英雄和宗教先知的喜剧性滑稽模仿，是对经典神话的深层次解构。1967 年，他发表了一篇著名的论文《枯竭的文学》，宣布了当代小说的死亡，他认为，小说只有一条路可以走，那就是，戏仿已经出现的经典作品。1968 年，他出版了由十四个短篇小说构成的小说《迷失在开心馆》，以他自己的童年经验来描述美国生活。1972 年，他出版了长篇小说《喀迈拉》，这是一部包括了三个互相联系的中篇小说的作品，在当代美国的文化语境里对西方文明的源头——希腊神话，还有对《一千零一夜》的重新讲述，以新的维度，解释了神话和现实的关系、古代和当代生活之间的关系。小说还获得了当年的美国全国图书奖。1979 年，约翰•巴斯出版了小说《信件》，以七个人互相写信的形式，呈现出美国当代生活的复杂性，也探索了小说形式的边界。这七个人包括作者自己、他过去笔下出现的人物等，小说长达六百多页。不过，后来，他对《枯竭的文学》中激进的观点有所修正，出版了论文《补充的文学》（1979），认为小说的前途仍旧是光明的，因为，人类的生活形态在不断地变化，语言不死，小说仍旧不会灭亡。

1982 年，约翰•巴斯出版了小说《安息年》，1987 年，又出版了小说《潮水的故事》，1991 年，他出版了自传色彩很浓烈的一部元小说《水手的最后一次航行》，将对自我的审视和追忆零散地分布到书中，追溯了他的文学生涯，也回忆了他所经历的时代。同时，小说混杂了二十世纪美国大量的文化信息、航海知识、神话故事、童谣、数学公式、美国历史以及欧洲的其他语言，是以意识流和文体不断变化组成的大杂烩，将写作的秘密一一呈现，带有百科全书的特征，算是比较成功的一部元小说——关于小说的小说。不过，归根结底，这本书是变形的自传。2005 年，七十五岁的巴斯又出版了一部小说《三岔路口》，算起来，这是他的第十七部作品了。小说中依旧出现了大量的隐喻、象征、双关、戏仿、文字和句子游戏等，由三个中篇小说构成了特殊的三联画，将古典文学史上的很多大作家的文本以元小说的形式联结到一起，显示了巴斯旺盛的创作力，以及他对小说创作本身的深入思考。

另外一个与唐·巴塞尔姆构成了呼应关系的作家，是威廉·加迪斯（1922—1998）。1955 年，他就出版了篇幅巨大的小说《识别》，长达九百五十多页，翻译成中文在七十万字左右，小说的主人公是一个善于模仿古典美术大师原作的美国当代画家。小说似乎在向现代主义小说的开山者詹姆斯·乔伊斯致敬，语言深奥，充满了实验精神，以一个画家的经历完成了对美国梦的瓦解。几年之后，在二十世纪六十年代那个风起云涌的年代，这本小说才大热起来。1975 年，他出版了第二部小说《小大亨》，主角是一个十二岁的小大亨，这个家伙很善于在美国当代社会的各种法律和条文的框框中钻空子，大搞投机和商业欺骗，获得了巨大的成功。小说篇幅也很大，在六十万字以上，以超过一百个人的说话、对话和自言自语构成，小说中充斥着无比混杂的声音，象征着当代美国生活已经被各种声音所包围，成为反映美国当代资本主义高度发达的社会状况的一本杰作。

威廉·加迪斯很喜欢探索小说中的说话和声音，他生前一共出版了四本书，除了上述两本巨著，他还出版有《木匠的哥特式小说》（1985），这是一部用不连贯的对话构成的实验性很强的小说，主要是探讨美国人的婚姻生活。他的最后一部小说《诉讼游戏》出版于 1995 年，小说长达六百页，主人公是一位大学教师，小说以他和别人的对话、潜对话来揭示表面上被各种法律条文所限制的美国社会的真实状况，法律的术语、条文、规则、案例是小说最主要的骨干。我想，威廉•加迪斯主要是想以美国当代法律自身的语言和声音，来呈现美国这个法律社会中人们日益复杂的、神思恍惚和迷惘的精神世界。在他去世之后，2002 年，他的遗作《爱裂》被整理出版了。可以说，威廉•加迪斯以他厚实的五部长篇小说，加深了唐•巴塞尔姆、约翰•巴斯的对美国社会的另类批判与呈现。这三个作家在美学趣味上互相呼应，共同构成了美国后现代派文学一种奇特的景观，创造出一种新的美国小说。

阅读书目：

《白雪公主》，王伟庆译，花城出版社，1992 年 9 月版

《白雪公主》，周荣胜等译，哈尔滨出版社，1994 年 10 月版

《唐纳德•巴塞尔姆短篇小说集》英文版，中国对外翻译出版公司，1992 年 2 月版

《白雪公主后传》，虞建华译，上海译文出版社，2005 年 3 月版

《路的尽头》，王艾等译，中国社会科学出版社，1992 年 8 月版

《曾经沧海》，吴其尧译，译林出版社，2002 年 5 月版

《枯竭的文学》，广州博尔赫斯书店，1996 年自印本

《喀迈拉》，邹亚译，上海译文出版社，2005 年 10 月版

《小大亨》，朱列等译，译林出版社，2008 年 11 月版

《The Recognitions》(英文版)，美国企鹅出版社，1993 年版

玛格丽特·阿特伍德：加拿大文学女王

（1939— ）

“可以吃的女人”

对于我们来说，加拿大是一个遥远的、比美国还远的地方。她在美国的北部，看上去，大部分国土似乎终年都被冰雪覆盖，寒冷异常。如果你还没有去过那里，不用发愁，你可以通过阅读这个国家的作家的作品来了解她。

一直到二十世纪五十年代，作为一种独立的加拿大现代文学，似乎都很不起眼。但是，在二十世纪后半期，加拿大小说家在美国文学的巨大阴影之下顽强地显露出他们的身姿。其中，玛格丽特·阿特伍德和艾丽斯·芒罗这两位女性小说家，可以比肩任何同时代的美国作家了。她们中间，艾丽斯·芒罗是一位短篇小说大家，发表有数百篇短篇小说，玛格丽特·阿特伍德则是一个真正的多面手，她以宏大的视野和细腻的笔调，改写了北美洲文学的版图。如今，年届七十岁的她已经出版了四十多部各类著作，包括十二部长篇小说、十多部诗集，还有多部短篇小说集、随笔集和文学评论集，因此，玛格丽特•阿特伍德被誉为“加拿大的文学女王”是当之无愧的。

1939年，玛格丽特•阿特伍德年出生于加拿大渥太华，她父亲是一位生物学家，喜欢研究各类昆虫，她的母亲是一个营养学家。我想，这样一个家庭出身，对造就一位杰出作家来说，并没有什么特别的地方。那么，为何玛格丽特•阿特伍德能够成为二十世纪后半段最好的加拿大小说家呢？首先，玛格丽特•阿特伍德从小就喜欢阅读，五岁的时候，她就阅读了格林兄弟的童话集。童话因素后来成为影响她的作品风格的重要因素，她自己也承认了这一点：“我一生最经常读的书，就是《格林童话》，我三十七年来一直在读这本书，从头读到尾，或跳着读，断断续续地读。”在她的童年岁月里，主要是父母亲指导她进行阅读。1946年，她跟随父母亲迁居到多伦多，开始在约克学校的杜克分校上学。七岁的时候，她以一只蚂蚁为主角，写了一些诗歌和一篇小说。这是她最早的文学开始。1957年，十六岁的玛格丽特•阿特伍德进入多伦多大学维多利亚学院学习英语文学和哲学，她的老师中间有一位著名的神话原型文学理论的倡导者诺•弗莱教授，她从他那里获得了不少的教益。1961年，她大学毕业，在这一年，她自费印刷出版了第一部诗集《双面的普西芬西》，随后，她到美国哈佛大学攻读文学硕士学位，在1967年最终获得了哈佛大学的文学博士学位。后来，她就一直在加拿大和美国的一些大学里担任教师和驻校作家。

很多小说家最初都是从诗歌写作走进文学殿堂的。在她的第一本诗集《双面的普西芬西》中，那种带有超现实主义风格和女性的敏感的诗句，已经使人看到了她可观的未来。1966年，她又出版了第二本诗集《圆圈游戏》，这本诗集在1967年3月获得了加拿大的最高文学奖——总督文学奖，这对时年二十七岁的玛格丽特·阿特伍德来说，是一种巨大的鼓励。1968年她又出版了诗集《那个国家的动物》，将加拿大的寒冷、偏僻、美丽、粗犷的大自然写进了诗篇中。之后，她就开始写小说了。1969年，她出版了自己的第一部长篇小说《可以吃的女人》，小说获得了非常好的评价。《可以吃的女人》的主角是加拿大一个受过很好教育的年轻女人，表面上看，她一切顺利，事业发展和爱情生活都波澜不惊，但是，她的内心却很焦虑，尤其是对自己的婚姻，更是感到恐惧和害怕，以至于后来进食都变得困难了。在婚期即将来临的时候，她给自己烤了一个形状像女人的大蛋糕，把它献给了丈夫，表示要和自己的过去断裂开来，于是丈夫有些莫名其妙地吃掉了那个他新婚妻子身形的巨大蛋糕，这个女人从此也进入到一种新的生活形态里，因此，“可以吃的女人”是小说中的一个核心的意象。这部小说带有浓厚的女性主义思想意味，刚好和二十世纪六十年代后期在北美洲闹得越来越凶的女性主义和女权主义浪潮相配合，因此，今天看来意义非凡。我把这部小说看作是玛格丽特·阿特伍德自己的精神自传，她实际上书写了她作为女性即将进入婚姻之中的精神困顿。不过，我作为一个男性读者，读这本小说的时候，我总是觉得她写得有些矫情和夸大其词。我一向支持较温和的女性主义，反对女权主义者——那些疯女人试图将这个本来就很疯狂和混乱的世界搞得更加糟糕了。不过，《可以吃的女人》这部小说在写法上有新颖之处，很注重结构，这在玛格丽特·阿特伍德的所有小说中都很明显。小说一共分为三个部分，第一部分是第一人称叙事，到第二部分则变成了第三人称叙事，由隐藏起来的作者出面进行全知全能的讲述，到了第三部分，则又变成了第一人称，叙述者重新变成了女主角，这种叙述角度的不断变化使小说能够从不同的侧面、从外部和内部反映女性微妙和复杂的内心世界，显示了玛格丽特·阿特伍德自觉继承现代主义小说技巧并融汇了女性的直觉、勇于创新的能力。

对于玛格丽特•阿特伍德来说，这个阶段既是她创作的第一个阶段，也是长袖善舞的时期，她在诗歌、小说和文学评论的写作中收获都很丰厚：1970年，她出版了两部诗集：短诗集《地下程序》和叙事长诗《苏姗娜•莫迪的日记》。短诗中，她似乎继承了奥登以来的英语诗歌传统，并且将法语诗歌中的超现实主义风格带入到语言里，对日常生活下面隐藏的习惯性力量做了精确呈现。长诗《苏姗娜•莫迪的日记》可以和她的小说《可以吃的女人》相对比着阅读，书写了一个女性在表面的日常生活和隐蔽的内心世界之间的巨大裂隙。1971年，玛格丽特•阿特伍德再接再厉，又出版了诗集《权力政治》，以女性意识和诗歌的凝练，表达了对性别角色、社会权力结构和女性社会地位的看法。这是她尝试将宏大的社会性主题融合到诗歌中的一次成功努力。

1972年，她出版了在加拿大影响深远的文学评论著作《生存：加拿大文学主题指南》。这本文学论著着重自加拿大文学诞生之后，她的生存意识和精神的确立和主角地位。她认为，代表美国精神的是一种拓荒精神，代表英国精神的是一种岛屿精神，也就是向海洋要边界的拓展意识，而代表加拿大精神的，则是一种生存意识和生存的精神，因为，长期以来，加拿大都是一个地广人稀的蛮荒之地，因此，在这里，生存就成了所有人和动物的第一要义，这种精神既渗透在加拿大人的生活中，也贯穿在加拿大文学史上所有的文学作品中。在这本论著里，她旁征博引，深入浅出，从很多加拿大作家的笔下，找到了与大自然和生存主题有关的大量例证。可以说，正是由于这本书的出现，才正式确立了加拿大文学现代文学的特性，确立了加拿大文学作为一种独立的文学地域的存在，玛格丽特•阿特伍德功莫大焉。

“跳舞的女孩们”

由于第一个阶段的四面出击，玛格丽特•阿特伍德在加拿大文坛上声名鹊起，很快，她就进入到创作力爆发的时期，也就是她创作生涯的第二个阶段。在《生存：加拿大文学主题指南》出版的同一年，她还出版了第二部长篇小说《浮现》。

《浮现》是一部篇幅不大的长篇小说，用的是第一人称叙事的手法来结构作品的。但是，在小说叙述的内部时间上，玛格丽特•阿特伍德做了时间的压缩——小说内部的叙述时间只有几天，完全是通过女主人公的内心联想和独白，以及意识的流动，“浮现”出主人公所度过的几十年的回忆，以及和她相关的人物命运。小说中的女主角前往寒冷清净的加拿大魁北克地区的一个偏僻的乡村，去那里寻找自己失踪的父亲，和她同行的有好几个朋友。在湖畔居住下来，她在寻找父亲的几天时间里，发现了父亲留在木屋里的很多蛛丝马迹。过去，她很少去体察父亲的生活，现在，她开始探察父亲的心灵世界，同时，魁北克地区壮丽的风景使她震撼，她也渐渐地进入到父亲崇尚大自然之美、热爱大自然、与自然和谐的精神世界里。在寻找父亲的几天时间里，她的好朋友、被大都市文明影响和异化的大卫与安娜夫妇的表现，让她失望和忧虑。后来，她发现，父亲在这里所做的事情是去描摹湖边的古代岩画，最终，她发现了父亲沉落湖底的尸体。在找到父亲尸体的同时，她似乎明白了现代都市文明对人性的扭曲。她决定，不和大卫夫妇一起返回大城市了，而是留在魁北克的那个湖畔小岛上，去寻求一种更贴近大自然的生活方式。小说的主题显然是亲近大自然、反对工业文明的扭曲人性和毁坏自然环境，这个主题尖锐而清晰，并不断地以回旋的方式出现在她后来的作品中。

玛格丽特·阿特伍德一直坚持写作诗歌，成为她的和小说写作并驾齐驱的文学表达，值得我们认真关注。按说，从诗歌进入文学殿堂的小说家后来凭借小说暴得大名之后，很少再写诗了，可是，玛格丽特·阿特伍德是一个特例。1974 年，她出版了诗集《你很幸福》，诗风亲切生动，表达了她作为新嫁娘从婚姻里感受到的美好和喜悦的心情。1976 年，她还出版了《诗歌选集》，收录了她早期的上述多部诗集中的精粹之作，算是一个阶段性的总结。

在 1976 年，她还出版了自己的第三部长篇小说《神谕女士》。她花了整整两年的时间，来写作这部小说。《神谕女士》仍旧是一部探讨女性精神世界和生存状态的作品，这是玛格丽特·阿特伍德一生所重点关注的文学主题。主人公叫琼·福斯特，小说以第一人称的叙述角度，让她自己讲述她作为一个女性的整个成长的历程：她的少女时代、她的爱情和婚姻、她在加拿大社会寻求个人独立的事业追求等，描绘出一个试图不断逃离和躲避社会外部烦扰的女性那敏感而脆弱的心灵世界。后来，在朋友的帮助下，琼·福斯特甚至为自己安排了一次溺水假死的事件，自己偷偷跑到意大利躲避了起来，而她的一个朋友却被警察认为是杀害她的凶手而被捕了，背了黑锅。此时，琼·福斯特必须再次现身，才能证明帮助她逃跑的那个朋友的无辜。最终，她出现在警察面前了。小说得出结论，一个女性如果企图躲避和逃跑承担女性角色，在现代社会里是非常困难的。从叙事的风格上讲，这部小说带有轻松的喜剧效果，在文本的形式上戏仿了英国早期的浪漫主义小说，在结构上，以现实和回忆交织的手法，将小说内部的时间进行了自由的伸缩处理，空间很大，是一部成功的作品，也进一步奠定了玛格丽特·阿特伍德在北美文坛上的地位。

她的短篇小说写得也很好，我觉得，和擅长写短篇小说的艾丽斯·芒罗相比，她只是略微逊色一点，主要是因为产量太少了。1976年，她出版了短篇小说集《跳舞的女孩们》，里面一共收录了十五个短篇小说，从女性经验和视线出发，广泛地探讨了女性成长中遇到的问题，内容涉及了强奸、婚外恋、肥胖问题、分娩等女性特殊的现实存在和遭遇。在小说的叙述风格上，很有节制力，在形式上采用了丰富的现代主义表现手法，几乎每一篇小说的叙述角度和结构方式都不一样，将写实手法、内心独白、电影蒙太奇的运用结合起来，表现出现代社会中女性越来越复杂的内心世界和她们要面对的由男人所主导的外部世界时的各种心态。这本书还获得了“加拿大优秀短篇小说奖。”当然，她的创作成就主要体现在长篇小说上。她的第四部长篇小说是《有男人以前的生活》（1979），讲述了一个三角恋的家庭悲剧，采用了多个主人公进行叙述的手法，使小说形成了多声部的声音，带有结构现实主义的实验痕迹。小说呈现了当代加拿大一个中产阶级家庭的生活是如何在道德伦理日益滑坡和恶化的年月里逐渐破损和崩溃的过程，内容涉及了婚姻的疲倦、夫妻的背叛、通奸、自杀等。小说中最有趣的地方，我觉得是作者把主人公安排为在安大略皇家博物馆工作的职员，而博物馆中有很多来自加拿大荒野上的人类史前遗留物，以那些遗留物来映衬当代加拿大中产阶级家庭的复杂生活，现代文明和古代文明通过博物馆这个中间介质连接到了一起，形成了浓厚的反差和反思的气氛。在小说中，中产阶级家庭不仅内部有冲突，在外部的世界里，种族、多元文化、男女性别和阶层矛盾纷纷呈现，在小说里都得到了丰富的呈现和表达。

玛格丽特•阿特伍德是一个全能作家，她能够不断地拓展自己的写作空间，在出版一部长篇小说的间隙，她往往要出版诗集、随笔评论集和短篇小说集。她早年深受童话影响，她也很喜欢为孩子写点什么。1977年，她出版了《反叛者的日子，1815—1840》，以通俗易懂的方式，给孩子们讲述加拿大历史上的风云事件。1978年，她出版了一部带有童话色彩的儿童故事《在树上》。短篇小说集《黑暗中的谋杀》（1982）则将一些耸人听闻的当代刑事案件作为素材创作而出，《蓝胡子的蛋》（1983）是从著名的童话《蓝胡子》中吸取了营养，带有自传色彩，隐蔽地描绘了她的家庭环境带给她的一些影响。

玛格丽特•阿特伍德的第五部长篇小说《肉体伤害》出版于 1981 年。和她前面的四部小说一样，这部小说的主人公仍旧是一位女性，不同的是，小说的地理背景发生了变化，不再是加拿大了，而是转移到了加勒比海地区的一个虚构的国家，叫作圣安托万。女主人公是一个女记者，在她很小的时候，父母亲就离婚了，她是在只有母亲和外祖母的女性家庭里长大的。后来，她结婚了，但婚姻却失败了，她还得了乳腺癌，切除了半边乳房。这种生活上的接连打击和挫折使她意志消沉。于是，女记者前往那个正在进行选举的加勒比海岛国采访，却卷入了当地的政治事件，在政治动荡中，在一系列的误会和纠缠中，她被当成了间谍而关进了监狱，最后，是加拿大的外交人员出面才将她营救出狱。小说探讨了女性从婚姻、家庭、肉体上和外部世界的政治、历史等多个方面所遭受的伤害，将当代女性存在境遇的复杂性展现给我们。小说的叙述方式采取了将女主人公的现实处境和她的内心活动对比的手法，以结构上的两个层次建筑起小说的复调特征。

“小说是对社会的监护”

玛格丽特•阿特伍德是一个社会责任感很强的作家。在她创作的第三个阶段中，这一点表现得尤其明显。她的第六长篇小说是《使女的故事》，出版于 1985 年，带有一些科幻小说的色彩，但是却具有相当的现实批判性。这部小说是关于人类未来前景的，写这部小说的时候，她曾经在一次演讲中这么说：“小说创作是社会道德伦理观念的一种监护，尤其是在今天，各种有组织的宗教活动肆虐横行，政客们已经失信于民。在这样一个社会，我们所借以审视社会一些典型问题、审视我们自己以及我们相互之间的行为方式、审视和评判别人和我们自身的形式已经所剩无几了，而小说则是仅剩下的少数形式之一。”通过她的这段话，可以看出，玛格丽特·阿特伍德相信小说的社会功能和介入现实的能力依旧强大，她像过去关心女性问题那样，开始以更大的视野关注自然环境和政治与现实问题了。

在《使女的故事》中，玛格丽特·阿特伍德虚构了一个可怕的未来：美国已经被一伙极端宗教分子控制和改造，并成立了一个叫基列的共和国。在这个国家里，对《圣经》的崇拜达到了亦步亦趋的地步，完全是按照原教旨的思想来控制人民。而每个家庭外部的威胁，诸如环境污染、核废料散布、社会动荡与道德堕落，都一步步逼来。在这样的社会里，女性则退步到只能在家庭里活动，成为男人的生育和泄欲的工具。比如，“使女”就是一种特殊的女性群体，她们的功能主要是给基列共和国的上层人物繁衍后代，她们存在的意义，说白了，就是她们有子宫和阴道。说到这里，我想大家都明白了，这部小说描绘了未来女性生存方式的一种可能性，玛格丽特·阿特伍德把对当代社会的女性问题的探讨，延伸到未来社会里去继续进行了。小说的结尾是开放性的，一个企图反叛的使女有两种命运：她也许被抓了，即将遭到惩罚，也许，她真的逃脱了，但是，她又能逃到哪里去呢?

小说带有着某一类科学幻想小说所经常描绘的未来社会那令人窒息的黑暗性质，也没有给我们指出一条光明之路。但是，我觉得，整个小说的叙述和结构都非常有特色，是以现在进行时的状态，来描述未来发生的故事，第一人称的叙述使读者有一种小说的故事发生在当下的感觉，读者可以和书中的人物一起经历未来。小说涉及的当代社会问题和女性问题都非常尖锐——社会环境和生态环境双重恶化、极端宗教组织和原教旨主义肆虐、恐怖主义崛起、邪教盛行、环境保护面临困境，因此，人类面临着前所未有的挑战。可以说，《使女的故事》属于延续了《一九八四》《我们》和《美丽新世界》那样的“反面乌托邦”小说的传统，是这个传统的最新成果，它的出版在当今时代里恰逢其时，起到了警示当代人的作用，是一部忧患之书。另外，在小说中，玛格丽特•阿特伍德抖搂出来的各门学科的知识非常庞杂，显示了她的博学多才和学者化的倾向。有人统计说，这部小说涉及了文学、艺术、圣经学、生物学、电子技术、遗传学、心理学、互联网络、经济学、历史学、医学等各个领域。小说在市场上很成功，不仅成为畅销书，还进入到英语“布克小说奖”的决选名单里，获得了美国《洛杉矶时报》小说奖、英联邦国家文学奖，还使作者再次获得了加拿大最高文学奖“总督文学奖”。

玛格丽特•阿特伍德的小说写作越来越得心应手和驾轻就熟了。她的第七部长篇小说《猫眼》出版于 1988 年。这是一部可以和弗吉尼亚•伍尔芙的杰作相媲美的小说。小说的主人公是一位女画家，她在一次回家乡举办画展的时候，回忆起自己多年来和朋友、父母、男人之间的关系，以女性成长的经历和视角，展现出了一幅由个人史、回忆和联想所组成的斑驳画面。小说一共有十五章，每一章的题目都是一幅女画家的作品的名字，也是对小说中人物的命运、人生所处的阶段的一种暗示。从小说的结构上讲，其内部有两个层次的叙述时间，一个是现在时，功成名就的女画家回到了家乡举办一个画展，然后，她在不断地回忆，由此进入到小说的过去时，也就是小说的第二个时间层次，将她和女伴们、男人们、亲戚们错综复杂的关系和命运都呈现了出来，以大量的自由联想、下意识和内心独白，表现了一个女性的精神世界，称量了成长中的痕迹：死亡、性、男人、爱情、婚姻、成功、父母亲这些要素在她生活中占据的比重。小说的最后一章，也就是第十五章，是小说全篇的统摄和总结，这一章的名字叫“猫眼”，猫眼指的是一种漂亮的蓝色玻璃弹子，是女主人公少女时代的爱物，她在家乡找到了它，她通过它看到了这么多年来她所经过的全部生活。小说的叙述风格细腻动人，在呈现女性和女性、孩子和父母、男人和女人的关系上都非常精妙。我觉得，在某种程度上，玛格丽特•阿特伍德是弗吉尼亚•伍尔芙的绝佳传人，在女性视角上有更上佳的表现力，她在开掘人物的精神深度上，比弗吉尼亚•伍尔芙更加宽阔。在《猫眼》获得了成功之后，她在下一部长篇小说出版前的四年时间里，出版了很多著作：儿童小说《安娜的宠物》，讲述了一个女孩子的成长烦恼；三部诗集中，有两部是新作结集——《发掘一组往事》和《蛇的诗篇》、一部诗歌选集《诗歌选集二：诗选和新诗 1976—1986》,收录了十年时间里她自认为的代表性作品。此外，她还编辑了《牛津加拿大英语诗歌选集》《加拿大文学名家食谱大全》《牛津加拿大英语短篇小说选》《最佳美国短篇故事》等等，显示了她旺盛的文学创作、鉴赏和编辑能力。在 1991 年和 1992 年，玛格丽特•阿特伍德还接连出版了两个短篇小说集《荒园警示录》和《好骨头》。《荒园警示录》收录了以加拿大独特的地理环境为背景的短篇小说，主题是环境保护、人与动物、人与自然的关系。《好骨头》则是一部形式看上去很混杂，但是大都和当代加拿大日常生活有关的系列短篇，一些小说带有戏谑和喜剧色彩，另外一些小说则直接取材于社会新闻。从语言上说，她的短篇小说能够精确地描绘细节，还能够像海明威的短篇那样简洁生动，实践了她的“小说是对社会的监护”的理念。

她的第八部长篇小说《强盗新娘》出版于 1993 年。小说讲述了四个女人的故事，其中三个是成功的中产阶层女性，有历史学教授、商人、店员等，她们因为另外一个经历复杂的下层女性而把各自的生活联结了起来，呈现出一幅有趣的关于女人生活的画面，仿佛是四个女人手拉手，在跳一种女人形成的圆圈舞蹈一样。在小说中，还表现出与主人公有关的各种矛盾，比如，尖锐的两性关系、种族冲突和歧视、战争带给主人公的内心阴影等。和玛格丽特•阿特伍德的不少讲究结构和叙述的小说那样，这部小说采取了多个视角来讲述，让每个女人现身说法，使每个人的讲述都互相映衬、斑驳陆离，真的是四个女人一台戏。根据玛格丽特•阿特伍德自己的说法，写这部描写四个女人和进入她们生活的其他人的小说，其灵感来自塔罗牌——一种绘有人物并能够演绎出故事的扑克牌，因此，人物的命运带有偶然性和开放性的神秘结局。我觉得，在她整个小说创作的序列里，《强盗新娘》是中等水平偏上的作品，它在继续探讨女性在当代社会中存在的各种问题，和她们的选择背后的无选择，但是主题重复，技巧也谈不上多么的新奇，只是比较好看而已。

玛格丽特•阿特伍德的第九部长篇小说《别名格雷斯》出版于 1996 年，这使她保持了每三四年就出版一部新小说的速度。这部小说使玛格丽特•阿特伍德实现了一次对自己的超越。这是一部带有浓厚的后现代色彩的小说，也是一部历史题材的小说，以加拿大历史上著名的、发生于 1843 年的一次女仆谋杀雇主的案子为素材，讲述历史中的女人的命运。小说交替采用了第一人称和第三人称的方式叙述，有的章节还插入了其他的情节，有的章节则由一些书信构成,有的章节是对话,有的章节则是主人公的内心独白，技巧上最为丰富和成熟。玛格丽特•阿特伍德写这样一部历史小说，还是想从一个发生在十九世纪的扑朔迷离的女性犯罪的案件，来讲述女性在特定历史环境里的悲惨命运，以二十世纪的视线来重新打量那个历史时代的气氛，以一个历史中的女仆的命运来呈现女性的反抗和奋争。小说中的结局和历史事件一致：最终，那个女仆获得了大赦，还和一个爱她的男人成立了一个美满的家庭。

“为什么写作？”

玛格丽特·阿特伍德的后期写作进入到化境了。她第十部长篇小说是《盲刺客》出版于世纪之交的2000年，是她最重要的一部小说，出版之后，终于使她摘得了当年的英语文学最高奖“布克小说奖”。此前，她几次入围都功亏一篑。

《盲刺客》也是她所有的小说里篇幅最长的，约合中文五十万字。小说内容丰富、结构复杂、叙述精巧，采取了俄罗斯套娃式的一环套一环的叙述方式，大故事套着一个小故事，小故事里又套着一个更小的故事，来抽丝剥茧，进行层层的叙述。小说以艾丽斯和劳拉这姐妹俩的人生命运作为主线，表现了二十世纪加拿大人的历史和日常生活与情感世界的画面。小说里的时间跨度有六七十年，在小说刚开始的时候，女主人公、姐姐艾丽斯已经是八十多岁的老人了，她回忆起和自己的性格完全不同的妹妹劳拉的叛逆生活，这是小说的第一条时间线索和叙述层次。妹妹劳拉最终自杀身亡，这带给了她无尽的思念。在回忆中，艾丽斯的脑海里不断地重现当年所有的场景，她和妹妹劳拉一起成长的细节和故事，就成了小说的第二个时间线索和叙述层次，此时，其他次要人物也纷纷登场；小说的第三条时间和叙述的线索，是劳拉发表的一部小说《盲刺客》的故事情节，作为一个插曲故事套在里面，是小故事里面更小的一个故事。于是，整部小说就这样将多重的讲述、多个层面的时间叠加在一起，创造出一种非凡的艺术效果。而且，在小说的叙述过程中，玛格丽特·阿特伍德采用了报纸拼贴、时空倒错、意识流、对话与潜在对话等很多现代主义小说的表现技法，多层次地挖掘人物复杂的内心，在一个悲剧性的人生故事之外，还以结构的美、语言的美、女性细腻感受的美来打动我们。可以说，这是她的全部作品中最厚重的一本。我想，如果有一天玛格丽特·阿特伍德获得诺贝尔文学奖了，那么，这本书肯定是被重点提及的作品。

一个好作家一定是要不断地突破自我，尝试自己的各种可能性的。玛格丽特•阿特伍德也是这样，她似乎有着多重面孔，她从来都不愿意重复自己，她往往在写完一部历史的、当代题材的小说之后，必定要来一个华丽转身，进行新的题材的探索。玛格丽特•阿特伍德的第十一部小说《羚羊与秧鸡》出版于2003年，和她的《使女的故事》一样，这是一部带有科幻小说色彩的“反面乌托邦小说”。我们知道，科学幻想小说是一种大众通俗性类型小说，一般以某类科技知识为基础，讲述发生在未来社会里的幻想故事。一般的科学幻想小说文本不怎么讲究语言、形式、结构等等小说艺术手法，在艺术上比较粗率。但是，在整个二十世纪的大作家中间，有几个人以科学幻想小说作为外壳创作的作品，却突破了旧科学幻想小说的局限和窠臼，比如，英国女作家多丽丝•莱辛的系列长篇小说五部曲《南船星座中的老人星》等，讲述了银河系的故事，展现了人类的未来可能性；卡尔维诺的短篇小说集《宇宙奇趣》是想象力加现代科学知识的完美结晶。玛格丽特•阿特伍德创作的《羚羊和秧鸡》这部小说，说的是在未来的某个年代，人类发明的高科技已经完全控制了整个世界的故事。主人公“秧鸡”是一个可怕的、在网络时代长大的生物天才，他创造了一种病毒，企图毁灭人类，又培育出一种摆脱了人类所有缺陷的“羚羊”人，当有缺陷的人类毁灭之后，地球上就剩下了“秧鸡”和“羚羊”，而他们面对的世界，却更加可怕。小说描绘了生物科技、医药科技和其他高科技的发展，可能会给人类带来一种毁灭性的打击，以此警告我们，要想有真正美好的未来，必须要改变我们现在的生活方式，对科学技术的发展进行审慎的控制和约束。

玛格丽特•阿特伍德的第十二部长篇小说，是一部神话原型小说，叫作《珀涅罗珀》，出版于2005年。这是英国一家出版机构邀请全球一些作家创作“重述神话”、讲述自己民族神话的一次尝试，有些命题作文的味道，中国作家苏童、李锐、阿来、叶兆言也参加了这个项目。小说《珀涅罗珀》取材于希腊神话《奥德赛》。在神话中，奥德修斯征战特洛伊之后，回家的旅程竟用了二十年的时间。在这二十年的时间里，奥德修斯的妻子珀涅罗珀对丈夫忠贞不渝，一边操持国务，一边抚养儿子，等待丈夫的归来，同时，还要不断地面对很多求婚者的骚扰。最后，她等回了丈夫奥德修斯，奥德修斯和成年的儿子一起杀死了那些求婚者，他们一家人重新幸福地生活在一起。即使是“命题作文”，玛格丽特·阿特伍德也显示了她的技高一筹。首先，她采取的叙述视点就很独特，是从珀涅罗珀的十二个后来被吊死的女仆的角度来进行讲述，而奥德修斯一家人则不是叙述的主角；其次，中间还穿插了诗歌片段，很像是十二个女人共同演唱的一出叙事歌剧，她们的独白互相映衬、互相补充，将神话中的珀涅罗珀的形象，以十二个女人的讲述牢固地树立了起来，是一部精到之作。不过，玛格丽特·阿特伍德的小说也有缺点，就是有的小说我觉得写得有点“甜”，就是比较女性化的那种矫情的感觉。但是她的大气和宽阔，又掩盖了她的甜腻腻。

玛格丽特·阿特伍德的最新随笔集《帐篷》出版于2007年，以断片思考的方式，结构了一个卓越的女作家对当代社会的露珠般的智慧思考。此外，她还出版有随笔评论集《第二位的话：散文评论选集》（1982），收录了她写的大量书评和文学评论的精选，涉及女性主义、加拿大文学的特征和关于写作本身的一些技巧问题。

2009年，她出版了第十三部长篇小说《洪水之年》。这是一部涉及生态危机的警世之作。此外，她的文学演讲录《与死者协商》出版于2002年，是她在英国剑桥大学的演讲稿，纵横捭阖地分析了文学的历史，从古代神话到当代小说的各种表现形式，探讨了小说未来发展的各种可能性。在回答“为什么写作”的这个问题时，玛格丽特•阿特伍德给出了她的可能是最为丰富的答案，她说：

“为了记录现实世界。为了在过去被完全遗忘之前将它留住。为了挖掘已经被遗忘的过去。为了满足报复的欲望。因为我知道要是不一直写我就会死。因为写作就是冒险，而唯有借由冒险我们才能知道自己活着。为了在混乱中建立秩序。为了寓教于乐（这种说法在二十世纪初之后就不多见了，就算有形式也不同）。为了让自己高兴。为了美好地表达自我。为了创造出完美的艺术品。为了惩恶扬善，或者正好相反。为了反映自然。为了描绘社会及其恶。为了表达大众未获表达的生活。为了替至今未有名字的事物命名。为了护卫人性精神、正直与荣誉。为了对死亡做鬼脸。为了赚钱，让我的小孩有鞋穿。为了赚钱，让我能看不起那些曾经看不起我的人。为了给那些混蛋好看。因为创作是人性的。因为创作是神一般的举动。因为我讨厌有一份差事。为了说出一个新字。为了创造出国家意识，或者国家良心。为了替我学生时代的差劲成绩辩护。为了替我对自我及生命的观点辩护，因为若不真的写些东西就不能成为‘作家’。为了让我这人显得比实际有趣。为了赢得美女的心。为了赢得俊男的心。为了改正我悲惨童年中那些不完美之处。为了跟我父母作对。为了编织一个引人入胜的故事。为了娱乐并取悦读者。为了消磨时间。尽管就算不写作时间也照样过去。对文字痴迷。强迫性多语症。因为我被一股不受自己控制的力量驱使。因为缪斯使我怀孕，我必须生下一本书（很有趣的装扮心态，十七世纪的男作家最喜欢这么说）。因为我孕育书本代替小孩（出自好几个二十世纪女性之口）。为了服侍历史。为了发泄反社会的举动，要是在现实生活中这么做会受到惩罚。为了精通一门技艺，好衍生出文本（这是近期的说法）。为了颠覆已有建制。为了显示存有的一切皆为正确。为了实验新的感知模式。为了创造出一处休闲的起居室，让读者进去享受（这是从捷克报纸上的文字翻译而来）。因为这故事控制我，不肯放我走。为了应付我的抑郁。为了我的孩子。为了死后留名。为了护卫弱势团体或受压迫的阶级。为了替那些无法自己说话的人说话。为了揭露骇人听闻的罪行或者暴行。为了记录我生存于其中的时代。为了见证我幸存的那些恐怖事件。为了替死者发言。为了赞扬繁复无比的生命。为了赞颂宇宙。为了带来希望和救赎的可能。为了回报一些别人曾给予我的事物——显然，要寻找一批共通的动机是徒劳的：在这里找不到所谓的必要条件，也就是'如果没有它，写作便不成其写作'的核心"。（见《与死者协商》一书的导言《进入迷宫》中的章节）玛格丽特•阿特伍德精彩地概括和归纳了历史上各种"为什么写作"的答案，告诉我们，写作的理由千千万万，是没有一个固定答案的。

从二十世纪到如今，玛格丽特•阿特伍德都是一位显得越来越重要的小说家。她的小说涉及女性主义、科学幻想、文化冲突、全球化、历史、神话、童话等多种元素，很多作品都善于从女性的视角出发，去透视当下人类社会所面临的各种问题。她小说的写作手法包罗万象，广泛地采用现实主义、现代主义、后现代主义的表现技法，题材广泛，深度和广度具备，创造出了一个气象万千的文学世界，不愧是加拿大的"文学女王"，也是当今在世的最好的小说家之一。

阅读书目：

《可食的女人》，蒋立珠等译，中国文联出版公司，1994 年 6 月版

《可以吃的女人》，刘凯芳等译，上海译文出版社，1999 年 12 月版

《浮现》，蒋丽珠译，译林出版社，1999 年 9 月版

《使女的故事》，陈小慰译，译林出版社，2001 年 9 月版

《猫眼》，杨昊成译，译林出版社，2002 年 4 月版

《别名格雷斯》，梅江海译，译林出版社，1998 年 10 月版

《盲刺客》，韩忠华译，上海译文出版社，2003 年 11 月版

《羚羊与秧鸡》，韦清琦译，译林出版社，2004 年 12 月版

《珀涅罗珀》，韦清琦译，重庆出版社，2005 年 11 月版

《与死者协商》，严韵译，上海三联书店，2007 年 4 月版

《帐篷》，张璐诗译，南京大学出版社，2008 年 9 月版

《道德困境》，陈晓菲译，南京大学出版社，2009 年 2 月版

《强盗新娘》，刘国香译，南京大学出版社，2009 年 6 月版

《神谕女士》，甘铭译，南京大学出版社，2009 年 7 月版

《肉体伤害》，刘玉红译，上海译文出版社，2009 年 11 月版

《黑暗中谋杀》，曾敏昊译，上海译文出版社，2009 年 11 月版

《好骨头》，包慧怡译，上海译文出版社，2009 年 11 月版

《生存：加拿大文学主题指南》，秦明利译，中国文联出版公司，1991 年 12 月版

《蓝胡子的蛋》，柴妞译，南京大学出版社，2010 年 3 月版

《舞蹈女孩》，张莹译，南京大学出版社，2010 年 9 月版

《人类之前的生活》，郑小倩译，南京大学出版社，2011 年 3 月版

《荒野指南》，邹荽葳译，南京大学出版社，2012 年 3 月版《好奇的追寻》，牟芳芳、夏燕译，江苏人民出版社，2012 年 1 月版

《在树上》，赵可译，新星出版社，2013 年 6 月版

保罗·奥斯特：镜像游戏
（1947— ）

叙述的圈套和陷阱

二十多年前，我刚上大学不久，在为博尔赫斯的短篇小说痴迷的同时，我就想，假如有人能写出博尔赫斯式的长篇小说，该有多好啊。事实是，很难有人写出博尔赫斯式的长篇小说。但是，最近几年，随着保罗·奥斯特逐渐走入中国读者的视野，我立刻回忆起多年以前我的那个想法。不过，拿保罗·奥斯特的小说和博尔赫斯的小说来类比，并不完全恰当，但是，他们的叙述艺术风格在某一个奇点上的相似性，是肯定的，这也就是我为什么在读保罗·奥斯特的小说时，能够本能地想起来博尔赫斯的原因。

保罗·奥斯特是二十世纪最后二十年异军突起的美国小说家，而且，他的身份多样，多才多艺。首先，他是小说家，其次，他还写诗，是一个诗人，同时，他又是一个相当不错的电影剧本写作者，还翻译了一些欧洲大作家的作品，又是一个翻译家。所有的这些本领还不算，他还亲自执导电影，是一个做过电影导演的作家。这么一个才华横溢的全才型作家来到中国的时间并不长，也就是最近两三年的事情，但是，我们很快就把他的十多部作品翻译了过来。由于他在小说艺术上的独特开掘，他被视为是美国当代文坛最杰出的作家之一、最勇于创新的小说家、“美国当代最能给人以智性启迪的小说家”（美国评论家约瑟夫•柯茨语）。但是，他到底为小说史贡献了什么，创新了哪些东西，给人以什么样的智性启迪，是我接下来要着重谈到的，这也是我自己想要寻找的答案。

1947 年，保罗•奥斯特出生于新泽西州的纽瓦克市，那里距离纽约很近。后来，他在哥伦比亚大学攻读英语文学和比较文学，获得了文学硕士学位。此后他主要在纽约生活。在最初的一些年月里，为了尝试各种生活形态，他四处漂泊，喜欢过那种无拘无束的生活，也尝试了去做各种工作，为今后的写作积累生活素材。由于有一个华裔女友喜欢舞蹈，因此，保罗•奥斯特也曾参加过舞蹈剧团的排练，他自己说：“只是为了去观看男男女女在空间中移动，这让我充满了陶醉感。”可实际上，这是了解生活很重要的机会。这些在纽约和其他地方的生活历练，使他获得了观察生活的机会，也使他萌发了写作的热情。

保罗•奥斯特的文学生涯开始得比较早，在二十世纪七十年代他二十多岁的时候，就开始了写作。和很多杰出小说家一样，他早年的创作也是从诗歌开始的，他深受法国超现实主义诗人以及表现主义、存在主义剧作家的影响，写出了一些诗歌和剧本。此外，他还翻译欧洲诗人的诗歌作品，撰写文学评论文章，出版了带有超现实主义色彩的诗集《烟灭》、文艺评论集《饥渴的艺术》等。三十岁之后，他开始将自己的写作重点转移到了小说和散文的写作上来。他较早的小说是出版于 1982 年的侦探小说《抢分战术》，是以笔名保罗•本杰明为名出版的，描绘了一个扑朔迷离的案件，是如何在巧合中被破获的。这部小说孕育了他后来在严肃小说中所运用的一些形式和技巧。和一般人到老年时才写回忆录不同，1982 年，三十五岁的保罗·奥斯特还出版了一部回忆录，叫作《孤独及其所创造的》，在这部带有小说风格的回忆录中，他仿佛在穿越时间的迷雾，将对父亲的认证、家族的渊源、自我身份的确立结合起来，着重于对自我和他者的关系、对自我丧失的揭示和人生所面临的悖谬和困境的描绘，创造出了非常风格化的作品。

保罗·奥斯特的作品常常围绕着生命的无常和故事的随机性变化来展开，他的小说情节曲折离奇，总是能够绕过我们惯常的人生经验和逻辑，从而走向一个几乎不可能的境地。比如，在他的小说《神谕之夜》中，他竟然把小说主人公给写到一个可能连原子弹都无法摧毁的水泥地堡里出不来了。

保罗·奥斯特探讨的，都是现代人复杂的精神处境和自我分裂的状况，有些评论家认为，他和卡夫卡有着继承和亲缘的关系。读者也很容易在他制造的小说迷宫里出不来，掉进他挖的叙事陷阱里，这就使我不由地想起来他和博尔赫斯的关系。因为，两个人都是迷宫制造专家，博尔赫斯更加形而上，而保罗·奥斯特则扣准了大众社会的神经，他往往能够借助侦探小说、传记等文本的外壳，创造出反侦探小说和反自传的小说作品来，。

对自我分裂的监视

保罗·奥斯特早年的写作练习，包括诗歌、侦探小说、自传的写作训练，主要是为了寻找未来的写作方向。很快，他就从这些写作经验中发现了自我，他找到了属于他自己的确切的表达形式。1987 年，他出版了使他声名鹊起的小说《纽约三部曲》。这个三部曲的篇幅并不大，由三个中篇小说构成，翻译成中文才二十七万字。三个中篇分别是《玻璃城》《幽灵》《锁闭的房间》。从这三部中篇的相互关系上看，它们之间既相互独立、又相互联系。三各部分作为传达一个小说主题的小说，互相呼应，互相印证，又互相分离，成为一个三面体的玩意儿。

《玻璃城》的主角奎因，是一个写过侦探小说的家伙——这个名字的确和一对美国著名侦探小说家兄弟使用的笔名一样，我不知道保罗•奥斯特是不是故意在影射他们或者向他们致敬？小说中，奎因每年以威尔逊的笔名出版一部侦探小说来赚钱过生活。眼下，有一个叫弗吉尼亚的人，雇佣他去监视和跟踪刚刚从监狱里出来的皮特先生。皮特过去曾经把亲生儿子关在一间黑屋子里达七年之久，被判入狱。现在，皮特被释放了。于是，按照约定，每天，奎因都要跟踪皮特，在纽约这座迷宫一样的玻璃城里活动。奎因根据皮特在城市里所走的路线，画出了一幅精确的路线地图，并且经常向弗吉尼亚汇报皮特的行踪。但是，奎因慢慢地发觉，皮特在纽约所走的路线图形，在地图上竟然形成了《圣经》里的巴别塔的形状。奎因于是开始苦苦地思索着皮特的路线和《圣经》之间的关系，陷入无法自拔的境地。最终，奎因发现，他自己的屋子被一个姑娘占据，他已经不是房子的主人了，他不得不离开那里，消失在纽约这座玻璃城市里了。在小说的结尾，出现了叙事者，他自称是拣到了奎因的红色笔记本，根据笔记本，叙述了上述的故事。这就是这部小说的大致情节。《玻璃城》这个部分，曾以单行本的形式出版于 1985 年。说到写这部小说，保罗•奥斯特说："在我写我的第一本书《孤独及其所创造的》的时候，有一天，外面来了一个电话，问我，这儿是不是一个很有名的侦探社。我当然说不是，然后挂了电话。过了一段时间，又打来一个电话问是不是那个侦探社。我本能地再次说不是。

把电话放下来的一刹那，我想应该说我就是，于是，我就把这次经历写成了小说《玻璃城》。后来，在写完了《纽约三部曲》之后，又接到第三次打错的电话，问我是不是奎因先生，这一细节，我也写进了小说。”

《幽灵》出版于1986年，是三部曲中篇幅最短的，合中文五万字左右。小说中的几个主人公的名字都是颜色，但是中文译本很遗憾地把黑色先生翻译成布莱克，把蓝色先生翻译成布鲁，失去了小说原来的意味深长。小说中，白色先生雇佣蓝色先生去监视黑色先生，于是，每天，透过大厦的玻璃窗户，蓝色先生都能看见他监视的对象黑色先生在另外一幢大楼的某个房间里伏案写作。这个监视的过程持续了好几年，蓝色先生渐渐地感到有些不对劲儿了，他发现，自己也成了雇佣他的白色先生的监视对象——那个被他监视的黑色先生可能就是白色先生本人，而每天在那里伏案写作的，就是白色先生每天的举动。雇佣者和被雇用者实际上处于互相监视的境地，如同镜子里出现的几个自我，互相纠缠和融合在一起。明白了这个处境，蓝色先生几乎要崩溃了，他如同幽灵一样消失在纽约这座可怕的城市里不见了。

小说的第三部分《锁闭的房间》中的主人公范肖，又是一位作家。但是，小说一开始，范肖就神秘地失踪了。他妻子苏菲去请求丈夫过去的好朋友、也就是小说的叙事者，前来帮助她整理范肖留下来的手稿。叙事者整理了范肖的遗作，并且出版了它们，获得了巨大的成功，还和苏菲生活在一起了。但是，就在这个时候，叙事人收到了范肖的来信，在信中，范肖声称，他自己还活着，正在跟踪和监视叙事者和他前妻苏菲的生活。他告诉叙事者，不要将实情告诉苏菲。叙事者感到惶恐，在追踪范肖的过程中，他感觉到自己变成了小时候和范肖一起玩耍的另一个范肖，并迷惑于这种角色的互换，这种自我和他者在镜子里分裂和融合的可怕境遇。最后，叙事者终于找到了范肖，他发现范肖把自己锁在一个房间里。范肖交给叙事者一个红色笔记本（又是红色笔记本！），里面写的东西谁都看不明白。叙事者在火车上不断地撕毁那个笔记本，撕到最后一页的时候，火车进站了。小说到这里就结束了。

保罗·奥斯特到底表达了一些什么，一直很有争议。这么多年，很多评论都在评说《纽约三部曲》的主题和呈现的意义，他们从后现代主义、玄学、侦探小说和反侦探小说、人对自我的寻求和迷失、自我和他者的关系等入手进行研究，并得出了五花八门的结论。可以说，这些都是进入这部小说、甚至是进入保罗·奥斯特全部小说的一些路径。但是，大家却得不到唯一的答案，因为，不存在一个唯一的答案。保罗·奥斯特自己说，“我喜欢贝克特，因为他的小说让别人看起来就像是在制造迷宫一样。我也喜欢博尔赫斯，我当然受到他的影响，但是我不觉得自己的作品和他的相似。博尔赫斯非常具有知识分子的气质，他写的作品都很短小，也很精彩，涉及历史、哲学、人文等许多方面。纳博科夫对博尔赫斯有这样的评论：博尔赫斯远看是一个很壮观的城堡，当你走近，再走近，会发现里面是一个空的舞台，里面没有任何东西。”

从他的这段话里，我们也可以得出一个结论，尽管有各种各样对保罗·奥斯特的论述，尽管他的小说是如此神秘难解，你同样可以把他的小说看成是一个空的舞台，走近了看，也许里面真的没有任何人、任何东西。

镜子中的人

和博尔赫斯相似，保罗·奥斯特也很喜欢镜子的比喻，但是，他很少直接描述镜子，他以小说中出现分裂的自我和他者，来呈现只有镜子中的人才可能形成的影像关系。1987 年，他出版了小说《末世之城》，这又是一部关于纽约的作品，小说中，纽约作为一座无法穷尽的城市，再度被玻璃城和镜子城这个意象所概括。1989 年，他出版了小说《月宫》，这是一部带有成长小说特点的作品，它没有了《纽约三部曲》里的形式的实验性、情节的诡异和思想的复杂，通篇是现实主义第一人称的叙事。小说的主人公是一个失去了母亲的孤儿，他在美国的宇宙飞船登上月亮的那一年夏天开始叙述，讲述了自己从十八岁在纽约读大学，然后从大学毕业，由于母亲去世，没有经济来源，遭遇了空前的经济危机，差一点就要饿死了。但是，就在这个时候，他的生活中出现了一些奇异的人和奇异的事情：他遇到了一个老年人埃奉，他和埃奉成了好朋友，他们一起玩儿到处给人送钱的游戏。不久，老人埃奉去世了，还给他留下了七千美元。他还遇到了一个华裔女孩吴凯蒂，两个人相爱了，由于一个偶然的机会，他最后找到了他的父亲——实际上，他是一个私生子，他过去从来都没有见过自己的爸爸，他的孕育和诞生都是非常偶然的。最终，自己的这个可能的父亲也去世了，女朋友吴凯蒂也因为坚持堕胎而和他分手了。在小说的结尾，主人公一个人开始在美国大地上行走，他从犹他州一直走到了加利福尼亚州的海滩上，在那里，他获得了对人生全新的认识。

《月宫》讲述了一个非常具体而饱满的成长故事，我猜测，小说就取材于保罗·奥斯特本人在纽约读大学并且四下漂泊所体验到的一些生活。小说写到的主人公从十八岁到二十四岁期间所经历的事情，有大量现实的、具体的细节和情节，都能够使我想起保罗·奥斯特自己的经历，因此，我有理由相信，这部小说是保罗·奥斯特带有自传色彩的作品。但是，关于小说中的自传因素，保罗·奥斯特却说：“我写的不是自传，也许，我会用上一些自己的经历，比如地点，我什么时候去的什么地方，我必然对那个地方有印象，就会写进书里。那些和现实有关的材料都是自己突然跳出来的，我就随着它们的出现，如果本能上愿意的话，就用了，但总体来说，在我作品中我的影子应该是很少的。”的确，他的其他小说的自传性不强，唯有《月宫》是了解他青年时代很重要的一部小说。

保罗•奥斯特开始越写越好，也引起了美国文坛的重视。1990 年，保罗•奥斯特获得了美国文学与艺术学院颁发的“莫顿•萨伯奖”，这主要是对他的小说《纽约三部曲》的褒奖。这一年，他还出版了长篇小说《机缘乐章》。1991 年，保罗•奥斯特以《机缘乐章》获得了美国笔会福克纳小说奖的提名，但是，最终他没有获得这个奖项。在《机缘乐章》这部小说中，他继续探讨着他一贯喜欢书写的人生机缘故事，往往是一些瞬间，改变人的人生轨道。1992 年，他出版了长篇小说《巨兽》。次年，也就是在 1993 年，保罗•奥斯特以小说《巨兽》获得了法国美迪西文学大奖。也就是从二十世纪九十年代起，保罗•奥斯特开始积极地参与电影行当，为华裔导演王颖写了电影剧本《烟》，这部片子我觉得拍得很烂，但是它竟然获得了 1995 年的柏林电影节评审团奖、国际影评人奖及观众票选最佳影片奖。光写剧本他还觉得不过瘾，于是就与王颖合导了《烟》和《面有忧色》。1998 年，他自己独立担任导演，执导了影片《桥上的露露》，2006 年，他执导了第二部电影《马丁•弗罗斯特的内心世界》，故事改编自他的小说《幻影书》。这两部电影都属于艺术家电影，主要在一些艺术电影院线放映，获得了一定的好评。1997 年，他还担任了法国戛纳电影节的评委，可见，他在电影界还混出不小的名声来了。不过，我觉得他的电影很一般，其艺术成就远远不如他的小说。但是玩票玩儿到这个水准，对于作家来说也很不容易了。法国作家很喜欢涉足电影，尤其是“新小说派”中的几个人，中国这些年也出现了一些作家导演，但是，和保罗•奥斯特一样，他们拍摄的电影都不如他们的小说好。

与此同时，保罗•奥斯特没有停止写作。1994 年，他出版了小说《昏头先生》。我没有见到这部小说，不知道是写什么的。1997 年，他又出版了一部篇幅不大的长篇小说《在地图结束的地方》。这部小说值得重视，它在叙述角度上别开生面。小说的主角有两个：威利和他的狗骨头先生。诗人威利的身体有病，来日无多了，因此，他的狗骨头先生也察觉到自己的主人可能不行了。它也是一条老狗。于是，一个濒临死亡的人和他的一条忠心耿耿的老狗之间，就演绎了一出感人的故事。小说以狗的视线、思维和情绪来结构全篇，描述了落魄诗人威利在美国当代社会中的离奇遭遇。我想起来，日本作家夏目漱石写过一本《我是猫》，以一只猫在日本社会的游走、以猫的眼光来透视日本社会万象，和保罗•奥斯特的这本小说有异曲同工之妙。

在保罗•奥斯特的小说中，总是有些离奇的事情发生，一些不可测的命运，总是忽然就降落到主人公的头上。对此，他说：“总有很多怪事发生在我自己身上。我想，应该很多人也会这么想，偶然性是世界统领一切的方式。突发事件、事故或不确定性，这些都是现实生活的组成部分，这非常复杂，但你也可以认为这就是命运。你也可以很有计划、有目标、有理性地做决定，这些也是生活的一部分，但偶然性是生活的另一部分。很多写小说的人很容易就忘记了这点，但这却是我最关注的。”

迷宫制造家

2002 年，保罗•奥斯特出版了小说《幻影书》，继续书写他一贯的小说主题：对未知命运的追寻。小说的主人公大卫是一个悲伤和孤独的人——他的妻子和两个孩子在一次车祸中丧生了。虽然他获得了保险公司的巨额赔付，但是他依旧十分颓废，难以从悲伤中自拔。为了给自己找事做，他决定去撰写自1929年起就消失在影坛上的、无声电影时代的明星赫克托•曼的传记，以此来打发时间。就在他进行调查和搜集资料的过程中，一个自称是赫克托•曼的妻子的女人给他打来电话，告诉他，赫克托•曼还活着，并且愿意见他。于是，大卫经历了一场复杂的旅行，终于找到了那个女人指定他前往的地方，结果，无意间卷入了一场恐怖的死亡事件。而大卫对另外一个人的追寻，实际上也是他对自己过往生活的追忆和发现的过程，大卫和赫克托•曼的人生道路，在一种跨越了时空的距离中，奇异地重合了，世界在偶然性的幕布上，撕开了一道必然性的口子。这部小说能够和他的《纽约三部曲》相比拟，在结构上还插进去两个电影剧本梗概：《隐形人》和《马丁•弗罗斯特的内心生活》，作为一种文本映照。后者果真于2006年被保罗•奥斯特拍成电影了。

2004年，保罗•奥斯特出版了小说《神谕之夜》。小说的篇幅并不大，但结构复杂精巧，故事中套着故事，如同一幅三维画面一样旋转和立体。小说主人公希德尼是一个作家，一天，希德尼路过一个华人张生开的杂货店，看到了一个蓝色的笔记本，他爱不释手，买回家后，萌发了写作的激情，开始在蓝色笔记本上写小说。希德尼写的小说中的主人公叫尼克，是一个出版社的编辑，有一天，尼克差一点被一道闪电击中，于是，他仿佛得到了天启，决定不回家了，而是坐上飞机，任由飞机飞往任何一个地方。等到降落之后，他发现自己来到了一个很陌生的城市堪萨斯。他在堪萨斯城举目无亲，四下游逛。两天之后，他和一个叫爱德的老出租汽车司机交上了朋友。爱德很害怕第三次世界大战或核战争爆发，因此，爱德给自己建造了一座坚固的地下堡垒，他邀请尼克前往那里，参观他所收藏的浩如烟海的旧电话号码本。两天后，爱德忽然心脏病发作去世了，剩下了尼克一个人，在那个水泥堡垒里整理电话本。但是，尼克不小心竟然把自己反锁在那个水泥地下堡垒里，出不来了，于是，他只好在地堡里阅读他当编辑的时候所收到的最后一部书稿《神谕之夜》。这部书稿讲述了一个脑袋受过创伤的军人的故事：他忽然获得了感知未来的能力，由于预先知道了自己的爱人将要背叛他，这个军人就自杀了。小说写到这里的时候，似乎纠缠到一个死结里了：作家希德尼把尼克写进了地下堡垒之后，就无法在蓝色笔记本上继续写下去了。此时，希德尼的生活也出现了问题：他的妻子格蕾丝和自己的好朋友约翰有一腿。希德尼大怒，他撕掉了蓝色笔记本上的尼克的故事。正在这个时候，约翰却因为脑血栓忽然去世，约翰的儿子从戒毒所逃出来，来了希德尼的家里，在和希德尼夫妇的吵架过程中将和他父亲约翰有染的格蕾丝打成了重伤。最后，守候在格蕾丝病床边的希德尼，却感到了前所未有的平静，他似乎领悟了生活的真理，获得了神谕。

《神谕之夜》中，保罗·奥斯特让小说的人物和情节像几面镜子那样互相反射，从而获得了非常奇特的叙事效果。小说中到处都是有联系的、彼此呼应的暗示和标明情节进展的路标，是他为了让读者不迷路所设定的，但是，读者还是容易掉入迷雾中。从总体上说，似乎有一种宿命的东西，一直笼罩在保罗·奥斯特笔下的人物头顶，但是，最终这些人物的挣扎又突破了预设的必然命运。因此，这部小说是保罗·奥斯特写得最繁复、层次最复杂的、意义最多样的小说，是最能够体现保罗·奥斯特后期创作风格的小说。此外，我还发现，在保罗·奥斯特的不少小说中，作家形象是他惯用的角色。比如《纽约三部曲》和《神谕之夜》中都有作家的形象出现。而且，这些作家都遇到了某种他们无法克服的困境，总是在一种绝境中挣扎着。对此，保罗·奥斯特夫子自道：“我笔下的一些作家们的确有的遭遇了失败，或者突然出现的变故让他们的内心一落千丈，但这些困难的时候，却正好是一个考验的时刻，只有在这种危机时刻，他们才可能通过重新寻找自己，发现真正的自我。你只有触碰天空之后，才能脚落大地。生活是一个大的旅途，一直在不断地变。事实上，我并不关注他们最后的结果怎么样，我只关注这个变化的过程。每个人都在挣扎着求生，在内心和外部压力之间做个平衡。这个是我最感兴趣的。”

保罗·奥斯特被人们说成是“迷宫制造专家”，他的作品几乎像俄罗斯套娃一样，一层包一层，总是故事套着另外一个故事，比如《神谕之夜》《纽约三部曲》《幻影书》都是这样。可是保罗·奥斯特自己却认为，迷宫式的写法并不是他有意的选择:“我脑子里本来就是这么想,这么运作的。我有很多书，都是故事中套故事，我喜欢把各种不同的元素关联起来。每个故事之间有自己的距离、有自己的能量，而我则按不同的比例调和起来。这不是逻辑可以做到的事。完全是写作本能，冲动之下做出来的。我一想到，嗯，我就应该这么写，那我就随心开始写了。我不会坐下来，想着我一共要写八章，每章都以‘这’字开头。我的故事内容决定了我写的方向。内容永远是第一，形式永远是其次。”

黑暗中的绳索

2005，保罗·奥斯特出版了小说《布鲁克林的荒唐事》。和《月宫》一样，这是一部和生活贴得很近的小说。和《月宫》描绘一个青年的成长故事不同，《布鲁克林的荒唐事》描绘的是一个老年人在弥留之际的故事。在写这部小说的时候，保罗·奥斯特已经五十八岁了，他一定是感觉到老之将至了。小说中充满了一种温暖的调子，描绘了一个叫内森的人，他身患癌症、家庭解体、退休之后打算在纽约的布鲁克林了此残生的故事。内森在布鲁克林遇到了自己同样失意的外甥汤姆，恰好这个时候，汤姆九岁的外甥女露西也来到了他身边，于是，在布鲁克林闹市，三代人、三个生活中失意的亲戚生活在了一起，并且和他们周围失意的人群一起，去发现生活的意义。两个大男人内森和汤姆的生活，也被九岁的小姑娘露西给改变了。小说带有着明显的喜剧风格，是保罗•奥斯特的作品中少有的，因为，他的大部分作品都是阴郁的、神秘的，像破碎的镜子那样映射着现代人分裂的生活和心灵。小说透出来一种少有的亮色，人性的美丽和善，热情以及信心。这对于“9•11”之后的纽约人格外重要。对此，保罗•奥斯特说：“我主要表现的，就是人的内心状态，我觉得，这胜于其他任何东西。内心世界最值得写。而另一方面，生活如此充满双重性，人类的命运布满了矛盾。矛盾、对照、谬论，这些东西最能触及我的心，对我而言，这就是小说的意义所在。我就是通过小说来表达我对命运矛盾的看法。”

2007 年，他出版了小说《密室中的旅行》，这是他的第十二部小说。小说制造了一个谜团：一个老人醒过来之后，发现他身处一个陌生的房间。而桌子上还有一部书稿，他开始阅读了。那是关于一个囚犯的故事的书稿，在阅读中，老人逐渐地靠近了揭开自己身世的谜底……这部小说重复了他原先小说的主题，并无新的拓展，情节也似曾相识，让我感到遗憾。

很多人都认为，保罗•奥斯特是最能代表纽约的作家，但是，保罗•奥斯特不认为他是代表纽约的作家。他认为，自己只是碰巧生活在纽约，又碰巧喜欢书写纽约的生活罢了。而我很感兴趣的，倒是在他的笔下出现的华人角色，比如《月宫》中的吴凯蒂、《神谕之夜》里卖给主人公蓝色笔记本的店主张生等。他和美国华裔导演王颖也是多年的朋友，保罗•奥斯特自己承认，他很早以前的一个女朋友是华人。我想，那个女朋友的形象已化身为吴凯蒂出现在他的小说《月宫》里。此外，他的大姨子能说一口标准的普通话——她在中国台湾和香港地区待了很多年，非常了解中国。因此，保罗•奥斯特的笔下不断地出现中国人的形象和中国元素，就很容易理解了。

保罗•奥斯特几乎每年都出版一部新作，他的小说篇幅并不大，因此可以保持这样的速度。2008年，他又出版了一部小说《黑暗中的人》，这是一部带有幻想色彩的小说，虚构了美国陷入内战当中的情景：蓝色阵营和红色阵营的各州互相开战，一个魔术师被派来暗杀内战的肇事者——一个作家。这个七十二岁的作家自己的生活也陷入分裂的痛苦中，他自己遭遇了车祸，腿部残疾，他的女儿则被丈夫抛弃了，陷入精神痛苦中；他的孙女看到自己过去的恋人参加了伊拉克战争，被伊拉克游击队蒙面砍掉了脑袋，于是她的精神濒临崩溃。魔术师的来到使他们的生活都发生了变化——小说在想象和现实两个层面上，展开了对当代美国社会的描述，但造成了现实和想象的分离，小说依旧带有保罗•奥斯特浓厚的个人风格的烙印，语调神秘、情节离奇，在叙述的精致和双层结构上的把戏，也是他过去的老花样，显得过于匠气和小气，这也是他的缺陷之一。因此，我觉得《黑暗中的人》没有超过他过去的几部好小说。

谈到自己的师承，保罗•奥斯特说："我欣赏的作家中，排在第一位的是塞万提斯，他是所有的小说家中最好的。还有狄更斯，他是个天才。此外，还有托尔斯泰、陀思妥耶夫斯基，美国作家是霍桑、麦尔维尔和梭罗。我很小就开始读书，九岁、十岁使开始写诗，十五岁就读到了陀思妥耶夫斯基的《罪与罚》，当时非常震撼，那时候我就立下志向，今后我也要写这样的小说。"

法国人很喜欢他的小说，1995年就出版了包含他当时全部作品的全集。因此，在阅读了保罗•奥斯特的十多部作品之后，我的总体感觉是，他的写作风格像是一个法国作家，他的小说也像是法国小说：对形式十分强调，人物关系紧张而简单，结构精细到过于注重细节，巧妙到类似女人内衣的蕾丝花边一样的叙事，令人佩服而稍嫌琐碎，难怪法国人那么喜欢他的小说。因此，我觉得保罗·奥斯特比如今在世的菲里普·罗斯、唐·德里罗、托尼·莫里森、科马克·麦卡锡等几个美国小说大家要狭窄一些。但是，他还是属于美国一流作家的方阵，因为，他从一条狭窄幽暗的小道，找到了通向明亮的开阔地的道路，并给未来的小说发展的可能性，寻找到了一丝光亮。

阅读书目：

《纽约三部曲》，文敏译，浙江文艺出版社，2007 年 3 月版

《幻影书》，孔亚雷译，浙江文艺出版社，2007 年 1 月版

《神谕之夜》，潘帕译，浙江文艺出版社，2007 年 1 月版

《在地图结束的地方》，韦玮译，浙江文艺出版社，2008 年 1 月版

《布鲁克林的荒唐事》，陈安译，人民文学出版社，2008 年 4 月版

《布鲁克林的纳善先生》，李永平译，台湾天下文化出版公司，2006 年 10 月版

《密室中的旅行》，文敏译，人民文学出版社，2008 年 7 月版

《月宫》，彭桂玲译，上海世纪文景出版公司，2008 年 8 月版

《红色笔记本》，小汉译，译林出版社，2009 年 1 月版

《孤独及其所创造的》，Btr 译，浙江文艺出版社，2009 年 1 月版

《黑暗中的人》，徐振锋译，人民文学出版社，2010 年 4 月版

《巨兽》，焦晓菊译，上海世纪文景出版公司，2011 年 1 月版

《我曾经以为父亲是上帝》，保罗·奥斯特编，景翔译，台湾时报文化出版公司，2003 年 4 月版

《隐者》，包慧怡译，人民文学出版社，2011 年 6 月版

《偶然的音乐》，纪洪译，上海世纪文景出版公司，2011 年 7 月版

《末世之城》，韩良忆译，人民文学出版社，2011 年 8 月版

第四部分：亚洲文学五雄狮

阿摩斯·奥兹：以色列人的记忆和形象

安部公房：面对墙，寻找门

大江健三郎：“我就是那个跑来给你报信的人”

村上春树：物化世界里的追寻

莫言：来自故乡和大地的说书人

阿摩斯·奥兹：以色列人的记忆与形象（1939— ）

一

2007 年，阿摩斯·奥兹本人来到了中国。在译林出版社举行的读者见面会上，我作为年轻的小说家，和作家莫言一起出席了阿摩斯·奥兹与中国读者的见面会。在那次见面欢迎会上，我可以很快感觉到这个以色列最著名的当代小说家的深邃、幽默和俏皮，也从他那犹太人特有的锐利目光中，感受到了某种力量。在欢迎会上，我说："阿摩斯·奥兹本人比他的著作晚来到中国达十四年之久。1993 年，阿摩斯·奥兹编选的短篇小说集《以色列的瑰宝》的中文译本由河南人民出版社出版，其中，收录了他本人的一个短篇小说《风之路》，接着是 1998 年，他的第一部长篇小说《何去何从》由译林出版社翻译成了中文出版，再后来，他的十二部长篇小说已经有九部被翻译成了中文，这些著作已经先于他本人带给了中国读者一个鲜明的阿摩斯·奥兹的形象。今天，他本人来到了中国，和中国的作家、学者和读者进行面对面的交流。我很兴奋地看到了他本人，正在和阿摩斯·奥兹来到这里之前、以他的九部作品出现在中国读者眼前的形象,奇妙地重叠了,并继续带给中国读者以丰富的想象和美好的感觉。

对于以色列文学和文化,我所知甚少,除了《圣经》,我阅读过以色列的犹太文化经典著作《塔木德》。对于当代以色列作家的作品,我和大多数中国读者一样,读过的也为数不多。比方说,我阅读过现代以色列小说大家阿格农的几部作品,还阅读过诗人耶胡达·阿米亥的诗歌——他本人在生前也曾经来到中国,他的诗集《开·闭·开》不久前才被翻译成了中文。此外,还有一些以色列当代作家,比如大卫·格罗斯曼的作品《证之于:爱》等,也受到了中国读者的欢迎。但是,谈到到当代以色列作家和诗人的作品,我举不出超过十本书来。而在以色列当代作家中,作品被翻译成中文最多的、在中国影响最大的作家,就是阿摩斯·奥兹先生。如果说上述作家通过他们被翻译成中文的少量作品,带给中国读者的是一个不算很清晰的侧面像,那么,十四年来,阿摩斯·奥兹的作品不断地、一部部地被翻译成了中文,带给我们的则是一张越来越清晰的正面相片。”

在我发言的时候,阿摩斯·奥兹认真听着翻译传译,露出了微笑。他认为,了解一个民族最方便的捷径,就是去读这个民族的作家所写的书,尤其是文学作品。显然,他把以色列人的文化、生存景象和喜怒哀乐带给了我们,使我们看到了别致的、和中国一样有着悠久历史文化渊源的以色列犹太人的广阔的心灵世界和生存图景。

1939 年,阿摩斯·奥兹出生在耶路撒冷城,他的父母亲是二十世纪三十年代受到犹太复国主义思想的巨大影响,毅然从俄罗斯辗转回到了当时的巴勒斯坦地区的。他的父亲博学多才,通晓十多种欧洲语言,梦想能够到大学当教授,但是生逢乱世,竟然一生壮志未酬。他的母亲也有很强烈的文艺气质,喜欢文学和音乐,因此,敏感而细腻的母爱也使阿摩斯·奥兹从小在一个充满了文艺气息的家庭里长大，阅读到大量经典文学作品，尤其是以色列经典作家的著作和十九世纪俄罗斯作家比如列夫•托尔斯泰等人的作品。在阿摩斯•奥兹十二岁那一年，他那多愁善感的母亲忽然自杀身亡，因此，使小阿摩斯•奥兹和父亲的隔阂加深了，刚刚十四岁，阿摩斯•奥兹就离开了只有父亲的家庭，悄然来到以色列的集体公社组织“基布兹”生活，还把自己的父姓改成了“奥兹”，这个词，在希伯来文中是“力量”的意思。他的出走和改名，都是为了向告别父亲，获得一种独自生活的能力。

“基布兹”是二十世纪的以色列的一个非常特殊的社会和社群组织，由二十世纪初期回到以色列的犹太人移民所组建，有点儿类似我们建国之后曾经存在过的“人民公社”那种集体组织，带有一定的共产主义色彩。因为，在“基布兹”中，大家要一起劳动，劳动获得的东西也要共同拥有和分享，在这个集体中大家的地位理论上完全平等，要彼此互相帮助，财产由专门的人管理，但是属于所有的人，人人有份。不过，“基布兹”里的生活条件和劳动条件却很艰苦。可以想象，十四岁的阿摩斯•奥兹离开了父亲和家庭，毅然投身到“基布兹”中去会是一个什么样子。据说，一开始，他根本就不会劳动，不会干农活，因此受到了大家的善意嘲笑。但是，小阿摩斯•奥兹有自己的算盘，他一边尽快地适应环境，熟悉周围的人群，还把自己立志要当作家、要去讲述别人的故事的理想告诉了大家，因此，在必须分享一切的“基布兹”里，大家在接受了这个有些特别的少年之后，就开始轮番地把自己的经历告诉他，与他一同分享，这成了阿摩斯•奥兹早期写作的最重要的来源。此后，一直依靠劳动自食其力的阿摩斯•奥兹被“基布兹”送入大学学习文学和哲学，毕业之后，他在集体公社“基布兹”中教书达二十五年之久，同时从事文学写作。后来，他还获得了牛津大学的硕士学位和以色列特拉维夫大学的荣誉博士学位，离开集体公社的学校后，他一直在以色列本－古里安大学任教，教授文学史和文学写作课程。

阿摩斯•奥兹属于早慧型作家，1965年，二十七岁的阿摩斯•奥兹就出版了短篇小说集《胡狼嗥叫的地方》，将视点放在耶路撒冷地区的犹太人和“基布兹”这样的集体农庄性质的生活上，去表现当代以色列犹太人的情感和生活方式，其主题主要是人性中的爱和恨、社会中的理想和现实之间的距离，以令人觉得可信、可悲、可叹、可爱的犹太人群像，一鸣惊人地出现在以色列文坛上。在阿摩斯•奥兹之前，早他一辈的杰出小说家阿格农（1888—1970）已经奠定了现代希伯来语文学的基础，是以色列现代文学的开山者。阿格农于1966年获得了诺贝尔文学奖，这给以色列作家以巨大的鼓舞和信心。阿格农的作品也深刻地影响了阿摩斯•奥兹。深受犹太文化影响的阿格农，其作品带有经典现实主义的特征，着力于描绘犹太复国主义思想兴起时期东欧和以色列犹太人的复杂心路，在长达半个世纪的创作生涯里，他以《婚礼的华盖》《宿客》《一个简单的故事》《逝去的岁月》《只是昨天》《希拉》等长篇小说，和二十多部中短篇小说、自传、散文随笔、书信集等作品，给以色列现代希伯来语文学树立了一面丰碑。在阿格农的作品中，他表现了哈西德教派的深层影响决定着犹太人的日常生活和精神意识，表现了犹太人传统的生活方式在二十世纪前半叶那剧烈变动的社会大潮面前逐渐崩溃的过程，表现了犹太人的心灵在传统的束缚下和现代社会的召唤中显得无所适从的特殊状态，以复杂和丰富的写作呈现出以色列人精神世界的分裂和痛楚。而阿摩斯•奥兹继承了阿格农那浓郁的描绘犹太人民族文化的笔调，但是，在对人性的开掘和表现力上，在对二十世纪后半叶现代以色列人的精神世界的把握和描绘上，更加具有批判的锋芒，达到了一个新的高度，可以说，最终，经过了四十年的努力，阿摩斯•奥兹已经取得了与阿格农比肩而立的地位。

阿摩斯•奥兹很快就在文学之路上出发了。1966年，阿摩斯•奥兹出版了第一部长篇小说《何去何从》。这部小说的风格是非常朴素的现实主义风格，在扉页上，他把小说题献给了自己的母亲。根据情节我可以断定，小说是完全取材于阿摩斯•奥兹在以色列集体公社“基布兹”里的生活体验。尽管他后来对“基布兹”这种社会体制一直持有一种批判态度，认为这种体制和日益变化的以色列的社会现实的距离越来越大，已经不能适应现代以色列犹太人的处境了，但是，在“基布兹”中人和人的关系、人的存在状态还是成了他特别关注的东西。长篇小说《何去何从》，实际上讲述了三个家庭之间的生活故事。这三个犹太人家庭，都是生活多少有些残损的家庭，都是那种有些问题的、混乱不堪的家庭。对家庭生活的描述，是阿摩斯•奥兹毕生喜欢的一个题材，因为家庭是社会的细胞，是人类生活的基本场景，从家庭入手，一个民族的生活方式就全部显现了。小说中的这三个家庭，其中一个是诗人兼教师鲁文的，他的妻子和自己的堂兄偷情后私奔了，有流言传说他的女儿诺佳被卡车司机埃兹拉强奸了，而第二个家庭中，卡车司机埃兹拉的老婆、女教师布朗卡又是鲁文的同事，传说鲁文和布朗卡有私情，所以丈夫一怒之下才去强奸了鲁文的女儿作为他勾引了自己老婆的报复。当流言传播开来之后，喜欢诺佳的男青年拉米——第三个家庭出场了——的母亲就坚决反对他们的恋爱关系，她不能接受儿子娶一个被强奸之后变得不名誉的女孩子。于是，三个家庭中的每个人，都不知道自己应该到哪里去，不知道应该如何处理生活中的难题。小说就这样把三个家庭的关系纠结起来，呈现出当代以色列人的婚姻、家庭、性爱和背后的文化传统之间的复杂关系。阿摩斯•奥兹还把小说的背景放到了“基布兹”这么一个封闭的环境里，将三个家庭中的两代人的命运和以色列当代日常性的生活同时呈现，并隐约批判了决定犹太人文化性格的传统因素，把一种社会和政治制度对人的影响，和个人性格与内心的冲突结合起来，创造出一种略带喜剧特点的文学风格。

阿摩斯•奥兹很善于从人和人之间最紧密的关系——家庭关系、爱情关系和情人关系来入手，书写人性的多侧面。1968年，阿摩斯·奥兹出版了他的早期代表作《我的米海尔》。这可以说是一部爱情题材的悲剧小说，带有心理分析小说的浓厚色彩。小说的故事背景在阿摩斯·奥兹很熟悉的圣城耶路撒冷，小说中的叙述者是女主人公汉娜，这是一个充满了自主意识的女性，她幻想有美好的婚姻和爱情，并且很想嫁给一名学富五车的学者。但是，她遇到了地质系的学生米海尔，两个人很快坠入了爱河，不久就结了婚。婚后，米海尔忙于自己的事业，疏忽于和妻子汉娜的感情交流，使汉娜渐渐地感到了不满。但是，他们的婚姻又没有明显的矛盾和问题，这使汉娜的内心充满了挣扎、焦虑和愁闷。其实，她本人也有一些心理的问题，最后，根据主人公的自述可以看出来，汉娜无力摆脱外表看来毫无问题的婚姻，但是她的精神却开始濒临崩溃，已经出现了自杀的倾向。《我的米海尔》对女性的心理分析非常细腻生动具体，有触目惊心之感。据说，汉娜的形象取材于阿摩斯·奥兹的母亲的形象，是他向自己自杀的母亲的献礼。在小说中，阿摩斯·奥兹能够细腻地把握女性的内心世界，同时，还对以色列现代家庭关系进行了精妙的精神分析和社会学分析。

我想，阿摩斯·奥兹的父亲和母亲的冲突，最终导致他的母亲的自杀，是阿摩斯·奥兹一生所携带的巨大阴影，也是他后来离开家庭，走向了广阔的社会并走向文学之路的源泉和动力。我感觉《我的米海尔》这部小说，最动人的地方还在于对耶路撒冷这座城市的精微描绘，以及对以色列人的日常生活和情感世界的精确把握，因此，小说获得了巨大的成功，被翻译成了二十多种语言，再版五十多次。小说中所呈现出的汉娜和米海尔的婚姻的一般情况，似乎描绘了一种普遍的人类状况，因此，《我的米海尔》成了阿摩斯·奥兹早期的代表作，也是他的最受读者欢迎的小说之一。

二

在阿摩斯•奥兹所写下的绝大部分小说中，其地理背景大都是耶路撒冷这座石头城和像“基布兹”这样的以色列所特有的集体公社组织，同时，犹太人文化传统和丰富的自我意识，是他小说的核心，而人性的复杂和幽暗在日常生活中的表现，是他的小说要着力呈现的重点。我有时候觉得他的小说保守和传统，在形式上似乎并没有进行过多的实验，没有突出的现代主义或者后现代主义小说特征，但是，他的作品却有着一种强度，其中总是洋溢着一种特殊的情调和氛围，那是一种犹太味道非常浓烈的文化小说的味道。这就像我阅读列夫•托尔斯泰的小说那样，他那种沉郁和悲怆的俄罗斯文化的气息弥漫在小说中，掩盖了小说形式本身的笨重和邋遢。

阿摩斯•奥兹的前两部小说大获成功之后，他的第三部长篇小说是《触摸水，触摸风》，出版于1973年，继续探讨着犹太人家庭内部的复杂关系，但是在题材上有所重复，并没有引起更大的反响。他的第四部长篇小说《沙海无澜》（1982）有点儿像《何去何从》的姐妹篇，这两部小说出版的时间间隔有十六年，小说的地理背景和《何去何从》一样，也放在了“基布兹”里。小说的叙述者是第三人称，描述一个在基布兹生活了二十二年的青年约单拿在沉闷的家庭环境里感到的不适应：他和作为政治家的父亲产生了冲突，和妻子的关系也很冷淡，这些都是约单拿想摆脱的困境，因此，他很想远走高飞。当一个俄罗斯青年哲学家来到他家做客，并引起了他妻子的注意时，他感到，时机来了，于是，他就趁着大家没有注意，悄然地离开了家庭。他的离去使他父母之间爆发了激烈的争吵，他妻子似乎也意识到了什么，对在她家中留宿的俄罗斯青年保持了距离。由此小说开始叙述约单拿离家出走后的经历，构成了小说最动人的部分。他一开始就想穿越可怕的沙漠地区，前往约旦的红石城。在危险的边境，他感受到了战争和死亡的威胁，在黑夜里中，他想了很多，担心自己被巡逻边境的阿拉伯士兵射杀。到达边境后，他在以色列士兵驻扎的一座军营中留宿，并且和一个萍水相逢的女兵有了鱼水之欢。这一路上，他接连体验到了性爱的欢欣、死亡的威胁和黑暗中的沙漠地带的空旷和无边无际。当他在兵营中听说约旦的红石城爆发了激烈的战斗冲突之后，就决定不再继续前行了，最终，他悄然返回了“基布兹”的家庭。他回来之后，大家如释重负，但是也感到了不解，问他对到底去了哪里，看到了什么，他都讳莫如深，不想解释。不过，这次远足，使约单拿感受到了生命的脆弱和无常，人生的短暂和缥缈。他决定和父母、妻子一起好好相处，好好生活，也和那个喜欢他妻子、但却没有得到回应的俄罗斯青年哲学家一起友好相处，但也暗示了他和父亲那一代的隔膜将一直存在。在小说的结尾，他的父亲在日记里写道：“冷漠的大地，神秘的苍天，永远威胁着我们的大海，还有那些草木和候鸟。死亡主宰着一切，连岩石也死一般地沉寂。我们每个人都有残酷的一面。每个人都或多或少地是个杀人凶手，即使没有杀人，也可能正在杀害自己。”小说以对某种人生不确定的复杂状态的描述，将主人公生活中展开的开放式的可能性，作为小说的结尾。

阿摩斯·奥兹的小说格局并不大，但是，他如同一个雕刻师那样，在细微处见长。1987 年，他出版了长篇小说《黑匣子》，这是一部书信体小说。书信体小说在十九世纪比较常见，在二十世纪也有长足的发展。但是，从总体上说，处于衰落状态，我觉得这种小说形式显得比较笨拙，不容易往更深的地方开掘。可阿摩斯·奥兹能熟练地掌握书信体小说形式，还在其中加进去一些电报和其他文本，就使书信体小说显得不那么笨了。在这部小说中，他继续他最拿手的叙述经验，那就是，描绘男女关系的变化所导致的家庭问题和纠纷：阿里克塞和妻子伊兰娜最初的感情很好，他们结婚之后，也度过了一段热烈而幸福的时光，不久，人性中的复杂性和他们的性格缺陷、男人和女人之间的控制欲和占有欲，使他们之间爆发了“战争”，结果，两个人分手了，在对方的生活里彻底消失了。七年之后，已经重新组建了新的家庭的伊兰娜因为无法管教越来越桀骜不驯的儿子，不得不求助于前夫阿里克塞，于是，在他们的鱼雁往还中，小到这两个人过去的婚姻生活、中到现在的婚姻处境、大到以色列和犹太人在当代中东的地位和社会问题，纷纷在书信中有所涉及，以色列人的社会和现实境况、与阿拉伯人的冲突等重大问题也涌现出来，使小说如同一个有着巨大扇面的折光镜那样，将当代犹太人生活的全景画面都折射了出来。而小说在爱情、性、婚姻、代沟、种族、国家、政治等各个主题上，都有所探讨和挖掘，可以说是一部举重若轻的小说，而书信体的形式也发挥了其妙用，读起来妙趣横生，而“黑匣子”则是一和寓意丰富的象征。

阿摩斯·奥兹小说中的女性形象是非常饱满、突出和丰富的。1989 年，阿摩斯·奥兹出版了颇具争议色彩的长篇小说《了解女人》，更显示了这一点。小说的主人公约珥是一个以色列特工，他是以色列的情报机构“摩萨德”的成员，“摩萨德”是能够与苏联时期的“克格勃”和美国的中央情报局齐名的著名情报机构。作为一个特工，约珥有着超人的分析问题和解决问题的能力。但是，现在，他遇到了一个巨大的难题：在一个暴风雨的清晨，他的妻子不慎触电身亡，当时一个男邻居在前往救助的时候，也触电身亡。一个男人和一个女人都触电身亡，这个事件在当地引起了很大的社会震动，自然也会有一些非议和谣言。受到了家庭瞬间分崩离析的打击，约珥无法承受，就提前退休了。他打算对家庭有所补偿，开始和母亲、岳母以及女儿一起生活，亲自操持家务。在他的周围，都是和他有着最亲密关系的女人，因此，他也逐渐进入到一个女人的世界里。他忽然发现，由母亲、岳母和女儿所构成的这个女人的世界，和他的特工组织“摩萨德”完全不同，甚至是一个完全相反的世界……小说带有着对主人公进行精神分析的风格，以细致精妙的笔触，描绘了这个“摩萨德”前特工的生活世界，把约珥寻找自我、发现自我的精神旅程描绘得深入浅出、淋漓尽致，还带有一点存在主义的味道。在小说的结尾，约珥到一家医院做义工，继续寻找生命的意义，也发现了妻子死亡的真相——妻子是清白的，所有的谣言都像是写在水上的文字一样随水漂走了。我觉得，在阿摩斯•奥兹的小说序列里，《了解女人》是一部相当突出的作品，它那浓厚的精神分析的笔调、注重心理描绘的手法、对女人精神世界的呈现，结合了一个充满了怀疑精神的男性特工的心灵悸动，都是非常到位的。《了解女人》可以说是一个男人发现自我之书，在他逐渐了解了生活和女人的真相的时候，他也找到了他自己存在的意义和生活的意义。

从总体上说，阿摩斯•奥兹并不喜欢在小说的形式上做更多的探索和冒险，他的小说都有着现实主义的外壳，有些小说只能算是现实主义风格的微弱变形——书信体、精神分析和结构现实主义等，他对小说内部的时间和空间的运用都不突出。但是，在他的第七部长篇小说《费玛》（1991）中，就有了明显的现代小说意识：小说对限定时间内人物的活动有了精确的空间和时间感。我感觉，这部小说明显受到了《尤利西斯》和《追忆逝水年华》的影响，小说的内部叙述时间是从 1989 年 2 月 12 日到 1989 年 1 月 17 日这六天，主人公是一个中年男性诗人费玛，他的正式职业是一家妇科诊所的前台接待。小说似乎带有浓厚的自传色彩，不过，我经过仔细地阅读和分析之后发现，小说中的诗人费玛完全是生活中的阿摩斯•奥兹的一个反面。不过，他的主要生活经历和阿摩斯•奥兹很相像：费玛的母亲也是自杀而死。但是，和阿摩斯•奥兹不一样的是，费玛处理起自己的生活很弱智、很糟糕，他和妻子关系紧张，他的精神状态也不稳定，喜欢沉浸在自己的文学世界里。他怀念自杀的母亲，经常在梦中梦见母亲的形象，并且把她的形象不断地写成诗歌。他和妻子离婚了，妻子到美国定居后又和别的男人结婚了，他感到很内疚。他思想激进，带有犹太复国主义思想，但是，行动上是一个矮子，非常迟缓。他诗歌写得很好，却又没有任何行动能力。总之，这部小说呈现了一个精神世界和外部的生存景象严重分裂的、非常普通和平庸的以色列当代人的生活状态，他在六天里的生活：吃饭、睡觉、交往、回忆、上班、性交——精细地描绘了他一边沉浸在琐碎的日常生活中，一边不断地通过自由联想和下意识的心理活动，对自己过去和女人之间的交往、对以色列的当代政治、社会问题和文化处境做的联想和评述，以之来呈现出他的整个存在状态。比如，他还幻想和政府的内阁成员对话，在自己的大脑中虚构了一个一百年之后生活在以色列的人物，并且和这个虚构的人对话，探讨以色列的未来。

阿摩斯•奥兹把《圣经》与犹太经典著作《塔木德》对以色列人的日常生活和行为方式影响深远的文化辐射也投射到小说主人公的身上，对他的日常行为做了更为深入的分析，描绘出以色列人的深层文化心理积淀。我十分喜欢这部小说，它算是一部我中意的、小型的、经过了删节和某些修正的《尤利西斯》和《追忆逝水年华》，以一种令人亲切而不是令人生畏的方式，把以色列人的生存景象带给了我们。和阿格农那样秉承了犹太人复国主义理想的第一代希伯来语作家善于描绘英雄人物不同，阿摩斯•奥兹属于第二代作家，他更喜欢把笔触放到普通人的身上，以以色列普通人的存在状态，来折射出整个社会、国家、民族和人性的状态。这样的写作显得更平实、逼真，也更加亲切，具有了感染人的力量。

阿摩斯•奥兹说：“我的小说主要探讨神秘莫测的家庭生活。家庭是古老的社会构成单位，大概也最为神秘。现代中国和以色列之间尽管差别很大，但我相信，我们在家庭生活的组合、家庭生活的温情、家庭生活的深处等方面有共同之处：传统和现代、价值观念与情感通常带有普遍性。”1994 年，阿摩斯•奥兹出版了长篇小说《莫称之为夜晚》。小说描绘了年龄差异比较大的一对夫妻之间的故事：西奥和诺雅在南美洲某个国家旅行的时候认识了，并且很快成为情侣，两个人一起回到了以色列的一座偏僻的沙漠小城市结婚并居住下来。但是，随着他们婚姻生活的展开，以色列的沙漠小城那种沉闷、闭塞的氛围，逐渐地吞噬了两个人的生活。这两个人的婚姻生活从表面看，非常平静，但是内里却充满了角逐、争斗和埋怨。西奥由过去的战斗英雄变得猥琐和沉默，而他担任中学英语教师的年轻妻子诺雅，则以和其他男人发生性关系的方式来排遣生活的平庸和内心的郁闷。后来，诺雅开始帮助一个从俄罗斯回来的犹太音乐家，试图寻找生活的重心所在。《莫称之为黑夜》在叙述上带有轻盈的语调，以夜晚般的从容、神秘和幽暗，描绘出人性的幽暗和温暖交织的微妙。

阿摩斯•奥兹在这部篇幅不大的小说里，显示了他卓越的叙事才能，那就是，他没有只是去描绘一对似乎不那么匹配的夫妻之间的悲剧生活，而是把两个人的生活延展开来，扩大到社会学的层面，将二十世纪九十年代以色列人的精神面貌和生存处境表现了出来，这就是阿摩斯•奥兹的高明之处。而反观那些水平低劣的小说家，他们一般往往会对夫妻关系的远近和互相背离处进行精微刻画，但是却看不见其背后的社会背景和文化背景，更看不见人性中更为丰富和复杂的内容，以及和外部世界的广阔联系。所以说，阿摩斯•奥兹是属于那种典型的善于以小见大、从描绘家庭出发，进而描绘了以色列人、以色列社会乃至全体人类共通性的大作家。

阿摩斯•奥兹后期的长篇小说还有《地下室中的黑豹》（1995）、《一样的海》（1998）等，因为没有中文译本，我没有读到过。除了早期的短篇小说集《胡狼嗥叫的地方》，他还出版有两个中篇小说集《一直到死》（1971）和《鬼使山庄》（1976），都是从很小的地方切入到人物的内心，然后展开一个细腻和微观的世界，在形式上也更加灵活，是他长篇小说序列的重要补充。

三

2002年，阿摩斯•奥兹推出了迄今为止他最厚重的长篇小说《爱与黑暗的故事》。这部小说翻译成中文在五十万字左右，是阿摩斯•奥兹的小说中篇幅最长的。可以说，阿摩斯•奥兹在写这部小说的时候，动用了他最重要的写作资源，那就是，他的家族历史。《爱与黑暗的故事》呈现了以色列百年风云在一个家族的历史和生活中的浓重投影。小说的设计可以说是雄心勃勃的，可以看出阿摩斯•奥兹的宏大追求和超越自我的努力，因为写作这部小说的时候，他已经越过了六十岁的门槛。看来，他一般不轻易地动用自己的一些写作资源，不到觉得能够完整和彻底使用那个资源的时候，他就不去动它，直到感觉到成熟了，感觉到小说将破土而出了，他才下笔。小说将犹太人和阿拉伯人两大民族之间的百年恩怨展示了出来，二十世纪所发生在中东地区的重大历史事件，在小说中都有回声，并且影响着这部小说中的人物命运。小说的叙述者是第一人称“我”，也就是作者的化身，从他自己的出生写起，然后展开了一个家族三代人的命运。他的祖父母是在二十世纪最初的二十年里，从波兰和乌克兰移民到巴勒斯坦的，他们深受犹太复国主义思想的影响。在他们的理念感召下，第二代、也就是叙事人“我”的父亲，被祖父母寄予了很高的希望，祖父母希望儿子在《圣经》和《塔木德》等典籍的滋润和照耀下，能成长为一个大知识分子和学者，而不是成为受到当时一些激进思想影响的人。但是，到了“我”这一辈，则对上述两代人都产生了叛逆思想。当“我”的母亲自杀之后，叙述者“我”就离开了家庭，毅然来到了“基布兹”，成了老派的犹太人家庭在文化上和思想上的叛逆。最终，“我”在艰难地求生存的道路中，逐渐地成了一个著名作家，实现了自我的价值，也实现了祖父母对后代的希望。

阿摩斯•奥兹自己说过，“我写了一部关于生活在火山口下的以色列人的小说。虽然火山近在咫尺，人们仍旧坠入爱河，感觉嫉妒，梦想升迁，传着闲话。”在他的这部最厚重的小说当中，爱和黑暗像水一样滋润和漫漶。阿摩斯•奥兹将自己的家族故事与以色列的历史演变和处境完美结合，给我们描绘出以色列人的现实处境和整个当代人类社会的现实处境。

我看到，在书写爱与善的主题的时候，阿摩斯•奥兹更像是一个温情的男人，一个善良的教士，一个慈祥的父亲和兄长，一个温和的、被女人所喜欢和钟情的男人。在他的很多小说中，他都在描写男人与女人应该如何相处，人与人之间应该如何互相尊重和互相爱护，不同的种族应该如何在文化差异中寻找共同点，然后，共同地生存下去。

阿摩斯•奥兹1995年出版了一部篇幅不大的长篇小说《地下室的黑豹》，这是一本从少年角度观察成人世界，呈现在1947年，巴勒斯坦地区脱离英国人的管辖，以色列建国前夕的情况。小说虽然没有直接书写犹太人和阿拉伯人的冲突，但是却追寻了冲突的根源。小说主人公是一个十二岁的孩子，他观察的直接对象就是自己的父母亲。通过对父母亲的观察，以及他和一个英军士兵的来往，将当时的历史氛围以成长小说的视角给予了绝妙的呈现。最后描写了无比宏大的主题：背叛和爱，民族主义和战争，成长的烦恼和困惑等，小说的内容似乎是轻巧，但是背后含量和涉及的主题却很庞杂博大，语言纯净，简洁，生动，具体，是一部不可忽视的作品。

阿摩斯•奥兹对小说的形式感非常在意和重视，他的小说总是先找到要表达的东西，然后他就给自己的小说寻找到恰当的形式感。1999年出版的诗歌体小说《一样的海》，可以说是他小说中的另类，至少在小说的形式感上来说是这样。诗体小说这种样式不说已经完全死亡，也是大为式微了，因为诗体小说的叙事功能被散文体小说完全占据并放大，因此，诗体小说不仅难写，也是读者不大爱看的了。但阿摩斯•奥兹的这部诗体小说，让我感到并不厌烦，甚至在阅读的过程中产生了浓厚的兴趣，就在于《一样的海》是那么的生动。这部诗体小说每一节的片段都像一首很短的诗歌片段，不超过一页，所以，叙事的节奏掌握在抒情诗歌的篇幅中推进，甚至有些像一出诗剧，因此显得不那么冗长和疲乏。这本书说的是六十岁的阿尔伯特的家庭成员之间的故事，继续着阿摩斯•奥兹擅长的家庭主题，在家庭环境中，展现了人性的丰富和微妙。一样的海，但是却是不一样的人。

阿摩斯•奥兹最新的长篇小说是出版于2007年的《咏叹生死》，这个时候，阿摩斯•奥兹已经六十八岁了。年迈的感觉袭击了他的心灵，使他体验到死亡和生命的存在感。小说在探讨生命和死亡的意义上，有着全新的呈现。可以说，阿摩斯•奥兹总是能够将自我的体验不断地放大到人类的境遇中，去呈现尖锐和疼痛的一面。2009年，他又出版了篇幅较短的长篇小说《生死诗韵》，讲述了一个喜欢观察当代以色列人生活的作家一天夜晚所遭遇的故事。小说带有沉思性，将一个作家创作内外的思考和对生活的观察巧妙地结合了起来。

在中文的阅读世界里，阿摩斯•奥兹为我们全面打开了通向以色列人的心灵世界和现实处境的门和窗户，让我们看到了以色列人的生存图景和生命体验，他们的悲欢与痛苦，他们的焦躁与不安，他们日常生活中的烦恼和欢喜，他们的精神状况和宗教世界的苦闷和欣悦，他们寻找心灵家园和文化故乡的哀愁。阿摩斯·奥兹用他的13部长篇小说，和其他大量的中短篇小说、政论随笔、文学文化评论以及儿童文学作品，为我们建立了一个丰富的文学世界。

阿摩斯·奥兹热切地关心现实，还出版有文学评论和政论随笔集有《在炽热的阳光下》（1979）、《在以色列的国土上》（1983）、《黎巴嫩斜坡》（1987）、《局势报告》（1992）、《天国的沉默》（1993）、《以色列、巴勒斯坦与和平》（1994）、《我祖母的真正死因》（1994）、《故事的开头》（1996）、《我们所有的希望》（1998）等十多部，因此，阿摩斯·奥兹还有另外一个形象，那就是，他是一个呼唤和平的斗士。这个和平斗士的形象，是那么巧妙地和他的温和犀利的小说家形象结合在一起，共同成为一个统一的阿摩斯·奥兹。他从来都是敢于担当社会责任的——他是当代以色列的少数公共知识分子，多年来，他不断地通过小说、政论和散文随笔作品，对困扰以色列人生存的重大社会问题发言，大胆批判，对巴勒斯坦和以色列之间的纷争，不断呼吁采取和解与和平的方式来解决，这些都是很多人所激赏的，也是一些以色列极右人士所痛恨的。在战乱和恐怖事件不断地出现在中东地区人民的生活中的今天，在炮火和死亡的恐惧仍旧笼罩在巴勒斯坦和以色列人民头上的今天，作家何为？阿摩斯·奥兹做出了有力的回答，那就是，作为一个文化勇士和社会活动家，他呼吁和平，以他并不宽大的身影，发出了有力的声音，成了中东和平曙光出现的报喜天使。

我想，阿摩斯·奥兹首先是爱与善的书写者。在他的多部小说里，家庭和爱情生活所导致的人性复杂的变化，是他不断书写和探询的主题。他的每部小说里都在讲述爱——这种在今天这个混乱的世界里越来越稀缺的东西是如何被我们每个人所渴望，如何被我们每个人所梦寐以求的故事，因为爱是我们每个人、每一天都需要的氧气一样的东西。但是，对爱的追寻，却因为文化的、政治的、经济的、社会的、人种的种种原因，其过程变得艰难而复杂。而讲述当代人类社会追寻爱与善的艰难的故事，正是阿摩斯·奥兹的拿手好戏。因此，他才获得了很多褒奖，包括了法国“费米娜文学奖”、德国“歌德文化奖”、西班牙阿斯图里亚斯王子文学奖等国际大奖，也成了近年诺贝尔文学奖有力的竞争者。

在欢迎阿摩斯·奥兹的致辞的结尾，我说：“中华民族和犹太民族都是饱经沧桑的古老民族。阿摩斯·奥兹在致中国读者的一封信中曾经说，‘我不但希望我的小说让富有人情味儿的中国读者感到亲切，而且，要在战争与和平、古老文化身份在现代的变化、深厚的文化传统的重建与改变方面，唤起人们对当代以色列状况的特殊兴趣。’我想，阿摩斯·奥兹的希望，肯定能够在面临着相似的复杂文化处境、经受同样巨大变革的中国完美地实现。而阿摩斯·奥兹本人来到了中国，更说明了这一点。”

阅读书目：

《以色列的瑰宝》，何大明译，河南人民出版社，1993年6月版

《何去何从》，姚永彩译，译林出版社，1998年8月版

《我的米海尔》，钟志清译，译林出版社，1998年8月版

《了解女人》，傅浩等译，译林出版社，1999年6月版

《沙海无澜》，姚乃强等译，译林出版社，1999年10月版

《费玛》，范一泓等译，译林出版社，2001年3月版

《黑匣子》，钟志清译，上海译文出版社，2004年4月版

《莫称之为夜晚》，庄焰译，南海出版公司，2006年4月版

《鬼使山庄》，陈腾华译，南海出版公司，2006 年 6 月版

《爱与黑暗的故事》，钟志清译，译林出版社，2007 年 8 月版

《咏叹生死》，钟志清译，浙江文艺出版社，2010 年 1 月版

《胡狼嗥叫的地方》，郭国良等译，浙江文艺出版社，2010 年 7 月版

《故事开始了》，杨振同译，译林出版社，2011 年 1 月版

《一样的海》，惠兰译，译林出版社，2012 年 6 月版

《地下室的黑豹》，钟志清译，译林出版社，2012 年 6 月版

《忽至森林深处》，钟志清译，译林出版社，2012 年 12 月版

安部公房：面对墙，寻找门

（1924—1993）

一

1994 年，大江健三郎获得了诺贝尔文学奖，很多欧洲人还以为是安部公房获奖了，因为，安部公房在西方的影响很大。三岛由纪夫生前曾经说过："安部公房的创造性和深刻的寓意，对日本现实产生了巨大的冲击力……充分展示了其文学天才。"大江健三郎在获得了诺贝尔文学奖之后，也十分谦虚地说："如果安部公房健在，诺贝尔文学奖这个殊荣非他莫属，而不会是我。"他的谦虚自然令人赞赏，但这也说明了安部公房的极端重要性。

日本，作为中国的近邻，其文学的发展在整个二十世纪里都有着长足的表现。国运和文运有时候是相辅相成的，有时候又适得其反。在二十世纪里，日本给世界贡献出了不少的小说大家，我扳着指头随便就能数上几个：夏目漱石、芥川龙之介、川端康成、谷崎润一郎、三岛由纪夫、安部公房、大江健三郎、村上春树等，个个都是具有世界影响的小说家。一次，和一个对日本文学很心仪的作家聊天，他说，以二十世纪作为一个大的时间尺度来观察，日本文学的总体水平，要高于中国二十世纪文学的总体水平。我反问他，是不是日本出了两个诺贝尔文学奖的获得者，你才这么说？他说，不是的，他随后列举出一系列包括上述作家的名单，请我也列出中国大作家的名单来比试一番。我对他的这个判断不做评价，姑且算一种说法吧。在亚洲，日本深受“脱亚入欧”思想的影响，从明治维新时代开始，就走上了全面西化的道路，并在这个西化的过程中还使自己的文化传统具有了现代再生的能力，从而成了亚洲现代化之路上的先行者。在动荡和混乱的二十世纪里，包括日本和中国在内的亚洲国家命运多舛，经历了十分艰难曲折的发展历程。如今，在整个国家的现代化程度上，日本显然要超出中国很多，而我们似乎对这个近邻却缺乏真正意义上的了解，因此，研读日本二十世纪重要作家的作品，就十分必要。

1924 年，安部公房出生于东京，后来，他跟随父母来到中国，并在辽宁沈阳这个中国东北最大的城市里念了小学和中学。他父亲在沈阳一所医科大学担任教授，母亲则醉心于文学，在安部公房很小的时候，母亲就指导他阅读了很多经典世界名著和日本文学名著。1940 年，安部公房跟随亲人回到了日本，1943 年，十九岁的安部公房考上了日本东京帝国大学医学系，学习临床医学专业。在这个时期，他喜欢搜集昆虫标本，阅读奥地利诗人里尔克的诗集。1944 年，厌恶战争的安部公房为了躲避兵役，休学来到了沈阳。这个时候，日本侵华战争已显露出败象，安部公房就更加沉浸到精神的世界里，他阅读了欧洲存在主义哲学家萨特、雅斯贝尔斯、海德格尔等人的著作，受到了很大的影响。1945 年 8 月，日本宣布投降之后，他被遣送回日本，在东京大学继续学习。毕业之后，他并没有去从事医生的职业，而是走上了文学道路。这是安部公房早期的生平情况。日本一些研究者认为，正是安部公房在中国作为离散侨民的生活和日本战后失败景象对他的刺激，在他的脑海里形成了沙漠般荒凉的时代感受。他深刻体验到了个体生命的孤独感，并将之升华成一种时代情绪，并在孤绝的状态里去寻求意义和希望。这个寻求希望的举动，对于安部公房来说，就是弃医从文，投身于文学，去寻求一个有意义和价值的世界。

安部公房很早就开始了自己的文学生涯。1947 年，二十三岁的安部公房自费出版了诗集《无名诗集》，诗风艰涩、怪异，带有象征主义和超现实主义诗歌的影响，表达了“二战”结束之后日本青年人的彷徨与苦闷的心情。1948 年，他参加了在东京成立的现代派作家沙龙“夜之会”，这个沙龙由一群醉心于欧洲现代派文学的青年诗人和作家组成，大家经常在夜晚聚在一起，探讨以现代主义文学的技巧，去表现战后的日本社会现实的可能性。同一年，他的处女作长篇小说《终道标》由真善美出版社出版。这部小说在写法上还显得稚嫩和生涩，讲述了几个年轻人的生活，虽然有些变形，但还带有现实主义的底色。1950 年，他发表了短篇小说《赤茧》，第一次表现出自己鲜明的存在主义小说风格：小说的主人公是第一人称的叙事者“我”，他在无边的都市中漫游，却找不到自己的家，他在都市中不断行走，在寻找家园的过程中，他自己竟然逐渐地退化和缩小，结果，他竟然变成了一个空空如也的赤茧，“我”消失了，自我变成了空洞的茧。这种带有荒诞感和异化感的风格，在他后来的小说中逐渐地加强。

1951 年，安部公房出版了中短篇小说集《墙》，并以中篇小说《墙——S•卡尔玛氏的犯罪》获得了日本最重要的文学奖、第二十六届“芥川小说奖”，从而一跃登上了日本文坛。《墙》翻译成中文有六万多字，故事情节怪诞夸张，带有超现实的特征，描绘了一个社会边缘人在“二战”后高速发展的日本社会中，人格的异化和精神世界的荒芜。这个人是一个地位卑微的公司职员，有一天，他忽然被解雇了。丧失了工作之后，他不仅在社会上逐渐失去了自己的名字，变成了一个无名无姓的人，还被列为危险人物受到了社会的排斥，到处遭白眼，一些横祸也飞临头顶。到后来，连他的衣服、帽子、鞋袜都开始造反了，都开始和他做对了。最终，他异化成一个无足轻重的人，“永远处在被告的地位”上。

有意思的是，在安部公房的笔下，《墙》中的主人公即使遭到了这样的厄运，他也不反抗、不申辩，而是接受了强加到他头上的一切，宁可任人摆布，丧失自我也无所谓。因为，似乎有一面墙摆在他面前，他却永远都冲不过去，这无形的墙仿佛是一副纸手铐一样，以别样的方式禁锢了他。在小说的结尾，主人公被人按到了墙上：“‘他’立刻意识到那就是在‘他’胸部的旷野中正在成长中的墙壁。一定是墙壁已经长得更大了，已经填满了‘他’的整个身体。抬起头来，在窗户上映出了自己的影子。已经不是人的模样了。好像是从一块方形厚板上，杂乱无章地向外伸出手、脚和脖子一样。过了不久，手、脚和脖子也像被钉到鞣皮板上的兔子皮一样地被拉长、扯紧，终于，‘他’整个的身体完全变成了一堵墙壁。一望无垠的旷野。我就是在旷野中的，静静地，永无休止地成长下去的墙壁。”主人公发现，他被墙包围和挤压着，最终，他变成了墙本身。从这篇小说的故事情节可以看出，他深受卡夫卡等作家的影响，以离奇、荒诞和可怕的描写，将日本人在现代化过程中的异化感描绘成令人触目惊心的存在，借此来书写人类存在的一种普遍状态。

1952年，安部公房出版了短篇小说集《闯入者》和《饥饿的皮肤》，继续他对现代人异化问题的探讨。其中，短篇小说《饥饿的皮肤》描绘一个生活失意的男人，向一个女人复仇的怪诞故事。最终，男主人公使令他极端厌恶的一个女人遭到了惩罚，但是，在小说的结尾，却发生了离奇的变化：“……我每天反复读着那则有关女人的报道。于是，有一天，我注意到了一件不可思议的事：原来写着女人的名字的地方，不知何时竟变成了我的名字。然后，某一天，我的皮肤感觉到类似死亡的不安的冰凉，变成了墨绿色。”惩罚那个女人的结果，使他自己也成了受害人。

安部公房的短篇小说，几乎每一篇都深深地打着自陀思妥耶夫斯基肇始、经过奥地利作家卡夫卡所不断地探询的、在萨特和加缪那里得到深化的、对人的异化和存在的深刻质询与发问、呈现与书写的印记。比如，短篇小说《狗》中，讲述了第一人称叙述者、画家“我”对狗的厌恶和他自身婚姻之间的关系：“我最讨厌狗了，瞧着它就憋气，可我还是结了婚。狗和结婚纯粹是两码事，这我当然明白。不用说，对我而言狗的问题比结婚还重要。”主人公和一个模特结婚了，但是，模特提出来必须要带一条狗一起生活，否则就不能和主人公结婚。于是，他不得不答应，他们最终结婚了。男主人公虽然接受了狗在他们生活中的存在，但是和狗的较劲和斗争，则持续地在他的生活中进行。狗的存在使主人公感到他的日常生活变得很紧张，使他的婚姻出现了异样的变化。小说以人、狗和婚姻的关系，来折射现代人对婚姻的不适应和内心紧张的景象。可以说，安部公房的短篇小说大都寓意深刻，他很善于将人的存在状态以鲜明的象征物和生动变形的细节来呈现：

在短篇小说《梦中的士兵》中，一队拉练的士兵要经过一个被冰雪覆盖的山村。但是，村里也有在外边当兵的，这个封闭的山村很害怕有逃兵逃回来，因为逃兵事件很容易发生。于是，在部队经过的时候，村子里布置了警察，大家如临大敌，不断地讨论如何防范。果然，不久，村长接到了报告，说是发现了一个逃兵正在向村里的方向走来。村里立即布置力量进行防范，并且通知大家都要关闭门户，不允许接待那个逃兵。整个村子都严阵以待，“全村都沉浸在一片静谧和黑暗中，动物般的不安笼罩着整个村庄。”结果，第二天，有一具尸体被发现了，果然，那是一个逃兵的，他是卧轨死的。而他的父亲，正是布置警察和其他村民防御逃兵的村长。我想，这篇小说要传达的，是“二战”期间日本人精神状态的紧张感，安部公房借助防范外来的逃兵，来关照日本人的精神面貌，进行了一次绝妙的、萨特所说的“他人就是地狱”的存在主义思想的文学呈现。

二

1954 年，安部公房出版了长篇小说《饥饿同盟》，并且，他开始投身于电影剧本和戏曲剧本的创作。1956 年，他出版了短剧集《R62 号的发明》。这段时间，是安部公房的小说创作和戏剧创作并重的时期。

安部公房一生所写下的十部长篇小说的篇幅都不很大，大都在中文十五万字左右。《饥饿同盟》的篇幅在十万字出头，讲述了一个荒诞的故事。在战后的日本社会背景下，一些被社会抛弃和排斥的人建立了一个秘密组织，这个秘密组织就叫作“饥饿同盟”。他们把生存的唯一希望寄托在地热发电这个行动上，只有这样，才能够改变他们的生存环境。但是，在计划在即将成功的时候，遭到了镇长和当地恶霸的阻止，地热开发项目被他们抢走了。小说讲述了一群无望的人是如何怀抱希望去开发新项目，最终却功亏一篑的故事，以此象征了“二战”结束、日本军国主义彻底覆灭之后，生活在日本社会底层和边缘的民众们，他们在追求幸福生活过程中的艰难和遭遇，描绘了普通日本人的希望和绝望。小说从表面风格看是现实主义的，在细节和情节的刻画上，都很讲究，都很具体。但是，小说的内里则有着存在主义思想的内核，是对存在的探讨和呈现。

可以看出，安部公房是一个有着强烈社会责任感和批评能力的作家，他善于将社会问题以象征和荒诞的方式加以呈现，以变形和夸张的方式聚集成焦点。

1957年，作为一次出访东欧的副产品，安部公房出版了游记和随笔集《东欧行——匈牙利问题的背景》，将匈牙利社会状况进行了分析，犀利地观察到当时的社会主义国家匈牙利存在的问题。同年，他出版了长篇小说《野兽们奔向家园》。这部小说的篇幅也不大，安部公房动用了他曾经在中国东北生活过的经验，描绘了第二次世界大战结束之后，共产党、国民党、苏联人和日本侨民等几种政治力量在东北的存在及相互的角逐。在这部小说中，有一个安部公房自己的化身存在：主人公作为日本侨民生活在中国东北，他不清楚即将到来的社会变化，也不清楚各种政治力量和军事集团的关系，但是，他逐渐感到了威胁迫近，感到了死亡、疾病、压力的普遍存在，最后，主人公作为侨民被遣送回故乡。总体情节和他在1944年因为躲避服兵役而来到沈阳，次年日本战败之后被遣送回日本一致。小说的题目叫作“野兽们奔向家园”，意思就是一个存在于世界上的人，如果想像野兽那样自由地奔跑在世界上，是相当困难的。在这个世界上，到处都是社会体制、政治制度、军事力量的存在，人们最终都要被一种制度、一种社会习俗所统摄，人不可能像野兽那样自由自在地存活在世界上。的确，“二战”结束也有六十多年了，如今，在地球上，越来越多的人类已经把野兽都消灭得越来越少，今后，只有那些比人类的体魄小、又比人类的生存能力更强的老鼠和蟑螂才能够长期存在下去。

在这个时期，安部公房还出版了评论集《文学电影论》和《将计算机的手移在猛兽的心》，这两个集子收录了他关于电影、文学、时代和人的存在等问题的评论和探讨文章，足见其对日本社会犀利和敏锐的观察与批判。在写小说和随笔的同时，安部公房还把很多精力都投入到戏剧创作和演出上。1958 年，他出版了剧本《幽灵在此》。这是一出讲述日本人在战后的商业社会里无法适应、生活中矛盾重重的戏剧：一个男子感到自己被社会所抛弃和湮没了，于是，为了发出自己的声音，他到处张贴“高价收购死人照片”的招贴，来向有权势的人挑战。全剧中，一个幽灵似乎一直存在着，但是却并没有上场，而新闻记者、市长、金融业职员和企业职员、服装模特等纷纷上场，共同演绎了一出带有荒诞风格的活剧。

这个阶段，安部公房逐步进入到创作的高峰期，佳作不断推出，题材也显得开阔。1959 年，安部公房出版了带有科幻色彩的长篇小说《第四个冰期》，1960 年，新潮出版社出版了他的长篇小说《石头的眼睛》，这是一部描绘日本现代社会激烈竞争的情况下产生的异化问题的小说。1962 年，安部公房又出版了他的代表作、长篇小说《砂女》，次年，这部小说获得了第十四届“读卖文学奖”，使他在大众之中的影响和声誉大增。

《砂女》是一部最能显示安部公房的艺术风格和追求的小说，也是他在世界上影响最大的作品，因为在 1964 年，这部小说被改编成了电影，并获得了法国戛纳电影节的评委会大奖。电影的流布使小说的影响扩展了开来。写作《砂女》这部小说，安部公房动用了他早年在东京帝国大学医学系学习期间，喜欢搜集昆虫标本的一些体验。这部小说的情节本身带有强烈的寓言性和荒诞性质，讲述一个昆虫学家前往海边的一个沙丘地带，去搜集昆虫标本，结果，他在一个女人的诱惑下，不慎落入到一个巨大的、被沙丘所包围的洞穴里。那个女人就居住在洞穴里。她是一个寡妇，这是她设计的结果，使昆虫学家掉进洞穴。她希望昆虫学家留下来，和她一起生活。但是，昆虫学家却觉得自己落入到一个陷阱里了，被扣押和绑架了，他渴望尽快逃走。于是，他开始了自己的逃跑历程。但是，无论他采取什么样的逃跑方式，都无法离开这个巨大的洞穴。周边的沙丘令人绝望地耸立，砂石滚动，人很难爬到洞穴的上方。在一次次的失败中，他和那个引诱他进入洞穴的女人之间的关系，也由敌对逐渐变得友好了，他也开始意识到，他可能还有另外一个自我，可以和变化之后的恶劣环境和平共处、可以和这个敌对的女人相处下去。在小说的结尾部分，女人因为宫外孕被吊索拉走，送到医院去治疗了，吊绳就垂悬在昆虫学家的面前，昆虫学家获得了一个绝佳的、可以逃跑的机会，但是，他却改变了主意：与其逃跑，不如在洞穴里存在下去，因为洞穴里的生活也很好，安全、潮湿、宁静，具有可以和外部可怕环境对抗与回避的能力。昆虫学家想，“逃亡，在那以后的第二天考虑怕也不迟。”在小说的最后，法院下达的有关失踪人员登记的催促通知说明，这个昆虫学家最终没有离开那个洞穴。

《砂女》是一部寓意复杂的小说，它成了自现代主义诞生以来最重要的小说之一，对《砂女》的解读也是多方面的，我就觉得，它完全可以和卡夫卡的小说《变形记》和《审判》相媲美。在呈现现代人的异化、孤独、精神异常和焦虑方面，在亚洲作家中，安部公房是最为深刻的。《砂女》也注定将和卡夫卡的《变形记》《城堡》等作品一起，成为现代主义的经典作品。

1964年，安部公房出版了长篇小说《他人的脸》，这也是他的一部力作。小说的主人公是一个男人，在一次意外的事故中，他丧失了他的脸——这个可以标明为他之所以是他而不是别人的特征和器官，于是，一些巧妙和奇怪的遭遇就在他的身上发生了。和中篇小说《墙》中那个失去了自己姓名的男人一样，这个失去了自己的脸的男人，生活从此开始了变化。他的同事开始排斥他，妻子拒绝和他过性生活。为了从妻子那里得到原初的爱情，他请人制作了一个面具，去诱惑他的妻子和他做爱，试图找回真实的自我。

但是，他还是无法确定自我的身份，在迷途中他越走越远。最终，他决定告诉妻子，他是在利用他人的脸和他妻子发生性关系的真相，但是妻子也告诉他，她知道这个事实和真相，已经原谅他了。这使他再次陷入一种自我认同的绝境中。小说的主题深刻而复杂，可以说，《他人的脸》探讨了现代社会中人的自我和他人、个体和社会、内心和外部现实之间的激烈冲突，在文学创作的层面上，超越了一个所见即所得的现实主义的文学书写模式，创造出一个崭新的、抽象而意义丰富的文学空间。

在 1964 年里，他还出版了《没有关系的死》《心中的都市》这两部随笔和戏剧作品集。1965 年，安部公房又出版了戏剧剧本《夏本武扬》，这是一出讲述古代日本武士生活的戏剧。由此看来，在整个二十世纪六十年代，安部公房都是相当活跃、创作力是相当旺盛的。1967 年，他出版了长篇小说《燃烧的地图》，这又是他的一部小说佳作，可以看作是《砂女》的某种呼应和续篇。

《燃烧的地图》这部小说有一个侦探小说的外壳，但是其所包含的寓意却很深刻，讲述一个私人侦探接受了一个委托，前往一座城市去调查一个突然失踪了的男子的故事。最终，所有的线索都中断了，在都市的迷宫中，这个侦探逐渐失去了自我，他在搜寻目标的过程中忘却了目标的存在和他自己的使命。最终，他烧掉了已经不能给他指示方向的地图，在如同沙漠一样荒芜的大都市中，他感觉到自己反而成了一个被追踪者，有不知名的追踪者，正在追踪他，于是，他开始了自己的逃亡，由一个追踪者变成了一个逃亡者。小说表达了人在高度商业化和都市化、物质化的世界里生存的强烈不安感，以侦探小说的形式，一步步地将读者引入到一个精神的绝地里，去进行绝对思考。

《燃烧的地图》这部小说还被拍摄成电影，影响不小。1967 年，法文版《砂女》获得了法国最佳外国文学奖，深受欧洲读者的欢迎，安部公房在西方的影响日益扩大，成为日本现代派小说的第一人。1969，他出版了戏剧剧本集《朋友们》，收录了那个时期他创作的一些剧本。1970 年，新潮社推出了《安部公房戏剧全集》和《安部公房集》，后者收录了他当时发表的主要小说作品。1971 年，他又出版了评论集《内在的边境》，收录了他关于存在和人心、社会与个体、制度和人性的思考。1973 年，安部公房创办了“安部公房话剧工作室”，大力推动戏剧演出。从他一生参与的文学活动来看，他参与最多的就是戏剧，而小说的创作则相对是静态的。戏剧作品在他的创作中，也占有十分重要的位置，值得专门研究。

三

安部公房的后期作品显得越发纯熟，比如他的代表作之一、长篇小说《纸箱里的男人》就是这样，这部小说出版于 1973 年，小说的情节怪诞，描述一个钻进纸箱子里的男人在现代都市中的生活。小说的一开始，引述了一则报道：《上野·流浪汉大整治，今晨全线出击拘捕一百八十人》，讲述警察抓捕流浪汉的情况，并且接下来以引用一份流浪汉的自述的方式，构成了小说的全文。“这是一份在纸箱中度日的男人——箱男的实录。现在，我在纸箱中做这份自述。这纸箱，是一个从头往下套刚好捂住腰部大小的包装箱。方才说的箱男，其实就是我本人。也就是说，现在是：箱男在箱中作箱男的自述。”

小说从纸箱是如何制作成的说起，描述了这个都市流浪汉，试图在纸箱子里生存，并且通过一个窥视孔来观察外部世界。同时，有意思的是，在这座城市中，还出现了一个假的箱男，和真箱男之间发生了错综复杂的冲突。箱男还喜欢上了一个女护士，和她之间有着情爱关系。一个生活在纸箱子里的男人，在现代都市中游走，他是在和外部的世界隔绝，还是想以纸箱作为保护，达到和世界的平衡？他是想以这种方式反抗，还是要与世界做无谓的游戏？在这部小说中，安部公房展开了他非凡的想象力，以令人吃惊的叙述，呈现给我们一个悬置的人类存在的困境。

1974 年，安部公房的戏剧作品集《绿色丝袜》获得了读卖文学奖。1975 年，他还获得了美国哥伦比亚大学人文科学荣誉博士学位。次年，安部公房出版了长篇小说《幽会》。1980 年，他出版了评论集《通往都市的电路》，对高度现代化和都市化的东京文化进行了审视。这个阶段，是他后期创作生涯中出版作品比较多的时期。

1984 年，安部公房出版了长篇小说《樱花号方舟》。这是安部公房生前写作的最后一部长篇小说。我们知道，樱花是日本的国花，方舟是一条上帝惩罚堕落的人类的时候，让一部分人和动物逃生的船。从小说的题目上看，显然，安部公房是以方舟在比喻日本社会本身。这部小说带有科幻小说的特征，但是其内在质地则是黑色幽默的，滑稽荒诞的。小说探讨了核武器时代人类应该如何和谐相处的问题，借助《圣经》中关于诺亚方舟的记述，把背景放到了当代日本的一个用现代技术建造的、可以抵抗核战争的避难所，一个海边的废石矿。只有被挑选的人才可以进入这个废石矿。于是，谁能够进入这个避难所，谁有权力去挑选避难的人选，发生了一系列令人啼笑皆非的故事。小说塑造了一群怪诞的人，他们在各自的欲望、私利的驱使下，演绎出一出荒唐戏。安部公房是一个敏锐地观察社会，能够准确地把握时代风向和敏感神经的作家，这部小说可以说是对核武器时代人类处境的一个文学提醒。

1986 年，六十二岁的安部公房出版了评论集《急欲轻生的鲸鱼群》，对日本当代的文化处境进行了犀利的批评。此后，他的身体每况愈下，1993 年 1 月 22 日，安部公房去世了。

安部公房的小说总是将人忽然就甩入到一个绝望的处境里，然后让这个人物去寻找可能的希望。你看，无论是变成了茧、面对到处都是墙的人，还是失去了姓名和脸的人，或者是掉入到洞穴里的昆虫学家、进入到箱子里去生存的男人、在都市中寻找自我的失踪者和调查者，都在继续着对一种希望的寻求。安部公房认为，希望是绝望的形式，绝望是希望的形式，这两者之间不是对立的，因为方舟总是给人们带来了逃脱噩梦的最后希望。

谈到二十世纪的日本文学，很多中国读者对川端康成、三岛由纪夫、谷崎润一郎这几位小说家很熟悉，他们的作品也不断地再版，《雪国》《金阁寺》和《细雪》等，都是我们耳熟能详的作品。但是，我觉得，如果以二十世纪现代主义小说潮流的演变来看的话，上述几位作家的重要性不如安部公房。首先，安部公房在“二战”之后秉承了法国存在主义思想的影响，并把这种思想进行文学化书写，创作出一系列能够和西方现代主义文学进行对话的日语作品，和西方现代主义小说遥相呼应。其次，在日本发起的大东亚侵略战争惨遭失败之后，作为“战后派”作家群的代表，安部公房率先表达战争、核时代和商业社会带给人的异化感和苦闷彷徨，以极具创造性和个性的写作，继承了自卡夫卡以来的荒诞派、表现主义和存在主义文学的手法，使世界看到了日本文学的新风采。当时，曾经访问过日本的意大利著名作家莫拉维亚说过：“日本没有现代派、先锋派和前卫文学。”而安部公房的出现，则打破了这种傲慢的说法。正是安部公房，勇敢地把欧洲的现代主义小说潮流吸收融合，进行了创造性的转化，完成了“小说的大陆漂移”转移到亚洲的重要一步。这也就是为什么我那么喜欢和推崇安部公房的原因。

阅读书目：

《樱花号方舟》，张伟等译，作家出版社，1988 年 2 月版

《砂女》，杨炳辰等译，珠海出版社，1997 年 7 月版

《他人的脸》，郑民钦等译，珠海出版社，1997 年 7 月版

《箱男》，申非等译，珠海出版社，1997 年 7 月版

《燃烧的地图》，钟肇政译，台湾书华出版公司，1994 年版

大江健三郎："我就是那个跑来给你报信的人"（1935— ）

"与现实生活挂起钩"

大江健三郎是中国读者最熟悉的日本小说家之一，这和他在 1994 年获得了诺贝尔文学奖有着很大的关系。此前，他的作品的中文译本很少，但是随后，情况就大不一样了，他的每一部作品刚刚在日本发行，随后就被翻译成了中文，而且，大江健三郎也多次来到中国进行访问和交流，并且和莫言等中国作家建立了非常友好的互相倾听和欣赏的关系。而我最倾心于大江健三郎的，是他关于"建立世界文学之一环的亚洲文学"这个说法，纵观他一生的努力，实际上，都在为建立世界文学之一环的亚洲文学而努力，并以他所获得的巨大成果，得到了全世界的肯定和褒奖。

大江健三郎 1935 年出生于日本四国岛的爱媛县喜多郡的山村里，在具有原始风貌的森林边，大江健三郎度过了他和自然亲和的童年，并且阅读过马克·吐温的《哈克贝里·芬历险记》和瑞典女作家拉格洛芙的《尼尔斯骑鹅旅行记》，这两部作品给他的童年带来了幻想的翅膀，也是促使他后来走上文学道路的启蒙之作。上中学的时候，他就编辑了学生文学刊物《掌上》。1954年，十八岁的大江健三郎进入到东京大学文学系，攻读法国文学，受到了法国存在主义小说家加缪、萨特等人的巨大影响，而日本现代派作家安部公房的作品也给了他很大影响。不过，这个时候，大江健三郎已经确定了自己要追求的文学方向："那时候，我喜欢安部公房，阅读了安部和卡夫卡的作品，觉得有人写作如同寓言一样的小说，这真有趣。不过，我还是告诫自己，不要去写寓言小说，而是要尽量与现实生活挂起钩来。就这样，我决定写出与同在日本并同一个时代的安部公房所不同的、自己的独创性来。"（见《大江健三郎口述自传》中文版四十六页，新世界出版社版）

1957年，大江健三郎发表了他的第一篇短篇小说《奇妙的工作》，讲述的是在战后的时代里，作为少年的主人公要去打狗杀狗的故事。一个少年应聘一份工作，发现他要干的竟然是杀掉一百五十条狗，要求他在两三天的时间内干完。在这么一个带有存在主义思想痕迹的小说里，弥漫着一种日本战败之后的失落和阴暗情绪。随后，他还发表了短篇小说《死者的奢华》和《饲育》。《死者的奢华》讲述青年男主人公和一个怀孕的女大学生一起，为医学院的解剖室搬运尸体的故事，对生命、女人、性和死亡的沉思，对时代内部病症的敏锐体察，对青春期成长的复杂体验，是这篇小说的着力点："浸泡在浓褐色液体里的死者们，胳膊肘纠缠着，脑袋顶撞着，满满地挤了一水池。有的浮在表面，也有的半沉在水中。他们被淡褐色的柔软的皮肤包裹着，保持着坚硬的不驯服的独立感，虽然各自都向内部收缩着，但却又互相执拗地摩擦着身体。他们的身体几乎都有着难以确认般模糊的浮肿，这使他们禁闭着眼睑的脸庞显得更丰腴。挥发性的臭气激烈地升腾，使禁闭的房间里的空气更加浓重。所有的声响都和黏稠的空气搅拌在一起，充满了沉甸甸的重量感。”这是小说的开头，可以体会到大江健三郎那种压抑沉闷和病态的心绪。

而短篇小说《饲育》的背景则是“二战”期间，在日本偏僻的山村中，一群少年俘获了一名美国空军的一架坠毁战斗机的黑人驾驶员，他们对这个俘虏进行“饲育”和虐待，最终杀死了这个黑人俘虏。“二战”对日本民众和孩子们的影响深入到了四国的森林和人们的内心深处，一股莫名的哀伤贯穿全篇。《饲育》获得了 1958 年的日本最重要文学奖芥川文学奖，使年仅二十三岁的大江健三郎名声大噪，并且逐渐成为战后日本文学的重要代表人物。这一年，他还发表了短篇小说《人羊》《搬运》《鸽子》，长篇小说《掐死坏苗，勒死坏种》（又译《感化院的少年》）。《掐死坏苗，勒死坏种》描述了十五个被关在感化院里的少年如何寻求成长的故事。小说的叙述者是第一人称“我”，可以看到，日本刚刚从战败的灰烬里站立起来却又摇摇欲坠的时代状况在少年的心灵世界里的投影。大江健三郎的故乡四国森林的生活和童年的经验，以及日本战败之后的社会景象构成了这部小说的底色。

1959 年，大江健三郎毕业于东京大学文学部法国文学专业，他的毕业论文是《论萨特小说里的形象》，并发表随笔《我们的性世界》和长篇小说《青年的污名》《我们的时代》。《青年的污名》是一部小长篇，讲述日本边缘人的灰暗生活。小说的地理背景是日本偏僻的海岛阿若岛，讲述在某一年，青鱼的精液将海面染成了乳白色，结果，当地的阿伊努人被灭绝了，一群渔民青年人在性的欢愉和享乐主义的状态下，找不到人生的意义，遭到了自然和其他社群的惩罚，背负着岛屿无法捕捉青鱼的污名。小说有着神话和传说的力量，以原始的材料和传说入手，讲述了海岛上传统和现实的冲突，青年和统治者的冲突，隐约传达出神话原型理论的影响。《我们的时代》也是一部小长篇，小说里弥漫着一股躁动和欲望的气息，它通过一个二十三岁的青年靖男的性遭遇和性冒险，以性的角度来观察青年的独特存在和精神状态。靖男试图以道德堕落来摆脱伦理的束缚，但最终也没有获得解放，肉体的颓废带来的是精神上更大的创伤和虚无，心灵不仅没有获得安慰，还加速了靖男自身的毁灭过程。

1960年，二十五岁的大江健三郎和著名电影导演伊丹万作的女儿伊丹缘结婚。此时，他积极地参加反对日本和美国缔结安全条约的抗议活动，在这年的五月，他作为日本作家代表团的成员访问了中国。九月，他在《新潮》杂志上发表了长篇小说《迟到的青年》。这部小说分为两部，在大江健三郎早期作品中占有重要地位，它以第一人称的叙述，讲述了“我”自1945年夏天日本战败后所经历的痛苦岁月，描述了“我”在森林和山区长大后，离开故乡来到了大都市东京，寻找出路的故事。外地人和边缘人、青年人的压抑和性苦闷，都市的广大和冷漠，在这部小说中都有所表现。此刻的大江健三郎，就像是萨特在日本的文学传人那样，以介入的姿态，勤奋地书写他对时代的感受。所谓的“存在主义文学”风格，我想，主要有两个基点，一个是对人的存在状态的本质观念和存在本身的探讨，另外一面，就是提倡介入文学，要作家明确地对当代社会采取批判的姿态。因此，大江健三郎这个时期的作品，在这两个方面都有掘进。在社会的介入性方面，大江健三郎明确反对日本右翼势力，反对日美安全保护协定。1961年，他根据当时日本社会党委员长被右翼青年刺杀的事件，写出了中篇小说《十七岁》和续篇、短篇小说《政治少年之死》，表达了他对日本右翼势力的强烈批判态度，他也因为发表了这样的小说遭到了右翼势力的威胁。这一年，他去巴黎旅行，期间，曾经专门拜访了对他影响很大的法国思想家、作家萨特，言谈甚欢。

性的人和世界

在探讨日本人存在状态方面，大江健三郎以《性的人》《我们的时代》《迟到的青年》、《个人的体验》为主，从性的角度积极探索人的精神状态，取得了别样的收获。

1963年，他发表了中篇小说《性的人》，带有着一种野蛮和青春荒凉的气息，从性的角度，描述二十九岁的青年摄影师J和他周围的人和社会关系，呈现了日本战后迅速发展的社会状况给人们带来的精神痛楚和欢愉。性是大江健三郎一生都着力开拓和深挖的一个领域，他甚至认为，二十世纪的小说，已经将能写的大部分领域都触及到了，只有性的领域，是可以继续去探索的。日本在战后经济迅速腾飞，同时社会也充满了变化，这个时期的大江健三郎敏锐、病态和锋利，他以人的精神状态的异常，来折射日本在"日美安保协定"保护下青年人的反叛和对日本未来的迷茫感。同一年，他出版了长篇小说《叫喊声》，这部小说依旧描绘了日本社会的边缘人的生活，以第一人称、主人公"我"来讲述，塑造了三个鲜明的青年形象：男妓阿虎以卖淫的方式来寻求对自己的惩罚，以手淫自娱的吴鹰男最终堕落到强奸杀人的地步；主人公"我"作为见证人，讲述了他们在东京急剧变化的商业社会中，在堕落与升腾之间的游走，带有强烈的存在主义小说印记。

在1963年，大江健三郎自己的生活也发生了一个非常重要的事件：他的儿子大江光诞生了。但是，大江光是一个先天头骨有残疾的孩子，因此，在智力上也有些障碍。也就是说，第一次当父亲，他就和妻子生育了一个弱智儿子。这个私人生活中的不幸事件带给他巨大的刺激，他体验到生命的焦灼和生存的艰险。一度，大江健三郎甚至想放弃承担养护这个弱智生命的责任，但最终，他还是果断地承担了这个事实，用了很多年的时间，终于把弱智儿子大江光培养成了一个能够听懂鸟叫、并且能够作曲的音乐家。这样的对个体生命的责任和承担，即是他写作的动力，也成为他获得诺贝尔文学奖的原因之一。有一种评论说，大江健三郎是“父子共获奖”，也就是说，假如没有智障儿子大江光，大江也许不会写出那么多好作品，也不会因为博大的人道主义精神而获得诺贝尔文学奖。

受到了残疾儿子的影响，他写出了早期小说中的代表性作品、长篇小说《个人的体验》。这部小说完全以他生了残疾孩子的体验作为素材，描述主人公鸟在面对自己的残疾新生儿时的痛苦处境。鸟的内心痛楚和仓皇，他想逃避这一切，于是，他从一个叫火贝子的女人那里寻求性的安慰，家庭濒临解体。火贝子出了两个主意，让他选择：要么把这个残疾婴儿作为给医院提供的研究标本，悄悄地让孩子衰弱而死，要么交给堕胎的黑市医生，直接把残疾孩子杀死，然后嫁祸于黑市医生。但是，经过了激烈的思想斗争，孩子还是保留下来了。最终，人性中的善和爱使鸟勇敢地承担起做父亲的责任，他也离开了火贝子的性爱之乡，回到了家庭中，艰难地开始了承受日常生活的挑战。

《个人的体验》因为其人道主义的光辉和对人性的深刻挖掘和大胆剖析，成为大江健三郎创作第一个阶段的代表作，小说也获得了新潮文学奖。瑞典文学院认为，大江健三郎“本人是在通过写作来驱赶恶魔，在自己创造出的想象世界里挖掘个人的体验，并因此而成功地描绘出了人类共通的东西。可以认为，这是在成为脑残疾病儿的父亲后才得以写出的作品”。这一年，是他创作的丰收年，他还发表了短篇小说《空中的怪物阿归》，出版了长篇小说《日常生活的冒险》和长篇随笔《广岛札记》。《日常生活的冒险》的主人公是一个十八岁的青年，他喜欢在日常生活中追求各种冒险，在他的身边，聚集的都是和他一样的、对生活感到不满的年轻人，他们游走在社会和犯罪的边缘，这些日常生活的冒险家都是一些怪人，有拳击手、有偷盗癖和花痴癖的少女、白血病患者等，他们一起探索着道德的边界、日常生活的边界。最后，小说的主人公搭乘货轮，跑到了欧洲去冒险，和一个富有的意大利中年女性一起旅行，后来在北非的一个小镇上自杀身亡。小说分为五个部分，叙述扎实紧密，叙述者是主人公的好朋友“我”，“我”接到了一封来自欧洲意大利一个中年女人的信件，信中说，他的朋友已经自杀了，由此展开了回忆性的叙述。小说在语言风格和细节描写上都是现实主义的，但是内核则是存在主义的，其对日本青年状态的描述表现得相当深刻和极端。

他还出版了随笔《广岛札记》，这是他多次去广岛实地采访当年原子弹爆炸所带来的后遗症的著作，显示了他对日本战后现实的强烈关注和介入态度，以及对战争和核时代的反思。我把三十岁之前的大江健三郎的创作，看作是他写作的第一个阶段，这个阶段，他的创作精力非常旺盛，仅长篇小说就出版了七部，虽然大部分都是篇幅不大的小长篇，中短篇小说也创作了数十篇，可以说，大江一生中主要的中短篇小说，都是在这个时期写下的，好多都成了他的代表作。据说，因为长时间辛苦写作，他患了失眠症，又因为吃安眠药而导致了中毒症状的发生。可以看到，这个阶段，大江健三郎的写作资源一部分来自他少年时代在四国森林里的经验，以及偏僻海岛的民间传说，另外一个部分主要是以东京这个大都会青年人的存在状态作为资源，以人的性状态和在迅速变化的资本和商品社会里人如何实现自己价值，以及怀疑存在意义，作为他的小说的着眼点。在这第一个阶段里，他从文学的介入态度，实现了对日本战后社会现实的批判，从存在主义的继承上，他把发源于法国的存在主义移植到了日本，嫁接成一种独特的文学成果。因此，对现实的关注、对自我的审视和挖掘、对人性复杂性的体察、对日本青年人的存在和性状态的描绘，都是大江健三郎在这个阶段非常重要的表达和成果。

神话传说的回响

1965年夏天，大江健三郎前往美国旅行，并在哈佛大学参加了一个写作研讨班。次年，日本新潮社推出了《大江健三郎全作品》第一部分六卷，收录了他到当时所写的全部小说作品。为了给写作新的小说做准备，他全面研读了美国作家威廉·福克纳的小说。1967年，标志他写作第二个阶段的最高文学成就的长篇小说《万延元年的足球队》出版了。可以说，这部小说明显地受到了威廉·福克纳的影响，也就是说，大江健三郎开始摆脱早期根据青年存在状态和性的角度去表现日本人在战后的生存图景，而是采取了神话原型的方法，结合地域文化和民间传说与历史故事，创造出跨越了时间和空间的日本新小说。

《万年元年的足球队》这部小说带有着双层的叙事结构，一条线描绘在二十世纪六十年代，激进青年、生下一个白痴儿子的父亲蜜三郎因为参与反对日美安保协定的示威活动，而遭到了政府的镇压，活动失败之后，和从美国回来的青年鹰四一起，回到了自己的家乡四国的山村，在茂密的森林里苦苦寻找出路。后来，鹰四效仿一百年前他的曾祖父带领当地农民起义暴动的行为，组织起一个足球队，打算和当年的曾祖父一样，以暴动的方式来抵抗政府的政策。在计划抢劫朝鲜人开的超市失败之后，鹰四承认自己奸污了白痴妹妹并且使她自杀，鹰四也自杀身亡。蜜三郎感到震惊，他回到东京，和妻子商议后决定，把他们的白痴儿子从医院接回来，还准备收养弟弟鹰四的孩子。在人性的激烈搏杀导致的悲剧之后，大江健三郎本人的化身蜜三郎将走出使他困惑的神话中的大森林、有一个畸形儿的日常生活和核时代的阴影，重新面对生活。小说将历史传说和当下现实，以空间并置和双线叙述的方式，把现在和过去、历史和现实、城市和乡村交织在一起，描绘出人性和历史、现实政治的纠葛。其中，畸形儿的诞生、暴动的发起和失败、通奸和乱伦造成的阴影，共同成为这部带有神话原型色彩的小说的核心，主人公故乡的大森林，由此也成了象征性的存在，象征历史的迷局、现实的困惑，象征着人性的复杂丛林。这部小说还探讨了日本和美国的关系，以及对核武器时代的反思。《万延元年的足球队》因此在大江健三郎的创作中占据着非常重要的地位。

《万延元年的足球队》的出版，使大江健三郎明显地告别了他第一个阶段的作品风格。由于受到了威廉•福克纳的影响，他积极寻找自己的出生地——四国岛茂密的原始森林中的那些小村落中散落的神话传说、民间故事，并且将这些东西和当时日本社会现实之间建立了一种联系。《万年元年的足球队》这部小说，我感觉和他在 1958 年发表的小长篇《掐死坏苗，勒死坏种》有着彼此呼应的关系，《万年元年的足球队》更像是从《掐死坏苗，勒死坏种》那里生长出来的。在他的这第二个阶段，由这部小说开始，他打破了时间和空间的局限，不再去讲述青年人在性的世界里的沉迷和堕落，而是更进一步地和日本本土的神话原型、历史故事发生了回响般的互文联系，把原来的存在主义小说风格，又提升到了一个更加恢宏的地步，创造了一个独立的、历史和神话想象的空间。多年以后，在给他的诺贝尔奖颁奖辞中，是这样评价这本书的：“人生的悖谬、无可逃脱的责任、人的尊严等这些大江从萨特那里获得的哲学要素贯彻作品的始终，形成了大江健三郎文学作品的一个特征。”评委会认为，《万延元年的足球队》熔知识、热情、野心与一炉，深刻地发掘了二十世纪人与人之间的关系。

从1968年到1970年，大江健三郎接连出版了随笔集《矢志不移》、中短篇小说集《请指给我们疯狂地活下去的路》、讲演集《核时代的想象》和长篇随笔《冲绳札记》，在这三年中，日本文坛也接连发生了大事：1968年川端康成获得了诺贝尔文学奖，1970年三岛由纪夫自杀，这些事件都给他带来了影响，他也对此发表了看法。这使得大江健三郎更多地参与到文学活动中，积极地思考高速经济发展的时代里日本人的精神处境，这个时期，他还出版了随笔集《冲绳札记》，以随笔的形式直接反思人类身处核时代的恐惧与忧虑。他的政治态度是左翼的，他反对天皇制度，人们惊讶地发现，他曾经站在大街上对游行的青年发表演讲。他反对核武器，反对任何恐怖活动，反对日本右翼势力。由于参加活动多了，他的写作速度明显地放慢了。1973年，他出版了两卷本长篇小说《洪水涌上我的灵魂》，次年，他出版了《<洪水涌上我的灵魂>札记》，详细披露了他创作这部小说的过程。《洪水涌上我的灵魂》这部小说以当代世界所面临的核时代的恐惧作为主题，以日本当时有名的左翼组织“赤军”在东京浅野山庄发生的内讧事件为背景，讲述了主人公大木勇鱼为了逃避核时代的恐惧，幻想地球发生核爆炸、地壳大变动、洪水开始淹没人类社会，最后，他躲入到核避难所，也难逃被现存体制的“洪水”淹没的命运，于是，他和濒临绝境的鲸鱼、树木进行了奇异的对话。大江健三郎借助他所塑造的大木勇鱼这个人物，表达了他对特定年代日本文化境遇的忧虑，因为，他一直在积极地将日本社会发生的重大事件通过虚构和想象力进行再造和文学化的工作，他的作品和现实的关系都很紧密，这部小说依然有这个特点。

他的下一部长篇小说《替补队员手记》出版于1976年，这部小说多少有些像《个人的体验》的续篇。在小说中，森的父亲做了一个梦，梦见自己减去了二十岁，变成了十八岁的少年，而森则增加了二十岁，变成了二十八岁的壮年人。于是，森和森的父亲都变成了成年人，儿子变成了父兄，父亲则变成了弟弟，这两个变化了年龄的人一起去参加反对核试验的示威集会。他们开始行动起来，并袭击了右翼力量的幕后黑手，最终成为政治的牺牲品。小说的落脚点还是对日本社会现实的批判和一种精神焦虑性的反映，篇幅不大，但是却犀利尖锐。

对未来的危机调查

由于日本是地球上遭受了原子弹攻击的唯一一个国家，因此，作为有责任感的作家，大江健三郎对此做了长时间的思考，并不断地以随笔和小说的方式来反映它对日本国民性和精神结构的影响，并“对未来进行调查”。“对未来进行调查”听上去是不可能的事情，因为未来并没有发生，你如何去调查呢？这对作家来说，却是可以实现的，因为，作家有想象力作为帮手，就能够深入到未来的疆域里。

1977 年，大江健三郎出版了长篇小说《摆脱危机者的调查书》，这部小说继续着他对核时代的文学想象，表达了他对人类末日可能性的强烈的忧患意识。小说的故事情节带有科学幻想色彩，描述宇宙主宰为了拯救地球面临的核时代危机，派来了两人帮来拯救地球。但是，地球并没有因为两人帮的到来而改变命运，人类自身还面临着危机——内部发生了族群对抗，因为人们的疏忽，核事故也突然发生了，结果，给地球人带来了毁灭性打击。小说以第一人称叙述来结构全书，小说的主要情节就是主人公“我”的想象和虚构，同时以“我”在现实社会中的遭遇作为双线并行的情节，将主人公对核时代的想象和当下的日本社会现实联系起来，呼唤着人性的复归和在核时代里的和平共处。

这个阶段，大江健三郎又将自己对神话原型和民间传说的关注，延伸到对核时代的观察和思考上。他明显地成了一个思考全球性问题的思想家和作家，视野开阔，思想尖锐而深邃。1976 年，四十一岁的大江健三郎到墨西哥国立大学用英语讲授“战后日本思想史”，因为远离日本，他开始以全新的方式思考着自己的写作之路。三年之后的 1979 年，他出版了长篇小说《同时代的游戏》。这部小说显然带有他在墨西哥讲学时的经历和体验，也是他自认为非常重要的一部小说，形成了大江健三郎中年时期的重要转折。小说带有科幻色彩，是一部书信体小说，全书由六封长信构成，都是由叙述人写给自己的双胞胎妹妹的。他在信中讲述了从自己的故乡山村，到国家再到小宇宙的历史。叙述人的父亲是一个神官，母亲是一个江湖艺人，叙述人自己在墨西哥大学担任教师，他的妹妹则仍旧在故乡的山村里当女巫。在叙述人的讲述中，神话、科学幻想和地域文化传说奇异地重合在一起，在一个无限的空间里，两种力量在角逐：一种是巨人创造者，另外一种是巨人破坏者。小说由村庄—国家—小宇宙的历史三个层层递进的结构，将日本二十世纪的历史融会到小说中，以强大的想象力，把日本社会现实、人类面临的核武器的威胁以及宇宙中的创造和破坏性的力量联结起来。因为是书信体，因此，小说的叙述显得细密而紧张，生动而急促。小说的地理背景从拉丁美洲的墨西哥到日本，在太平洋的两岸展开了某种文化对话，日本文化、墨西哥古代玛雅文化、当代人类的信息文明交织成一幅绚丽的织锦，小说综合了大江健三郎过去的小说中出现的各种元素。关于这部作品，大江健三郎在后来出版的自述中说：“作家一到四十岁前后，就想写一部格局庞大的小说，大致都会去写历史小说。我认为，几乎所有的作家都想去创作以历史为舞台的小说……但我逐渐地明白自己想要写的，是用个人的声音，通过自己的内心，来书写自己的历史，来书写自己的场所、自己的村子、自己的土地之历史。既然如此，我就开始考虑，还是从正面用个人的声音书写信函的方式更为合适。”

1982 年和 1983 年，大江健三郎接连出版了系列短篇小说集《倾听雨树的女人们》和《新人啊，醒来吧》。此时的大江健三郎，很想尝试一种新的写法，就是以主题相同的方式创作一系列小说，然后，把它们构成一个整体意义上的“类长篇”。《倾听雨树的女人们》由五篇小说构成，所谓的“雨树”，就是指凝结着死亡和再生意味的露珠的宇宙之树，是一棵象征之树，小说书写了带有牺牲和奉献精神的女性形象。而《新人啊，醒来吧》则是以儿子大江光的康复作为主题，从《圣经》中挖掘了一些故事，来比照着描绘了残疾儿子在寻找存在意义、并最终找到了音乐的旋律、成为新人的故事。小说汇总充满了父爱的呼唤和对儿子新生的欢愉。这两个短篇小说集是大江的小说序列里很重要的作品，不管是小说的形式还是小说的主题。1985 年，他还出版了由八篇小说构成的系列“类长篇”小说《河马咬人》，以河马作为连接日常生活和心灵世界的象征物，挖掘出一种别致的生存况味。

大江健三郎的长篇小说《M / T 森林里神奇故事》出版于 1986 年，这是一部带有神话和童话色彩的小说，描绘了他关于故乡森林的神话和乡愁。在日本民间文化中，有一种说法叫作“神隐”，说的是孩子在童年时期会突然地失踪，后来又忽然回来了。一般民间传说认为，孩子是被天狗、狐狸和鬼怪等带到了另外一个灵异的世界里，等到孩子归来之后，就带有了奇异的力量。大江健三郎说：“在非常幼小的时候，半夜里，我曾经独自一个人进入到了森林里，被大雨困在了大柯树的树洞里，在我因发烧而昏睡过去时，消防队的那些人把我救了下来。这个朦胧的记忆和‘天狗相公’这个森林的传说便通过孩子的空想和幻想被连接起来了。”这部小说继续着大江健三郎对故乡的神话、民俗和传说的现代再造，也表达了他本人浓郁的“不能再回家”的乡愁。

灵魂的“空翻”

大江健三郎晚期的作品呈现出一些精神性小说的品格。关于“精神性小说”，我在谈论罗伯特•穆齐尔的小说《没有个性的人》的时候，有着详细的论述，读者朋友可以参阅。大江健三郎的后期作品，似乎都是直接从他的精神世界里分泌和分裂出来的文本，以他精神世界的痛楚和急迫需要解决的问题作为思考的原点来结构的。这是需要我们特别注意的，在这个时期，大江健三郎的作品的现实批判性在降低，但是却呈现出和卡夫卡、安部公房相通的气质来。

1987年，大江健三郎出版了长篇小说《致令人怀念的岁月的信》，这部小说带有大江健三郎的精神自传色彩，按照他自己的说法，这部小说把他的壮年分成了前半段和后半段。他写这部作品的时候已经五十多岁了，主题是关于“死亡和再生”的思考，是对他过去作品的在审视。于是，对生命和死亡的关系，对向死而生的人生，大江健三郎做了一种深情的凝视。小说中的主人公隐约和大江本人的经历相似，小说中弥漫的老年心绪使主题非常清晰地呈现了出来。1989年，大江健三郎又出版了长篇小说《人生的亲戚》。这部小说描绘一个生有两个残疾孩子的母亲的生活。两个残疾孩子跳海自杀之后，给母亲留下了难以弥合的伤痛。于是，如何艰难地生活下去，成为这个女性的唯一问题。后来，她寻找到了宗教的安慰，并且作为宗教团体的成员，来到了墨西哥，在墨西哥又患了癌症，却意志坚定地寻求生存的欢乐和意义，并没有被死亡所吓倒。

在随后的几年中，大江健三郎参加大量的文学和文化活动，于 1990 年出版了小说集《静谧的生活》，还帮助儿子大江光发行了自己的音乐光碟。

1994 年，大江健三郎获得了诺贝尔文学奖，这是继川端康成在 1968 年获得了该奖之后，第二个日本作家获得了这个世界上最重要的文学奖项，这也是他人生履历中非常重要的事件，也是对他数十年写作的褒奖。虽然一直有一种说法，说诺贝尔文学奖是“死亡之吻”，得奖者一般的创作力都会下降，但是，大江则焕发了更强劲的创作力。从 1993 年到 1995 年，他后期创作生涯的重要的代表作、长篇小说三部曲《燃烧的绿树》陆续出版了。《燃烧的绿树》翻译成中文有五十五万字，是一部相当巨大的小说了，分为上下卷，是他晚近的重要作品。小说描述主人公回到了故乡四国的森林山村里，去寻找精神迷失的故乡，在那里，获得了“燃烧的绿树洋溢着灵魂的力量”。大江健三郎以向故乡森林出发的方式，来探索日本人精神的故乡问题。在“二战”之后，高速发展的日本经济使日本迅速崛起为亚洲强国，但是同时，也造成了很多社会、经济和文化问题。那么，日本的“灵魂的根本所在”在哪里？这是大江健三郎想通过《燃烧的绿树》所要寻求的。他的故乡森林再次作为小说想象力的出发点和最后的归宿，三卷本小说的标题分别是《“救世主”挨打之前》《踌躇》和《伟大的日子》，英语大诗人叶芝的诗篇成了小说中第二卷精神的引导，把现实的世界和象征的世界联系起来，去挖掘日本人存在状态背后的精神世界的失落。

在进入到六十岁以后，大江健三郎后期的创作主要以长篇小说为主，他的创作力不仅没有减退，还接连写出了鸿篇巨制。继《燃烧的绿树》之后，他又于 1999 年出版了长篇小说《空翻》，中文译本达六十一万字，这是他历时四年创作的篇幅最长的小说，可以说，是大江健三郎作品中的佳作。而直接促使这部小说的诞生的原因，是东京地铁中发生的沙林毒气事件和日本奥姆真理教的产生。大江健三郎作为一个对日本负有责任的作家，立即用文学的手段进行了自己的反应，探索了产生奥姆真理教这个宗教怪胎的日本社会的现实状态。小说题献给了音乐家武满彻，带有对一个千年结束、另一个新千年即将到来的、交织着末日和新生混合的气息。此时，正是日本经济出现了泡沫破灭，持续了十多年的经济萧条使日本人的精神世界发生了恐慌、焦虑和虚无等变化，而作为积极对社会和现实发言的小说家，大江健三郎必然地要对这个社会现实，尤其是日本人的精神处境进行挖掘和呈现。小说的情节紧凑、紧张，描绘了一个新生的宗教团体领袖的精神世界发生的变化，就仿佛是原地上翻了一个空翻一样：十年之前，教主宣布团体解散，十年之后，教会领袖们重新开始了自己的活动，并且放弃了过去搞恐怖活动的方法，并把自己的教会命名为“新人教会”，实现了精神上的着陆。小说的着眼点，在于对日本人的信仰体系和灵魂与精神世界的拷问。

大江健三郎自己说：“我相继发表的《燃烧的绿树》和《空翻》，其实都是我对日本人的灵魂和精神问题进行思考的产物。比如，日本出现奥姆真理教这个以年轻人为主体的邪教，就说明我们必须重视和研究有关灵魂和精神的问题。我只不过是在文学上把它反映出来罢了。”《空翻》是大江健三郎晚近的代表性作品，是从宗教和精神层面深刻挖掘日本人灵魂问题的小说，以对宗教在现代社会的空心化的观察，展现了现代人精神世界的荒芜，并呈现出希望的因素。

朝向孩子们的世界

进入新世纪之后，大江健三郎几乎以每年一部的速度，接连出版了长篇小说《被偷换的孩子》（2000）、《愁容童子》（2002）、《两百年的孩子》（2003）、《别了，我的书》（2005），这其中，《被偷换的孩子》《愁容童子》《别了，我的书》作为了他的《奇怪的二人配》三部曲而被重新命名，出了三卷本的套装。在这三部小说中，都有相同的主人公，以两个人的反差和共同的经验，来呈现日本自明治维新以来的现代史，小说场面宏大，内部空间复杂，意义丰富。书中的主人公长江古义人就是大江健三郎本人的化身，表达了他对日本的未来，人类未来的忧虑。眼下，核时代的恐惧平衡，资本与金钱的毁灭人心，人类贪婪无尽地向大自然索取，精神世界的荒芜和涣散，都是大江健三郎非常用心观察的问题。而到了晚年，无论是在北京的演讲，还是在他的诸如长篇小说《两百年的孩子》中，他开始更多地使用“孩子”这个词汇，意在未来是属于孩子的，是属于少年的，是属于那些即将成为世界主宰的年轻人的。他以某种杜鹃啼血般的呼唤，以《两百年的孩子》这样直接写给孩子看的作品，来向孩子们发出呼唤：“我们最为重要的工作，就是创造未来。”

2007 年 11 月，大江的长篇小说新作《优美的安娜贝尔·李寒彻颤栗早逝去》出版。书名多少有些拗口，是取自美国作家爱伦·坡的一首诗。故事情节一改大江作品的晦涩复杂，线索单纯而清晰：美丽的少女樱父母都在战争中死亡，被一个美国军人收养，逐渐成长为电影明星，但就在这个时候，她得知了她在幼女时期，曾经遭受过收养她的美国军人的性蹂躏，因此而一蹶不振，从此退出影坛三十年。在大森林里的女人们的帮助下，她在一场史诗剧中扮演了一个参与暴动的女首领，奇迹般地将自身和那个女英雄的人生重合，而获得了希望和勇气。小说将面临人生绝境中焕发希望的力量进行了呈现。2009 年他又出版了长篇小说《水死》，继续他对人和世界关系的发问与盘根问底。

大江健三郎非常勤奋，除了二十多部长篇小说和多部小说集，他还出版了散文随笔集《矢志不移》《广岛札记》《冲绳札记》《在自己的树下》《康复的家庭》《宽松的纽带》《致新人》，讲演集《核时代的想象》、评论集《为了新的文学》《最后的小说》《小说的方法》等大量著作，是一个名副其实的多产作家。很多中国读者觉得大江的作品很晦涩，似乎很难进入到他的文学世界里，而阅读大江的作品的确需要耐心，可一旦你进入了他那宏伟的文学世界，你就会惊叹他的创造力和丰富的想象力，他有着文学大师的气魄。文学在今天已经不是一个镜子般映照现实的东西，必须要经过作家的想象力进行创造性转化，使之变成一个奇特的想象世界。所以，时下的大量长篇小说大都是对现实世界的模仿，因此，阅读大江健三郎的作品，我们除了要学习他对时代的大胆而痛苦的发言和诘问，还要学习他转换现实、使之变成一个自足的想象空间的创造能力。

大江健三郎一直密切关心社会问题和国家的政治走向，2003年，六十九岁的大江健三郎和著名评论家加藤周一等人发起了“九条会”，这个以著名文人学者和作家组成的组织强烈反对日本政府和保守的右翼力量试图修改日本和平宪法第九条，可能为军国主义复活而铺平道路的行动。2006年，大江两次出庭，对阵日本右翼势力，丝毫不怯场，像战士一样迎接挑战，两次获得了胜利。

对于创造世界文学之一环的亚洲文学，大江健三郎曾深情地说：“我的母国的年轻作家们，当然，也包括我在内，从内心里渴望实现前辈们没能创造出的世界文学之一环的亚洲文学。这是我最崇高的梦想，期望在二十一世纪上半叶能够用日本语实现的梦想……正因为如此，今天我才仍然像青年时代刚刚开始步入文坛时那样，对世界文学之一环的亚洲文学总是抱有新奇和强烈的梦想。”的确，大江健三郎的写作不仅继承了日本古代和现代文学传统，他还从英语、法语和拉丁美洲西班牙语文学中吸取了大量养分，将发源自欧洲的存在主义小说在日本土地上有了一个变体，还借鉴了美国作家福克纳的神话原型小说，创造出了无愧于世界文学之一环的亚洲日本新文学。

阅读书目：

《性的人》，郑民钦译，光明日报出版社，1995 年 5 月版

《个人的体验》，王中忱译，光明日报出版社，1995 年 5 月版

《死者的奢华》，王中忱等译，光明日报出版社，1995 年 5 月版

《万延元年的足球队》，于长敏等译，光明日报出版社，1995 年 5 月版

《广岛札记》，李正伦等译，光明日报出版社，1995 年 5 月版

《个人的体验》，王琢译，中国文联出版公司，1995 年 6 月版

《人的性世界》，郑民钦译，作家出版社，1996 年 4 月版

《同时代的游戏》，李正伦等译，作家出版社，1996 年 4 月版

《摆脱危机者的调查书》，包容译，作家出版社，1996 年 4 月版

《日常生活的冒险》，谢宜鹏译，作家出版社，1996 年 4 月版

《青年的污名》，林怀秋译，作家出版社，1996 年 4 月版

《性的人 \ 我们的时代》，郑民钦译，译林出版社，1999 年 1 月版

《燃烧的绿树》（上下卷），郑民钦译，河北教育出版社，2001 年 1 月版

《迟到的青年》，王新新译，河北教育出版社，2001 年 1 月版

《小说的方法》，王成等译，河北教育出版社，2001 年 1 月版

《空翻》，杨伟译，译林出版社，2001 年 9 月版

《广岛 \ 冲绳札记》，王新新译，河北教育出版社，2002 年 6 月版

《被偷换的孩子》，竺家荣译，南海出版公司，2004 年 1 月版

《愁容童子》，许金龙译，南海出版公司，2005 年 8 月版

《我在暧昧的日本》，王中忱等译，南海出版公司，2005 年 11 月版

《别了，我的书》，许金龙译，百花文艺出版社，2006 年 9 月版

《两百年的孩子》，许金龙译，百花文艺出版社，2007 年 9 月版

《优美的安娜贝尔·李寒彻颤栗早逝去》，许金龙译，人民文学出版社，2009 年 1 月版

《大江健三郎自选随笔集》，王新新等译，光明日报出版社，2000 年 9 月版

《在自己的树下》，秦岚等译，南海出版公司，2004 年 1 月版

《康复的家庭》，郑民钦译，南海出版公司，2004 年 3 月版

《宽松的纽带》，郑民钦译，南海出版公司，2004 年 5 月版

《大江健三郎口述自传》，许金龙译，新世界出版社，2008 年 4 月版

《致新人》，竺家荣译，译林出版社，2009 年 12 月版

《政治少年之死》，郑民钦译，浙江文艺出版社，2010 年 7 月版

《读书人》，许金龙译，作家出版社，2011 年 1 月版

《大江健三郎精品集》（八种九册），许金龙主编，金城出版社，2012 年 10 月版

《水死》，许金龙译，金城出版社，2013 年 10 月版

村上春树：物化世界里的追寻
（1949— ）

一、背景与经历

和石黑一雄有些相仿，村上春树也是一个世界主义者，他也在书写一种“世界文学”，并以其众多的作品获得了世界性的声誉。他对西方音乐、特别是爵士乐和其他流行音乐的熟悉程度，令人匪夷所思，而且，他对西餐和西方流行文化符号的了解，可以看作是日本许多年来追求“脱亚入欧”在文学上的一个佐证。村上春树是亚洲名气最大的小说家之一，但是，他是不是最好的小说家，还有很大的争议。据说，有一天，在德国，著名的文学评论家拉尼茨基和一位女作家在村上春树的德文译本的读书会上，就发生了激烈的争执，拉尼茨基认为，村上春树的小说很好，但那个女作家则认为村上的作品纯粹是快餐文学，没有文学价值，以至于两个人后来在电视镜头面前互相进行人身攻击。就我看来，村上春树的小说打通了现代主义小说和通俗小说之间的通道，尤其是他的长篇小说，由于小说故事情节的流行性和通俗性，甚至是有些媚俗性，降低了其小说的文学价值。但是，他的小说仍旧具有很高的社会认知价值和文学价值，他继承了自卡夫卡以来的异化思想，对人在现代社会和大都会中的存在的呈现，有独到的地方，风格鲜明。而他的作品在亚洲国家和世界各他的流行，以及其所具有的后现代小说的特征，使我们不能忽视他的巨大存在。

村上春树 1949 年 1 月 12 日出生在日本京都的伏见区。京都是一座古都，保存了大量日本古代的文化遗迹，作为日本幕府时期统治日本的首都，这座城市有着醉人的美丽，寺院、街道、御所、樱花、祇园等，构成了城市最美丽的符号和风景，我在那里也是流连忘返。村上春树的父母亲都是学校的日语教师，在村上春树出生后，他们全家搬到了兵库县。少年时代，家教颇严的村上在喜欢读书的父亲的引导下，阅读了大量文学书籍，尤其是上中学之后，他连续多年一直在阅读河出书房出版的《世界文学全集》丛刊，和中央公论出版社出版的《世界文学》杂志，这些阅读外国文学的经验使村上春树很小就具有了开阔的眼光，也使他的中学时代过得很充实，埋下了他注定要成为一个优秀作家的伏笔。

十九岁那一年，村上春树进入日本早稻田大学第一文学部攻读戏剧文学。在大学读书期间，正是日本社会风云激荡的年代，1968 年，席卷日本社会的学潮，也打乱了学校的平静。村上春树一边读书，一边打零工，还把很多时间都花费在歌舞伎町的爵士乐酒吧里，处于青春的迷茫当中。这个时期的感受，在他最早的几部小说中都有表现。还没有毕业，二十二岁的村上春树就以学生的身份和一个东京的女子阳子结婚了。大学毕业前夕，村上春树前往电视台等传媒机构应聘，经过实习，他对电视台的工作没有了兴趣，晃荡了一年多。二十五岁的时候，村上春树在岳父的帮助下，加上夫妇俩打零工积攒的钱，又从银行贷款，一共用五百万日元，开了一家爵士乐酒吧，此后多年，一直到他三十二岁把酒吧转让给了别人，他都在经营这家以自家的一只猫命名的酒吧。经营酒吧长达七年的这段经历，是他后来很多小说中经常涉及的重要场景，也是他的重要的社会和人生经验的来源。在酒吧中，各色日本人等穿梭往来，而日本二十世纪六七十年代高速增长的经济、激烈变革的社会，都给他的心灵留下了强烈的刺激。于是，1979 年，三十岁的村上某一天在球场踢球的时候，忽然开了窍，动了要写小说的念头，于是，每天晚上，他都在自家酒吧里的餐桌上奋笔疾书，写出了他的第一部小说《好风长吟》，并且立即把稿子投寄给了"《群像》新人奖"的评委会，获得了《群像》杂志的这个新人文学大奖，并且，很快，书稿由讲谈社出版，前后印行达一百四十多万册，从此改变了他的命运，村上也就毅然地走上了写作的道路。

二、村上的长篇小说

从 1979 年发表第一部长篇小说《好风长吟》到 2009 年出版《IQ84》，三十年里，村上春树一共出版了十二部长篇小说。我们来逐一看看他的长篇小说的情况。1979 年，三十岁的村上春树出版了长篇小说《好风长吟》，准确地说，这是一部大中篇或者是小长篇，翻译成中文大概在 7 万多字，小说讲述了大学生、主人公"我"和好朋友鼠的迷离生活。他们在一起喝掉了可以装满二十五米长的游泳池的啤酒（显然很是夸张），还抽了六千九百二十一支烟，在酒吧里鬼混，天天过着一种虚无的生活。有一天，"我"在酒吧里遇到了一个喝醉的少女，就送她回家，发生了性的关系，开始了"我"的第四次恋情。"我"一边和好朋友鼠继续自己的晃荡生活，一边和这个少女展开了爱情生活，一起去海边，一起度过青春的一些时日，十八天之后，那个少女消失不见，只留下了"我"一个人在倾听风在旷野之地歌唱。

小说将日本青年人那种在高度发达的资本主义社会中的失落、孤独和迷茫情绪传达得淋漓尽致，扣动了一代青年人的心灵，小说轻巧的叙述、跳跃的情节和插科打诨式样的情节插入，带有着片段式样的后现代风格、大量青年亚文化的符号，那些音乐、日常对话和年轻人特有的标记，在这本篇幅不大的小说中比比皆是。因此，村上后来的很多作品，其实都在继续着这本书确立的风格。村上春树的第二部长篇《一九七三年的弹子球》出版于 1980 年，小说的篇幅依然不大，比第一部《好风长吟》略长，中文译本在十万字。这部小说从情节上应该算是《好风长吟》的续篇，前一部小说中的主人公“我”和好朋友鼠继续出场，讲述“我”在大都市中创办了一家翻译公司，并且邂逅了一对双胞胎女孩，还同居在一起，过着一种匪夷所思的迷离生活，由此，传达和描绘了日本二十世纪七十年代高速发展的经济社会带给年轻人的精神焦虑和紧张感，小说中的主人公离奇的经历能不断超越读者的想象，语言俏皮、轻快、幽默，带着青年人特有的那种伤感情绪，和对已经逝去的青春岁月的留恋和回望。小说出版之后，竟然销售了一百万册，可见其大受欢迎的程度。

村上春树的第三部长篇小说《寻羊历险记》出版于 1982，在篇幅上，这部小说可以称之为是一部标准的长篇，中文字数在二十五万字左右。从情节上来说，带有浓厚的幻想和超现实的成分，可以说是前两部小说的深化。由于小说的主人公照例是“我”和鼠，因此，村上春树的前三部小说，我看，可以把它们看成是一个系列三部曲。小说的主人公继续着他们在现代都市中的迷茫和追寻，故事情节有些荒诞不经：经营着一家广告公司的“我”在妻子离家出走之后，和一个出版社的校对员兼耳模特和应召女郎的女子有了关系，但是，“我”旋即遭到了日本一个右翼政客的威胁，要“我”

在一个月之内找到一只背上有星星花纹的羊。于是,“我”和同居的女子一起,踏上了追寻那只带有星星花纹的羊的旅程,开始经历各种离奇古怪的事件,最终,在黑暗中和少年好友鼠相遇了,并了解到,眼下的日本,已经被羊进入到人体内的右翼政客所控制的现实。小说的情节虽然荒诞不经,但却如同一面哈哈镜一样,将被政客和金权政治所操纵的日本社会现实以夸张、离奇、荒诞和超现实的面貌展现了出来。小说中继续表达着一种对青春失去的悼念,对时代不适应的现代人的精神紧张,以及对权力和金钱带给人的压力的拒斥,弥漫着一种哀伤和苍茫感。

村上春树显然越写越好,笔法越来越娴熟了。他的第四部长篇小说《世界尽头与冷酷仙境》出版于 1985 年,这部小说的篇幅进一步增加了,中文译本有三十五万字,可见村上对驾驭长篇小说开始显得游刃有余了。小说分为四十章,单章结构标题为“世界尽头”,双章标题为“冷酷仙境”,交替叙述,形成了严实的叙述结构,带有寓言小说、科幻小说、侦探小说的一些元素,实际上是后现代小说的一个总体的特征,那就是,用这些类型小说的外壳,来呈现人类社会的存在状态。写这部小说的时候,村上春树已经是 35 岁的人了,因此,对世界的认识和看法,尤其是对日本社会的认识和感觉,是他这部小说要表达的主要意图。在“世界尽头”这条叙述线索中,呈现出一派相对安宁和谐的世界景象。一座虚构的小镇如同科幻小说或者乌托邦小说所构想的地方,在那里,次第展开的,都是秩序井然的世界,但是却是一个死寂世界——人们没有记忆,没有心灵生活,主人公“我”只能面对储存了大量人类记忆的独角兽的头盖骨,去倾听和冥想。而“冷酷仙境”这条叙述线索,则以东京这个大都会光怪陆离的现代生活作为镜像,来映照当代人的精神世界:主人公、计算机高手“我”接受了一个古怪的任务,被要求计算一个复杂的数据。完成任务之后,委托人、一个老博士送给了“我”一块独角兽的头骨。“我”随后认识了一名女图书管理员，并且和她发生了恋情。但是，随即，“我”也陷入麻烦和陷阱当中，有两个来历不明的男子将“我”挟持，要求“我”交出独角兽头骨和那份复杂的数据。于是，“我”开始经历一系列惊险复杂、险象环生的事件，甚至在大都市的地下被“夜鬼”所纠缠。最终，这条线索呈现出一线生机：一个穿粉红色衣服的女郎给“我”带来了希望，“我”来到了一座港口，沉浸到恢复平静的情绪当中。

《世界尽头和冷酷仙境》这部小说，在寓意、结构和情节上都比较复杂。两条并行的线索中，都是以第一人称“我”来叙述的，这两个“我”其实可以叠加成一个人，他们之间是一个硬币的两面。比如，在“冷酷仙境”这条线索中，在大都市中遭遇危险并经历了连环事件的“我”，更多地和当下的日本现实，尤其是东京这个繁荣和发达的城市带给主人公的内心投影有关，由此折射的，都是畸形发展的物质主义所扭曲的心灵映像。而在“世界尽头”中的“我”，则可以看作是前一个“我”在无意识、潜意识或者睡梦状态中所呈现出的一个澄明缥缈的世界，因此，小说呈现出意义模糊、情节荒诞的复杂感和多层次。小说中还混杂了现代音乐、都市流行文化、汽车、广告、电脑、电视等各类信息，将一个被物质和信息、传媒和科学技术、性爱和金钱与权力扭曲的世界以夸张、变形的方式斑驳地呈现。

通过这部小说，村上春树告诉我们，现实尽管冷酷，也还存有仙境的一面，在世界的尽头，虽然那里的一切都是相安无事的，但同时，那里也是死寂的、没有任何生机的。我倒觉得，这部小说是村上春树的小说中最值得分析的作品之一，因为它相当复杂和多面，也摆脱了他一贯喜欢描绘的、以青春逝去为主题的模式（比如他早先的三部小说加上《挪威的森林》和后期的小说《海边的卡夫卡》），创造出带有迷幻和异样色彩的世界。

村上春树影响最大的长篇小说，应该是《挪威的森林》。这部小说出版于 1987 年，至今已经发行了一千万册以上。小说的题目“挪威的森林”，是取材自二十世纪六十年代非常流行的甲壳虫乐队的一首乐曲，正是那首曲子，勾起了主人公渡边的回忆。他开始回忆起十八年前，他和两个女孩的爱情经历。渡边的第一个恋人直子是他的好朋友木月的女友，在木月自杀之后，才成为渡边的女朋友。但是，直子显然一直无法忘怀自杀的男友木月，在她二十岁生日那一天和渡边发生了性关系之后，第二天，她就离开了渡边，不知所终。后来，直子在一家山地疗养院里给他写信，告诉他自己的去向。渡边又认识了一个女孩儿绿子，活泼、大胆、野性的绿子给渡边的生活带来了新鲜感和冲击力。但是，渡边又无法忘怀直子，直到传来了直子自杀的消息，渡边觉得深受打击——他遭受打击肯定是因为直子一直无法忘怀木月，而渡边又无法忘怀直子。最终，在直子生前好友玲子的帮助下，渡边振作了起来。在小说的结尾，渡边给被他伤害了的绿子打电话，渴望回到绿子的身边，开始自己的新生活。

这部小说从情节上看，写得平顺低回，感伤动人。仿佛是一首感伤的青春恋曲，不断地在你的内心里缠绕。小说非常好读，传达出的青春逝去的哀伤感简直是到了极点，那是一种亚洲东方人普遍能够心领神会的细腻的情感，它在村上春树的笔下娓娓道来。但是，村上春树自己并不觉得这就是他最好的小说。他说：“我有心把《挪威的森林》看成是另类的小说，以后相信我不会再写这类的小说。叫什么好呢？就算它是孤立的例子吧。对我来说，很想快点从中逃出来。我用写实风格去写，是为了显示不是我的东西也可以做到，所以，尽快完成尽快离开。我想回到自己本来的世界中去。”我想，他所说的“本来的世界”，指的就是带有荒诞和超现实的、充满了想象和奇遇的那种小说吧。

关于“挪威的森林”，我还记得，2005 年我们穿越挪威中东部，准备去看挪威那壮丽的峡湾景色时，的确欣赏到了大片的挪威的森林，但是，真实的挪威的森林，实际上并不壮观，都是些小树林子，树木大都是杉树或者小松树，密集而细小，很像新疆天山深处的云杉林。同行者笑曰：“看哪，挪威的苗条森林！”实在是恰如其分。

村上春树的第六部长篇小说《舞！舞！舞！》出版于 1988 年，小说的主人公仍旧是“我”，看来，第一人称叙事是村上春树最喜欢的叙述方式，他在小说的后记中说，“（这部小说的）主人公‘我’同《好风长吟》、《一九七三年的弹子球》《寻羊历险记》中的‘我’原则上是同一个人物。”这就比较好理解了。我觉得，现在可以把他的这四部小说看成是一个沿着时间的线索发展的系列小说，也可以看成是一部篇幅在 70 万字左右的巨型长篇小说的四个章节。将这四部小说联系起来，做一个情节的索引的话，你会从中间发现大量互相呼应和印证的细节。小说接续了《寻羊历险记》中的一些情节，在《舞！舞！舞！》中，“我”已经是一个 34 岁的离婚男人，处于壮年的徘徊和迷离中。在北海道的海豚宾馆，他和一个女子有了一次美好的性爱体验。后来，他遇到了中学同学、影视明星五反田，两个男人就召来了两个应召女郎，其中一个叫咪咪的高级妓女让“我”记忆深刻，但是，几天之后，警察发现，咪咪被人用长筒丝袜勒死在另外一家宾馆里。于是，主人公和五反田都被怀疑为杀人凶手。最后，“我”被警方开释，但是五反田则离奇地开车冲向大海，自杀身亡，留下了一个谜。在小说的最后，“我”前往北海道寻找自己过去的神秘体验，包括去找那个叫由美吉的女子。“我”终于穿越了房间里的时间隧道和厚墙，与由美吉再次相遇。

这部小说的情节依然穿越在现实和超现实之间，情节也游移在侦破小说、爱情小说和后现代小说、存在主义小说之间，最终却落到了从女人那里寻找安慰的窠臼里，是我觉得很遗憾的。有时候，我总是觉得，村上春树的小说偏软、偏轻，在重要的地方打滑，主人公似乎总是长不大，总是要过于沉溺在对女人的依恋上不能自拔。不过，这部小说使村上春树继续回到了自己擅长的想象的空间里，去自由地驰骋，属于他所说的“本来的世界”。

村上春树的第七部小说《国境以南，太阳以西》，出版于1992年。我觉得，这部小说是村上春树比较一般的作品，从情节和主题上来说，都重复了他早期的作品。“国境以南，太阳以西”仍旧是欧美一个歌手的歌曲名，小说依旧是第一人称叙事，描绘了一个出生于1951年（和作者出生年代接近）的男人“我”，在小学五年级、高中时代和三十岁的时候，分别体验到的和三个女子之间的微妙感情，似乎隐约带有自传性。最后，“我”在五年级的时候喜欢的那个脚有点跛的女子岛本，在十八年后突然出现在主人公面前，两个人共同度过了一个夜晚，之后，岛本又像村上春树过去小说中的神秘出现又神秘消失的女子一样，又失踪了，不知道到哪里去了，给主人公留下了无限的惆怅。小说的底色是现实主义的，甚至还相当地写实，多少描绘了日本中产阶级的生活风貌和日常状态。但这部小说篇幅单薄、情节重复、感觉钝化，实在是村上春树比较平庸的一部作品。

在村上春树的小说中，可以称得上是巨著的，应该是小说《奇鸟行状录》。这部小说日语的直译应该是《发条鸟编年史》，共分三卷，在1994年到1995年陆续出版，翻译成中文有五十二万字，篇幅较大。小说还获得了第四十七届日本读卖文学奖。三部曲分别为《贼喜鹊》《预言鸟》和《刺鸟人》。小说的情节进展舒缓平和，仍旧是村上春树最擅长的第一人称叙事，描述一个失业的三十一岁男子在家中生活，这个时候，他们家养的一只猫失踪了。于是，开始接连出现各种怪事。先是一个陌生女子打电话来，说一些显然彼此已经很熟悉的话题，比如咨询“我”到底买哪种内衣比较好什么的；忽然，又有一个十六岁的女中学生打电话问“我”，如果“我”喜欢的女生有六根指头和四个乳房该怎么办？接着，一个神秘的电话来了，威胁“我”说猫丢失了不过是一切怪事来临的开头。然后，一个老人前来找他，向他讲述四十年前蒙古边境的一口深井的故事。在这天的傍晚，在外工作的妻子没有再回家，“我”觉得一切都匪夷所思，然后，我感到迷惑，躲到邻居家的一口井中孤独地沉思了三天，等到从井中出来的时候，已经决定要改变生活。从此，“我”踏上了经历各种奇遇、遭遇到各种离奇事件的旅程。这个小说三部曲旨在创造一个追寻自我的模式，这和他过去的一些小说有些相似。小说中，各种关于时代感受的变形和夸张的情节与想象，以及莫名其妙的人物和行为，纷纷出现在主人公的周围，使“我”感到险象环生和危机四伏。但是，“我”似乎又能够看到前方透露出来的一丝光亮，并继续向那光亮所在的地方进发。小说似乎还包含了不少故事套故事的短小说，使小说的内部呈现出多个层次和情节的枝杈。

据说，在写这部小说的时候，村上春树正在美国作短暂的停留，因此，他可以从外部的世界打量日本：“日本看上去更像是翻卷着暴力旋涡的莫名其妙的国家，是扭曲变形的空荡荡的空屋，是空虚的中心。”如此观察和打量自己的祖国，使他的这部小说写得非常从容。我还注意到，一些日本现代史上的历史事件，比如在内外蒙边境的诺门坎和苏联军队大战的历史事件、“二战”之后日本社会的一些政治和经济动荡，都隐约出现在小说中。村上春树过去的一些短篇小说的情节，在这部小说中继续推展和演绎成了更复杂的故事。在迷茫中追寻生命的意义，在相遇中体察和表现人性的温暖，在广大的现实和想象的世界里去寻找一个生命的终点，是这部小说想表达的，但最终却没有一个确定的答案。

村上春树一般是两到三年的时间就出版一部新小说。1999 年，他出版了第九部长篇小说《斯普特尼克恋人》。“斯普特尼克”是苏联于1957年发射的人类第一颗人造地球卫星，这部小说以此来命名，似乎要表达带有人类普遍性的主题。小说的主人公堇是一个女性，她爱上了一个比自己大十七岁的女性。小说的叙事者依旧是“我”，在小说中以第三人的角度，观察着堇在双性恋的世界里摇摆。小说还涉及了自我追寻和求证的主题，不过，无论是主题、人物还是故事情节，都没有超过他过去的几部小说，它更像是一个边角料，我看是一部比较轻飘的作品。

新千年开始的2002年，村上春树出版了他的第十部小说《海边的卡夫卡》。小说的篇幅较大，长达四十万字。看起来，村上显然想要依靠这部作品来超越他自己，同时，向他所喜爱的小说家卡夫卡致敬。小说有两条线索，一条线索是少年卡夫卡如何最终摆脱了恋母情结的束缚，另一条线索，是一个能够和猫谈话的老人所传达出的启示。小说的主人公是一个十五岁的少年田村卡夫卡。叙述人就是田村卡夫卡的第一人称“我”。“我”幼年被母亲抛弃，和父亲又不和，辍学离开了家庭，开始一个人在世界上流浪，向着心目中的远方进发。在成人世界里，“我”见识了各色人等，接触到了广袤的世界，也认识了人心的深广。虽然这部小说被《纽约时报》评选为年度十大好书。但是，我觉得这部小说不是很理想，没有超越村上春树自己。比如，同样是少年题材的小说，我想起阿玛杜•库鲁马的《血腥童子军》和库切的《迈克尔•K所生活的时代》中所描绘的更加严酷的社会现实给少年主人公造成的内心创伤，使得村上的这部作品显得小巫见大巫了。而按照描绘外部世界的广阔来说，索尔•贝娄的《奥吉•玛奇历险记》也更胜一筹，读者可以找来这几本书对照着阅读，自有心得。

村上春树的第十一部长篇小说是《天黑以后》，出版于2004年。小说的篇幅不大，中文有十一万字，讲述东京某一天，从夜晚十一点五十六分到次日清晨六点五十二分的时间里，一个从中国偷渡到日本沦为妓女的女子，因为来了月经而被一个叫白川的男人殴打，由此，展开了东京这么一个夜晚中几个人物之间的纠缠和社会关系。小说就像一个切片，切入到现代大都市夜晚的生活中，将夜晚的罪恶、人性的扭曲、物欲的疯狂和世界的无序呈现了出来。时间在迅速地流逝，而人的命运也在时间中发生变化。我觉得，这部小说在叙事上比较新奇，带有法国新小说派的一些痕迹，有着对时间的痕迹和物质空间的精确描绘，不同于村上春树那些以青春逝去的哀伤为主调的小说。写这部小说的时候，村上已经 55 岁了，如果他还在哀叹青春逝去，那实在有些矫情了。因此，村上春树不得不离开了自己早年孜孜以求的对青春世界的关注，走上了探索人性之恶和都市之广背后的黑暗事物之路。

2009 年，日本各大书店都在醒目的位置摆放出村上春树花了四年时间写就的长篇小说新作《IQ84》，从题目上看，与英国作家奥威尔的反面乌托邦小说《1984》能扯上一点关系，有着文本上的互文性。小说是复式结构，单章讲述女主人公青豆的故事，她不光是一个健身俱乐部的教练，还是一个女杀手，专门刺杀虐待妻子的男人。双章节里则讲述一个男数学老师天吾的故事，最后，两个人、两条线索都进行了交叉，主题是对当下人类社会的处境进行警告：要防止邪恶小人破坏。由于《IQ84》第一、二卷的热卖，村上在 2010 年夏天要推出这部作品的第三部。

村上春树在长篇小说的写作上，巨大的艺术成就和结构性雷同的缺陷同样明显。首先，在小说的叙事模式上，村上春树几乎每一部小说都使用第一人称“我”，而且，这个第一人称“我”都可以看做是村上春树的无穷的变身，他在不断地变换身份、年龄和姿态来讲述；其次，尽管其人物和情节不断地变化，但是青春逝去的哀伤和迷惘，是他小说的主要基调，因此，他的小说就显得不那么厚重，而显得过于轻飘。依我的阅读感受，在他的十二部长篇小说中，《好风长吟》《一九七三年的弹子球》《寻羊历险记》《舞！舞！舞！》可以看成是一个主题相同、人物彼此有联系的系列小说，而题材与之相似的《挪威的森林》，也可以归入到这个系列里；《国境以南太阳以西》《斯普特尼克恋人》则是两部带有情节重复、结构雷同的平庸作品；《世界尽头和冷酷仙境》《奇鸟行状录》《海边的卡夫卡》《天黑以后》《IQ84》这五部小说，则是他的长篇小说中最值得分析、最好的小说。由此看，越往后，村上的小说反而越写越老辣了。

如今，考察这样一个已经六十岁的小说家，我很难相信他真的有这么老了，因为，他的大部分长篇小说的主题，都和青春的迷茫与失落有关系，总是和轻的、柔和的、忧伤的、爱情的、少男少女和少妇的情感世界有关，以至于我有一个“长不大的村上”的感觉，因此，就他的长篇小说来考察，我并不认为他是一个伟大的小说家，在他的长篇小说中，二手经验、西方文化舶来品和流行性符号太多，缺乏一个伟大作家的精神历险和灵魂深处的痛苦。和大江健三郎相比，他就像是一个不愿意长大的孩子。大江的确比村上春树要更加深厚和更有社会责任感，也更有文学的想象力。当然，这么比也许不是很合适。

三、村上春树的短篇小说和其他作品

和村上春树的长篇小说相比，他的短篇小说则写得很漂亮，很难挑毛病，是独树一帜的。在二十世纪末期，甚至在新千年的世界文坛上，都堪称具有自己独特风格的一流短篇小说。2006 年，村上春树凭借短篇小说《盲柳睡女》而获得了爱尔兰第二届弗兰克•奥康纳国际短篇小说奖，同一年里，他还获得了捷克的卡夫卡国际小说奖。这两个欧洲国际小说奖的获得，标志着村上春树在短篇小说方面达到的世界一流水准。

我统计了一下，到 2009 年，村上春树创作出的标准长度的短篇小说大概有七十多篇，大都收录在短篇小说集《去中国的小船》（1983）、《袋鼠佳日》（1983）、《萤》（1984）、《旋转木马鏖战记》（1985）、《再袭面包店》（1986）、《电视人》（1990）、《列克星敦的幽灵》（1996）、《神的孩子全跳舞》（2000）、《遇到百分百女孩》《电视人》《东京奇谭集》（2005）中。他的短篇小说形式感非常强，控制力和情绪的张力都很大，情节的转换和铺陈都很精到，大都短小精悍，叙述从容不迫，语言生动而有透明感，这可能和他喜欢美国“简约派”小说家雷蒙德•卡佛有很大关系。另外，像是《大象失踪》《再袭面包店》《电视人》等等，都有一个异化的核心意象在小说里起象征、暗示和隐喻的作用。我还记得他有一个短篇小说叫作《背带短裤》，描述一个女人旅行欧洲，在那里给丈夫买了一条背带短裤，并让当地一个男人试穿了一下，结果发现那个男人穿上也很合适。于是，这个女人回到日本，就坚决地和丈夫离婚了，原因就是竟然还有别的男人穿上那条短裤也很合适。这其中传达出非常难以言表的对婚姻的感受，非常微妙和精彩。

此外，他还有一些超短篇，就是每一篇只有几百字的小说，写得也特别有趣，大都收录在《夜半蜘蛛猴》（彩图短篇小说集）（1995）、《象厂喜剧》（彩图短篇小说集）（1983）中。这些只有几百个字的超级短小说，往往可以以小见大地呈现出一个精粹的世界来。

除了上述短篇小说集，村上还出版了大量随笔、对话、童话、绘图本、摄影配文字和其他非虚构作品，其中，随笔集有《爵士乐群英谱》（1997）、《终究悲哀的外国语》（1994）、《如果我们的语言是威士忌》（1999）、

《朗格汉岛的午后》（1986）、《村上朝日堂嗨嗬》（1989）、《村上朝日堂》（1984）、《村上朝日堂的卷土重来》《村上朝日堂是如何铸造的》（1997）、《村上朝日堂日记：旋涡猫的找法》（1996）、《日出国的工厂》（1987）、《翻译夜话》（2000）、《为年轻读者讲解短篇小说》（1997）等。另外，《雨天炎天》（1990）是他在希腊旅游的游记，《边境近境》（1998）、《远方的鼓》（1990）、童话《羊男的圣诞节》等。村上还有描写东京地铁沙林毒气事件的纪实报告文学采访实录《地下》（1997），以及《在约定的场所：地下之二》（1998），新近出版了一册描述自己在美国旅居期间写下的关于跑步的日记体随笔《当我谈论跑步时，我谈些什么》（2008），十分有趣。村上春树是一个痴迷于跑步的人，他还跑过马拉松，是一个名副其实的慢跑爱好者。

村上春树还翻译了很多美国作家的短篇小说，比如菲茨杰拉德、约翰•欧文、保罗•塞罗克斯、杜鲁门•卡波蒂、蒂姆•奥布莱恩、塞林格等人的小说。他翻译得最多的是雷蒙德•卡佛的短篇小说，他竟然把他所有的短篇小说都翻译成了日文。近些年，村上春树的国际影响与日俱增，获得过捷克卡夫卡国际小说奖、以色列耶路撒冷文学奖和奥康纳国际小说奖等。

村上春树的小说有一个重要的特点，就是他打通了通俗小说和严肃小说的界限，将快餐小说中的元素和他对时代的敏锐观察联结起来，描绘了物化时代里的迷茫和追寻。他的作品大都表现了青春期的困惑，以及翻越这道门槛时的困难。不过，村上春树的作品从不给你提供一个确切的答案，他让答案在风中飘——就像是“猫王”的一首同名歌曲唱的那样，他和你一起在空中飞，但是不落到地上来。他的作品对于那些在商业和市场经济的压力下的人的异化感表达很突出。不过，在这个方面，很多日本作家都有出色的描绘，像安部公房笔下的现代人的异化，更令人触目惊心。相比较，村上春树笔下的异化，往往以一个男人从婚姻的牢笼中出发作为最大的老套，然后去经历各种奇遇，这些奇遇有的是村上春树的各种奇思妙想，有的想象则并不精彩，我看和美国好莱坞的一般警匪片差不多。但村上春树确实是抓住了一些当代人的基本精神状况，他还是有着充沛的才气和非凡的创造力的。他似乎在历史感和文学自觉要承担的责任上游移不定，不喜欢介入社会性的文学。有些最重要的东西被他抓到了，但他似乎又让它们轻易地溜走了，这也是我感到稍许遗憾的地方。但无论如何，村上春树都是一个巨大的存在，是不可忽视的当代杰出小说家。

阅读书目：

《挪威的森林》，林少华译，漓江出版社，1989年版

《挪威的森林》（全译本），林少华译，上海译文出版社，2001年2月版

《好风长吟》，林少华译，漓江出版社，1992年8月版

《一九七三年的弹子球》，林少华译，上海译文出版社，2001年8月版

《世界尽头与冷酷仙境》，林少华译，漓江出版社，1996年7月版

《寻羊冒险记》，林少华译，漓江出版社，1997年5月版

《青春的舞步》，林少华译，漓江出版社，1996年8月版

《奇鸟行状录》，林少华译，译林出版社，1997年9月版

《国境以南太阳以西》，林少华译，上海译文出版社，2001年8月版

《斯普特尼克恋人》，林少华译，上海译文出版社，2001年8月版

《海边的卡夫卡》，林少华译，上海译文出版社，2003 年 4 月版

《天黑以后》，林少华译，上海译文出版社，2005 年 4 月版

《IQ84》（一），施小炜译，南海出版公司，2010 年 5 月版

《IQ84》（二），施小炜译，南海出版公司，2010 年 6 月版

《IQ84》（三），施小炜译，南海出版公司，2011 年 1 月版

《象的失踪》，林少华译，漓江出版社，1997 年 5 月版

《电视人》，林少华译，上海译文出版社，2002 年 12 月版

《遇到百分之百的女孩》，林少华译，上海译文出版社，2002 年 12 月版

《旋转木马鏖战记》，林少华译，上海译文出版社，2002 年 9 月版

《去中国的小船》，林少华译，上海译文出版社，2002 年 6 月版

《萤》，林少华译，上海译文出版社，2002 年 12 月版

《列克星敦的幽灵》，林少华译，上海译文出版社，2002 年 9 月版

《神的孩子全跳舞》，林少华译，上海译文出版社，2002 年 6 月版

《东京奇谭集》，林少华译，上海译文出版社，2002 年 7 月版

《夜半蜘蛛猴》，林少华译，上海译文出版社，2001 年 8 月版

《象厂喜剧》，林少华译，上海译文出版社，2002 年 4 月版

《爵士乐群英谱》，林少华译，上海译文出版社，2002 年 9 月版

《朗格汉岛的午后》，林少华译，上海译文出版社，2004 年 1 月版

《如果我们的语言是威士忌》，林少华译，上海译文出版社，

2004年1月版

《当我谈跑步时，我谈些什么》，施小炜译，南海出版公司，2009年1月版

《地下》

《地下》（二）

《村上春树杂文集》，赖明珠译，台湾时报文化出版公司，2012年2月版

《无比芜杂的心绪：村上春树杂文集》，施小炜译，南海出版公司，2013年4月版

莫言：来自故乡和大地的说书人

（1955—　）

一

任何一位评论家，要想对自二十世纪七十年代末期开始至今三十年的中国当代文学的发展新阶段作一个精确描述，都十分不容易，因为，当代文学是一直不断地生长着的，时刻随着中国社会的变化在变化。这三十年，不仅是中国社会发生了巨大的变革，文学，尤其是小说本身也发生了巨大的变革。其中，涌现出很多杰出的作家，都是值得分析的标本，这其中，莫言是一位佼佼者。在我看来，这三十年当代汉语小说的发展，就如同中国的 GDP 总量在不断地追赶西方国家、到 2009 年已经超越德国位居世界第三一样，我们的小说家也以三十年的时间、以时空压缩的方式，将西方近百年的现代主义、后现代主义等各个文学思潮和流派，以学习、模仿、借鉴的方式挪移到汉语的写作语境中，并激发和创造出汉语文学本身的创造性因子，形成了文学爆破或者复兴的局面。

莫言，原名管谟业，1955 年 2 月出生在山东省高密县的农村，家庭人丁兴旺，但是，和当时的大多数中国农村家庭一样处于贫困之中，饥饿感是莫言小时候最强烈的印象。小学五年级，莫言就因为家庭贫困而辍学，回家务农。十八岁的时候，他到高密县棉花加工厂当工人，二十一岁那一年应征入伍，参军离开了家乡。在部队里，从战士、班长、教员、干事、创作员，一路到了副师级创作员，最早写作的短篇小说，因为他自己不满意，都烧毁了原稿。1984 年到 1986 年，莫言在解放军艺术学院上学，1991 年毕业于北京师范大学和鲁迅文学院联合举办的作家班，获得了文学硕士学位。1997 年，莫言转业到最高人民检察院所属的《检察日报》工作，后又调到了中国艺术研究院，从事专业的写作和研究，并兼任山东大学中文系教授等职。以上是莫言简单的履历。这些外部的履历显然在他的写作中打上了鲜明的烙印。

莫言自 1981 年开始正式发表文学作品，他最早刊发的是短篇小说《春夜雨霏霏》，发表在一份很不起眼的小杂志——河北保定市办的文学杂志《莲池》上。接着，他最早的几篇小说《丑兵》《因为孩子》《售棉大路》和《民间音乐》都发表在这家杂志上。这带给了莫言以巨大的鼓励，从此，他开始为人所注意，并走上了文学之路。在中国二十世纪小说中，从沈从文到孙犁、汪曾祺、贾平凹，有着一条清晰可见的地域文化小说的“清流派”风格，而莫言的《民间音乐》，其中所弥漫着的空灵和氤氲的感觉，打动了老作家孙犁，获得了他的褒奖，他专门撰写了评论文章给予鼓励。这样，1984 年，莫言就怀揣着孙犁的评论和那几篇小说，在著名作家徐怀中的赏识推举下，以优异成绩考入解放军艺术学院这个军队最高文学艺术学府深造，改变了自己的命运。在解放军艺术学院，莫言开始系统地阅读外国文学，在那个时期，深受加西亚·马尔克斯、威廉·福克纳以及阿斯塔菲耶夫和劳伦斯的小说的影响，逐渐地意识到自己的写作方向。1984 年初冬，他写出了震动文坛的中篇小说《透明的胡萝卜》，发表在《中国作家》1985 年第二期上，评论家冯牧随之主持召开了这篇小说的研讨会，在莅临研讨会的一些评论家的一片赞扬之下，莫言由此一鸣惊人。

二

《透明的胡萝卜》原来叫《金色的胡萝卜》，由当时的解放军艺术学院文学系主任徐怀中改成了《透明的胡萝卜》，立即使小说饱含了一种别样的空灵和灵动感。小说来自莫言自己做的一个梦，他梦见了在一块开阔的胡萝卜地里，从一间草棚里走出来一个身穿红色衣服的、身材丰满的姑娘，手里拿着一把鱼叉，鱼叉上叉着一根胡萝卜，迎着初升的金色太阳，向他走来。莫言醒来之后，久久地为这个梦中的形象和意象所激动。他用了两周的时间，就修改完成了这部小说。小说描绘的是他的童年经验，主人公叫黑孩，黑孩幼年丧母，他在一个特定的年代里经历了外部世界的震撼性影响，但那些外部影响都是通过黑孩自己的感觉来书写的，以个人化的印象和感觉，细腻空灵地描绘了灾难和贫乏的年代，带给少年内心的荒芜和惶惑。小说的故事讲述得并不完整，采取了片段式的叙述，需要读者自己去拼贴。最终，读者读完这部小说，留在内心的是一种关于童年回忆的氤氲和恍惚。莫言发挥了他所擅长的感觉的方式，将世界万物在一个孩子的内心映像，以感觉的笔触写出，老铁匠、小石匠、红衣姑娘和透明的胡萝卜之间的关系，在黑孩的内心纠结成复杂的、关于世界的最初印象。《透明的胡萝卜》在当时的汉语小说语境里出现，改变了当时小说所承载的现实、历史和文化清算与批判的老面目，以内省和感觉的语言方式，将小说由“伤痕文学”“反思文学”“改革文学”“知青文学”等外部符号化写作，引领到更加注重内心和艺术品质的道路上。

1984 年冬天，莫言还写出了中篇小说《红高粱》。这部后来由于张艺谋改编成了同名电影而享誉全球的小说，创作动因很简单：在军艺召开的一次关于战争文学的研讨会上，有老作家充满了忧虑地说，年轻一代没有经历过战争，因此，很难写好战争年代。莫言初生牛犊不怕虎，他站起来发言："我们可以通过别的方式来弥补这个缺陷。没有听过放枪放炮但我听过放鞭炮；没有见过杀人但我见过杀猪甚至亲手杀过鸡；没有亲手跟日本鬼子拼过刺刀但我在电影上见过。因为小说家的创作不是要复制历史，那是历史学家的任务。小说家写战争——人类历史进程中这一愚昧现象，他所要表现的是战争对人的灵魂扭曲或者人性在战争中的变异。从这个意义上说，即便没有经历过战争的人，也可以写战争。"他的发言被在场的人怀疑并且暗地里嗤之以鼻。但是不久，他就捧出来了小说《红高粱》，立即引起了震动。小说的叙述方式十分独特，以"我爷爷、我奶奶"的叙述方式，将第一人称和第三人称结合起来，创造出贴近历史情景、复活历史想象的功效。小说讲述了中国抗日战争时期，在山东发生的民众抗击日本侵略者的故事，同时，还讲述了那个年代里浪漫、严酷和激情的爱情故事，对战争时期做了全新角度的阐释，小说本身也有着巨大的张力。被张艺谋改编成电影之后，接连在国际电影节上获得大奖，小说也获得了第四届全国中篇小说奖。于是，莫言一鼓作气，接连发表《红高粱家族》系列中的《高粱酒》《高粱殡》《狗道》《奇死》《野种》《野人》等七部中篇小说。在《红高粱家族》的题记中，莫言写道："谨以此书召唤那些游荡在我的故乡无边无际的高粱地里的英魂和冤魂。我是你们的不肖子孙，我愿扒出我的被酱油腌透了的心，切碎，放在三个碗里，摆在高粱地里。伏惟尚飨！尚飨！"

在 1985 年随后的几年间，对于莫言来说，是一个井喷时期，短短三、四年的时间里，他就在国内有影响的《收获》《人民文学》等杂志接连发表了《欢乐》《筑路》《爆炸》《金发婴儿》《红蝗》《大风》《白狗秋千架》等十多篇脍炙人口、想象力奇崛的中短篇小说；出版了三部长篇小说《红高粱家族》（解放军出版社 1987 年 4 月版）、《天堂蒜薹之歌》（《十月》杂志 1988 年第 2 期，作家出版社同年 4 月版）和《十三步》（作家出版社同年 12 月版）。其中，我发现，《红高粱家族》在第一版是由七个相互关联、但内部结构松散的中篇构成，在后来的定版中，后面两个中篇《野种》和《野人》不见了，也许是因为，后者在叙述时间上已经延伸到了新中国成立后，和《红高粱家族》前五部的内部叙述时间主要集中在抗日战争时期不一致，因此，后来在编订文集的时候，莫言将《野种》和《野人》作为单独的中篇小说来处理了。

长篇小说《天堂蒜薹之歌》的写作可能是突如其来地出现在莫言的写作中的。小说取材于山东某县一个真实发生的事件：县政府因为号召农民大种蒜薹，最终导致蒜薹丰收而无法被收购，愤怒的农民群起抗议，并冲击了县政府，将丰收之后的蒜薹都丢进县政府机关大院里。出身农民家庭的莫言听到这个消息，自然是义愤难平，他在很短的时间里就完成了这部小说。在小说初版的题记中，他引用了斯大林的一句话："小说家总是想远离政治，小说却自己逼近了政治。小说家总是关心'人的命运'，却忘了关心自己的命运。这就是他们的悲剧所在。"这句话莫言后来招认说这是他杜撰的，但是他认为斯大林虽然没有确切地说过类似的话，但是他内心里肯定是这么认为的。莫言以关心当下现实的无畏和激愤，写出了这部带有明显批判现实色彩的小说。在小说的结构上，使用了类似结构现实主义的手法，莫言采用了民间艺人瞎子张扣的演唱词来"串场"，将虚构的这起蒜薹事件里的参与者高羊和高马兄弟的故事，穿插在其中，演绎了一出现代农村的当代生活悲剧。小说的叙述语调有着一种明快、迅疾的节奏，在小说的结尾，将报纸关于这起事件的新闻报道作为对小说人物命运的呼应而结束，体现出莫言作为一个当代作家的正义、良心和关心社会现实的责任感。

长篇小说《十三步》是一部带有实验性的小说。它从一位中学老师方富贵在讲课的时候突然猝死，由此，引发了一个小知识分子的死在社会上牵引出的各种反响，将二十世纪八十年代后期特殊的中国文化和人的基本生态呈现了出来。莫言在写这部小说的时候，似乎进入到一种忘我和无我的境地，他自由地使用人称的转换和场景的转换，人物内心的独白和社会群体的喧哗，多个声音一起喧响。在小说中，第二人称的运用驾轻就熟，将活人的世界和死人的感受全部汇合在一起，对知识分子的悲剧性打量和对中国社会现实的批判，带给我们关于人生的悲剧性思考。

1993 年，莫言出版了他的第四部长篇小说《酒国》。小说在刚出版的时候，并未引起注意，但在后来，这部小说越来越显示出它的重要性。在我看来，《酒国》文体庞杂，是一部非常明显地结合了侦探小说、批判现实主义、结构现实主义小说和魔幻现实主义风格的作品，还带有后现代小说和元小说的艺术特点，因为它既是一部小说，又是一部关于小说的小说——中间夹杂了大量作者和一个文学青年李一斗关于文学创作的通信和李一斗自己的文章。同时，又将莫言那奇崛的想象和对中国社会现实的关注与批判注入其中。小说借用了侦探小说的外壳，描述检察院侦察员丁钩儿前往一家煤矿调查一桩吃婴事件，并且在权力、美酒和女人之间周旋的故事。在结构上，莫言尝试了多条线索共同推进，构成了互文性，既虚构了一个小说，又以探讨小说的写法的方式，最终解构了小说，使小说具有了庞杂的、多重的结构、主题和意义。小说还探讨了中国国民性，探讨了中国人喜欢喝酒的原因，因此，它在多年之后依旧是最值得研究的莫言的小说之一。《酒国》在 2001 年获得了法国“儒尔•巴泰雍”外国文学奖。

1993 年，他出版了长篇小说《食草家族》，在小说的题记中，莫言说：“这本书是我于 1987—1989 年间陆续完成的。书中表达了我渴望通过吃草净化灵魂的强烈愿望，表达了我对大自然的敬畏与膜拜，表达了我对蹼膜的恐惧，表达了我对性爱与暴力的看法，表达了我对传说和神话的理解，当然也表达了我的爱与恨，当然也袒露了了我的灵魂，丑的和美的，光明的和阴晦的，浮在水面的冰和潜在水下的冰，梦境与现实。”和以中篇小说串起来的《红高粱家族》一样，《食草家族》在结构上是由几个中短篇小说构成，但它们都有着同一的语调、主题和语感。《食草家族》显然和神话、梦境有着直接的关系，它远离了历史和现实的层面，而是进入到一个地域、一个种群生活的神话原型和传说里去了。《食草家族》由六个章节构成：《红蝗》《玫瑰玫瑰香气扑鼻》《生蹼的祖先》《复仇记》《二姑随后就到》《马驹横穿沼泽》，其中，从篇幅上看，《马驹横穿沼泽》是一个短篇，其他五个是中篇。阅读这部小说，我们似乎进入到一片洪荒的世界中，在那个世界里，人们还在吃草，刚刚从水世界里进化到岸上，为了脚趾间是否还残存着进化未完成的脚蹼而感到恐惧。那是一个原始的、地域文化的、神话和民俗的、巫术横行的世界，在这个世界里，我们所熟悉的二十世纪的中国历史的一些片段被镶嵌进去，具体的历史时间段是模糊的，但是却又是可以感觉到的。人性的、历史的、梦境的、现实的、神话的、民俗的、爱情的、暴力的、权力的和慈爱的，都在一个平面上，以六个侧面的方式展开来，而人类学、民俗学、神话学和弗洛伊德精神分析理论，都是进入这部小说的门径，随你解读。

三

1994 年，在莫言的生活中发生了一件大事：他的七十二岁的母亲去世了。母亲去世一年之后，他开始写作他最具雄心的长篇小说《丰乳肥臀》，这部六十万字的巨著在《大家》杂志上连载，并且获得了该杂志的十万元文学大奖。作家出版社于同年 12 月出版了单行本，不久，就遭到了文化保守势力的批判。首先，《丰乳肥臀》这部小说的书名就使得那些卫道士们感到恼怒。其实，这个书名就是“母亲大地”的意思。它是一部献给中国母亲的颂歌，是一部饱含了浪漫色彩和历史伤痛的小说，它篇幅巨大，主题宏阔。莫言想借助这部小说表达他对母亲和大地、对饱经沧桑、饱受蹂躏的二十世纪中国人民的景仰。小说塑造了上官鲁氏这个母亲形象，她活到了九十五岁，经历了二十世纪各种政治、战争和自然灾害的磨难，艰难地生育了八个女儿和一个儿子，晚年信仰基督教。小说的核心人物是她的第九个孩子上官金童，他一出生，就迷恋母亲的乳房，后来得了现代生理学所说的“恋乳癖”，只要离开女人的乳房，他就没法生活，从而成为小说中一个核心象征。小说中，母亲养育孩子的历史，同时也是中国历史在个体生命的身上打下深刻烙印的历史。小说中，在中国大地上较量和驰骋的各种力量，共产党、国民党、游击队、土匪、日本侵略军、地主、传教士等纷纷登场，在小说中以各种关系纠葛和缠斗着，演绎着历史和生命的激情与荒谬。最终，莫言通过这部小说，将二十世纪尤其是后半叶的中国大地上的风云变幻，以种种人物命运的纠葛呈现了出来。在小说中，男人如同落叶一样在历史中飘零，而母亲则如大树一样顽强生活，并且不断地生儿育女。小说有着宏大的内部结构和追求，我想，应该是印证和达到了哈金所说的“伟大的中国小说”的水准。莫言自己说：“《丰乳肥臀》集中地表达了我对历史、乡土、生命等古老问题的看法，毫无疑问，《丰乳肥臀》是我文学殿堂里一块最重的基石，一旦抽掉这块基石，整座殿堂就会倒塌。”但是，值得一提的是，《丰乳肥臀》在当时被攻击和批判，还是影响了莫言的写作，导致他心绪不佳，在1995—1997年三年中，只写了一出话剧《霸王别姬》。

1997年底，莫言由部队转业到《检察日报》社工作，稍后，于次年开始，又接连发表了《牛》《师傅越来越幽默》《三十年前的一场长跑比赛》《野骡子》《拇指铐》《蝗虫奇谈》《司令的女人》等十多篇中短篇小说，出版了散文集《会唱歌的墙》。1999年，他出版了长篇小说《红树林》。《红树林》是一部当代题材的作品，这和莫言转业到《检察日报》并负责影视剧本的工作有关。我认为，这是莫言的长篇小说中水准最低的一部，这可能跟迁就了影视剧有关系。一开始，我甚至怀疑这就是一部电视剧的剧本，但是，阅读之后，根据结构、语言、形式和语调来判断，我觉得，这还是一部小说。《红树林》讲述了南部省份的一桩案件，可以说，是一部带有社会犯罪小说和侦破小说的外形，但其内里还是有着强烈批判现实精神的作品。不过，主题先行和作者对题材本身的陌生——它离开了莫言所熟悉的山东高密东北乡这个他所缔造的文学故乡和国度，写起了在海南生产珍珠的姑娘，写起了濒临灭绝遭到了大面积破坏的红树林，和由此导致的刑事案件，自然有点别扭。当莫言离开了对故乡的叙述和打量，他立即显得气脉不足，因此《红树林》是比较一般的作品，不过，由于其高超的叙述技巧和语言风格，保持并不失莫言的水准罢了。

2001年，莫言出版了长篇小说《檀香刑》，这是莫言迄今为止最重要的长篇小说之一。在二十多年的写作经验积累之后，莫言打算跃过更高的台阶，于是，《檀香刑》果然达到了新高度。总体看，《檀香刑》是一部历史小说，但又是一部当代小说。最近三十年出版的大量历史小说中，我看到的，都是那些描绘帝王将相、才子佳人的伪历史小说，这些小说有着一种媚俗的气息，大都沦为了休闲读物，丧失了历史批判的激情和对历史情境的文学呈现，都在外部打转。而《檀香刑》则是一部不折不扣的杰作，它打着历史小说的幌子，却颠覆了历史小说，同时，又从本土文化历史资源中获取了创造性灵感和源泉。按照莫言自己的说法，他要在这部小说的结构和叙述上“大踏步撤退”——在结构上，它分为“凤头部”“猪肚部”和“豹尾部”，带有将中国传统小说结构化为自我结构的方式，章节的安排和古代章回小说有呼应关系，但是，却又真正地抵达了现代小说的终点。表面上看，它从传统的中国小说甚至是民间文学当中吸取了相当的营养成分，有很多民间说部的外形，也有民间说唱文学的影子。而且，这部小说首先就强调了声音，对声音的强调恰恰是现代小说的特点，莫言的这本书，着重写了内心的声音、火车的声音、地方戏猫腔的声音，这些声音带着历史的全部信息，这声调高低音质各异的声音，不断地把小说的叙述推向了真正的高潮。它的大部分叙述，都是由小说主人公的内心独白构成——在小说的第一和第三部分，全都是主人公自己来叙述故事的来龙去脉。在叙述人的讲述当中，小说的内部时间也不是线性的，而是交叉重叠的，从过去回到了未来，又从未来回到了现在和过去，从而把一个发生在 1900 年清朝即将结束统治的历史事件描绘得异常鲜艳和复杂、激越和斑驳、生动和宏阔。对小说内部时间的探询、对小说内部空间的探索，是二十世纪以来西方各现代主义文学流派和后现代主义小说所着力突破的地方，莫言在写这部小说的时候，对此显然已经了然于心。小说中，对中国历史和传统文化的批判非常激烈和彻底；对比如凌迟和檀香刑这样的中国古人所发明的酷刑的逼真描绘，是小说最触目惊心的地方。阅读这样的章节，是需要读者有强健的神经的。对酷刑的真切描绘，是莫言的小说叙事走向狂欢化的高潮叙述的最后铺垫。而狂欢化的叙事，在莫言过去的小说杰作当中，像在《红高粱》《欢乐》《食草家族》以及《天堂蒜薹之歌》里，都有着那样一种狂欢的叙述语调和氛围。在《檀香刑》当中，莫言再次找到了这种狂欢化叙述的调子，通过把小说人物逐渐推向行刑台进行凌迟，从而让小说主人公把一出无比悲壮的历史活剧在一阵紧似一阵的语言的激流里，推向了大结局的大悲大喜的高潮乐章之中——在小说的结尾，几个主人公全部在行刑场所出现，这一幕就像是历史上最伟大的戏剧场景汇总那样，所有紧紧纠缠的人物关系，都一次了断了，在一个舞台上全部有所交代，达到了最终的、死亡和欢欣的狂欢之后的平静与死寂，小说也就完美地结束了。

这部小说给我的感受很复杂，从这部小说中，我看到了影响莫言的各种元素：传统说部、民间说唱、意识流、莎士比亚戏剧、魔幻现实主义、地方史志等。文学评论家李敬泽在评论这部小说的时候说："莫言已成'正典'。他巨大的胃口、充沛的体能，他的欢乐和残忍，他的宽阔、绚烂，乃至他的古怪，二十多年来一直是现代汉语文学的重要景观……《檀香刑》是一部伟大的作品，从小说的第二句开始一直到小说的最后一句，莫言一退十万八千里，他以惊人的规模、惊人的革命彻底性把小说带回了他的故乡高密，带回中国人的耳边和嘴边，带回我们古典和乡土的伟大传统的地平线。《檀香刑》是二十一世纪第一部重要的中国小说，它的出现体现着历史的对称之美，莫言也不再是一个小说家，他成了说书人。"李敬泽给予《檀香刑》这样高的评价，是因为它将像一个标杆，是我们从传统文学文化资源中获得再生性力量的一个开端，"它写出的是我们的历史，但它也在形成文化和文学的未来的历史"。

四

2003年，莫言出版了他的第九部长篇小说《四十一炮》。这部小说系由莫言过去的一个中篇小说《野骡子》发展而来。当地人喜欢把吹牛撒谎的人叫“炮孩子”，小说是第一人称叙述，讲述主人公罗小通这个“炮孩子”在一座庙宇中，向一个和尚讲述他过去的童年遭遇。他的讲述真真假假，谎言和夸张、真实和掩饰都有。罗小通的身体长大了，但是精神状态却留在了童年状态里，这种样子刚好和德国作家君特•格拉斯的小说《铁皮鼓》里面的侏儒奥斯卡身体处于儿童的状态、精神却已经是成人相反。莫言显然受到了启发，并且反其道而行之，将罗小通这么一个对成人世界感到恐惧的少年的讲述滔滔不绝地铺陈而出，把一个作家对少年时代的留恋，对童年时光的回忆，以及对眼下这个世界被权力不断地破坏环境和人心的现实，都做了变形的展现。小说中，总是有着一种难言的悲戚和义愤，在小说的最后，似乎是在想象中，罗小通向他厌恶的各种人开了四十一炮，射出了四十一发炮弹，把他厌恶的一切炸得粉碎。于是，一种在讲述中完成的少年记忆的复原图，就构成了现在的小说《四十一炮》。这部小说为莫言摘取了2004年度的“华语文学传媒大奖•年度杰出成就奖”。不过，自《檀香刑》出版之后，人们期待着莫言对自己能够有更大的超越，但是《四十一炮》还不能构成这种超越。

到了2006年，莫言出版了他的第十部长篇小说《生死疲劳》，形成了某种再度超越自我的架势。《生死疲劳》使莫言再度回到对多变、复杂、荒诞和鬼魅的中国现当代史的讲述当中。莫言总是能够为自己的小说找到一种恰当的形式，如果他没有找到某种让他兴奋的形式，即使小说已经开工了，他也会突然兴味索然，停工不干了。在和莫言的一次交谈中，他告诉我，他曾经有过写了十万字，忽然就再也写不下去、完全推翻了初稿的经历。《生死疲劳》套用了佛教里的六道轮回的故事，以新中国成立之后地主西门闹被枪毙之后，在随后的岁月里不断地转生为驴、牛、猪、狗、猴和大头婴儿蓝千岁，在他（它）转生的过程中，中国当代农村历史的风云变幻戏剧性地在它（他）的眼睛里重现。小说分为五个部分，分别是“驴折腾”“牛犟劲”“猪撒欢”“狗精神”和“结局与开端”，形式上采取了中国古代章回体小说的形式，每一个章节都有对称的章回回目出现，除了第五章。在小说的结尾处，叙述似乎回到了起点，小说的最后一句话和小说的开头完全一样，从而形成了一个叙述的圆环。《生死疲劳》的叙述依旧保持着一种狂欢的语调，把地主西门闹和农民蓝解放一家的故事讲述得充满了令人叹嘘的狂笑和悲喜。人生的生死悲欣、欢乐与苦难的互相转换，如同慈悲的大河滔滔，缓慢地流过我们的脑海。莫言是有野心的，他通过《生死疲劳》完成了对中国半个世纪土地问题和农民命运的一个重新地讲述，并创造出了中国人经验中的史诗篇章。尽管有人说这部小说显得过于粗粝，但我仍旧觉得，在莫言的小说中，《生死疲劳》是一部上乘之作，是可以和拉什迪的杰作《午夜的孩子》相媲美的作品，是二十一世纪一部很重要的汉语小说。这部小说获得了《十月》优秀作品奖（2007）、香港“世界华文长篇小说奖•红楼梦奖”（2008）等奖项。

2009 年 12 月。莫言又出版了长篇小说《蛙》，小说的结构精巧，在小说中还包藏着一个话剧剧本，形成了文本回响的结构。小说讲述了作品主人公的姑姑的故事，这个姑姑是一个乡村医生，主要负责计划生育，小说是书信体，以作者向一个日本作家杉谷义人写信的方式结构了全书，是一部上乘之作。仔细阅读莫言的十一部长篇小说，我觉得，从《檀香刑》《红高粱家族》到《丰乳肥臀》再到《生死疲劳》，这四部长篇小说从内部的叙述时间上有着连续性，即从 1900 年一直到 2000 年这一百年。有些小说的部分情节，有一定的交叉和重叠。这四部小说加起来共一百七十万字左右，也许可以看成是一个更加巨大的小说，它所使用的文学技法，包括了中国特色的魔幻现实主义、民间说唱文学、中国古代章回小说等混杂元素，共同构成了一幅人物众多、命运跌宕、波澜壮阔的画卷。其他六部长篇小说中，《天堂蒜薹之歌》《酒国》《红树林》，是对当代中国社会注入了强烈关切，在手法上将结构主义、批判现实主义和荒诞小说的特点结合起来的作品。而《十三步》《食草家族》和《四十一炮》，则分别从叙述人称、神话原型和意识流与声音的多层次展示来进行的文学实验之作，对地域文化和神话、对知识分子精神困境、对童年记忆的深刻还原，都做了多方面的探索，也是很好的作品。

莫言的小说总是有着巨大的雄心。他的小说有着大象一样的体量和气质，他的讲述总是如同大河一样泥沙俱下，滚滚而来，因此，精致和婉约、拘谨和小心绝不是莫言的美学风格。他的小说反而逐渐地获得了一种中国新小说的气派，因为，他的小说是从故乡出发，又超越了“故乡”，表述了二十世纪中国人复杂的经验，并传达出中国精神的小说。莫言关于文学的理论，有两篇文章值得特别关注，一篇是《捍卫长篇小说的尊严》，在这篇文章里，莫言谈到了长篇小说的长度、难度和密度是长篇小说保持自己尊严的标志，这个观点得到了很多作家的热烈响应。还有一篇文章，是他的演讲词《试论当代文学创作中的九大关系》，分别从文学和阶级、文学和政治、文学和生活、文学的思想性、文学和作家的人格、文学与继承和创新、文学与大众、文学的民族性和世界性、文学创作和文学批评之间的关系，系统地阐述了他对于上述问题的看法，生动而妙趣横生。

莫言是具有世界影响的当代中国作家之一，他获得过法兰西文化艺术骑士勋章（2004）、意大利诺尼诺国际文学奖、美国俄克拉荷马纽曼华语文学奖，并继巴金之后，成为第二个获得了日本“福冈亚洲文化大奖”的中国作家，其作品被翻译成四十多种文字在很多国家出版，为中国当代文学争取了世界性声誉，并且多次被大江健三郎等作家和学者推荐为诺贝尔文学奖的候选人，并最终于2012年获得诺贝尔文学奖。

自《檀香刑》出版时，莫言就宣称，他要“大踏步地撤退”，撤退到从中国本土、古代和民间中去寻找小说再生样式的状态里，因此引发了热烈的讨论。我想，敏感而才华横溢的莫言这么做，绝对是意识到了当代汉语小说的问题，那就是，无论是语言还是形式，无论是主题还是内容，都因受到了过多西方小说的影响而显得欧化了。因此，要写出“中国气派”的小说，写出“伟大的中国小说”，必须从自己的文化资源里、从故乡民间文化中寻找再生性资源。这谈何容易啊，但莫言做到了。在他晚近的小说中，在某种中国小说的形式外壳中，都装着洋溢着一种现代精神的小说新酒。可以说，莫言从欧洲、美洲和亚洲作家那里，借鉴了很多小说的技法、形式和美学观点，创造性地写出了独特的、有着鲜明的自我烙印的作品。他强有力地将“小说的大陆漂移”这个命题进行了续写，并把世界的目光转移到了亚洲，转移到了中国，使一片神奇的、苦难的、光芒四射的大陆——中国大陆，作为一种文学的新形象，在世界文学的版图上浮现出来。

阅读书目：

《莫言文集》（五卷本），作家出版社，1996年5月版

《莫言小说袖珍本》（九卷本），齐鲁书社，2002年7月版

《东岳文库·莫言卷》（七卷本），山东文艺出版社，2002年9月版

《莫言文集》（十二卷本），当代世界出版社，2004年1月版

《莫言中篇小说集》（两卷本），作家出版社，2002年2月版

《莫言小说精短系列》（三卷本），上海文艺出版社，2000年9月版

《彩绘本莫言精品中篇小说》（六卷本），民族出版社，2004年4月版

《说吧，莫言》（三卷本），深圳海天出版社，2007年7月版

《莫言获奖长篇小说系列》（五卷本），上海文艺出版社，2008年11月版

《丰乳肥臀》（增订版），中国工人出版社，2003年9月版

《生死疲劳》，作家出版社，2006年1月版

《会唱歌的墙》，人民日报出版社，1998年12月版

《莫言散文》，浙江文艺出版社，2000年10月版

《英雄美人骏马》（剧本集），花山文艺出版社，2002年2月版

《小说的气味》，春风文艺出版社，2003年8月版

《月光斩——莫言近作自选集》，北京十月文艺出版社，2006年1月版

《莫言北海道走笔》，上海文艺出版社，2006年1月版

《蛙》，上海文艺出版社，2009年12月版

《莫言与高密》，莫言研究会编，中国青年出版社，2012年10月版

《莫言作品系列》（十六卷），上海文艺出版社，2012年10月版

《莫言文集》（二十卷），作家出版社，2012年10月版